フェリーでユーフラテス河の流れにのりだす
トラック〈クイーン・メリー〉

ワーディで立ち往生した車

チャガール・バザール：進む発掘作業

チャガール・バザール：深さ22.6メートルの未発掘の地層から出現した穴

上）シーク・アーマッド

右）現場監督のハムーディ

左）チャガール・バザール：発掘隊員たち
前列左から右へ
アガサ・クリスティー，B，バンプス
後列左から右へ
セルキース，スーブリ，給水係，マンスール

下）チャガール・バザール：遺物発見！

上）水を運ぶ驢馬
下）建築中のチャガール・バザールの宿舎：完成まぢかいドーム

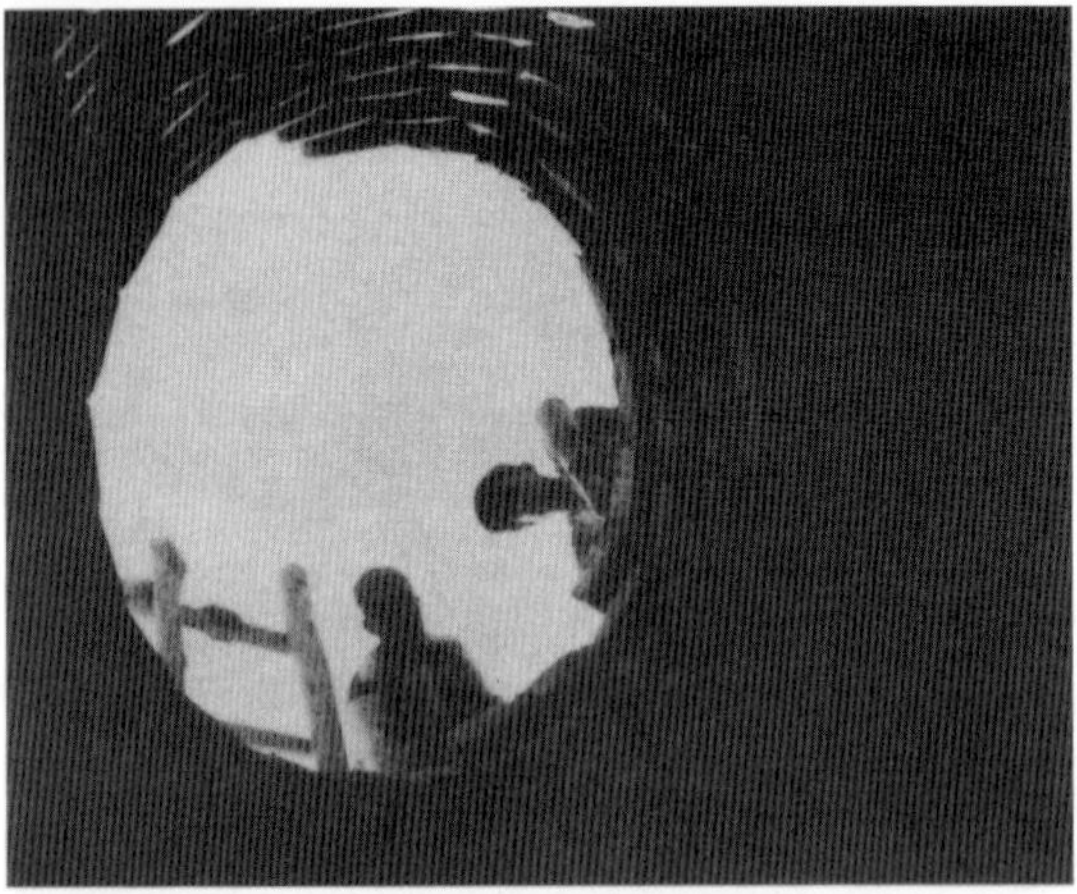

上) 建築中の宿舎：内部から見た持ち送りドーム

左) 完成した宿舎を南西方面より見る

左）ジェラーブルスにてユーフラテス河を渡るフェリーの船頭
下）作業中のバスケットボーイたち

チャガール・バザール：深い穴の底で働く
アラブ人の作業員たち

チャガール・バザール：東南方面より見た深い穴

クリスティー文庫
85

さあ、あなたの暮らしぶりを話して

クリスティーのオリエント発掘旅行記

アガサ・クリスティー
深町眞理子訳

早川書房

5463

COME, TELL ME HOW YOU LIVE

by

Agatha Christie

Translated by
Mariko Fukamachi
Published 2020 in Japan by
HAYAKAWA PUBLISHING, INC.
This book is published in Japan by
arrangement with
AGATHA CHRISTIE LIMITED
through TIMO ASSOCIATES, INC.

わたしの夫、マックス・マローワンと、
大佐、バンプス、マック、ギルフォードのみなさんに、
この紆余曲折の漫遊記を
愛情とともにささげます

目次

『テルの上にすわってた』（訳注1）

（ルイス・キャロルの御免をこうむって）

話せることならなんでも話すわ、
　まじめに聞いてくれるなら。
わたしの会ったある博学の青年、
　テル（訳注2）の上にすわってた。
「あなたはどなた？」わたしは訊いた、
　「あなたの探すものはなに？」
書物にしたたる血痕さながら、
　返事は頭にしみとおった。
彼は答えて、「探しているのは、
　先史時代の古い壺、
分けて、まとめて、寸法をとる、
　いろいろ異なる方法で。

それから（きみ同様）書きはじめる、
　ぼくの用語は学術語、
きみのより倍も長いけど、それは
　先学の誤りを証明する」

けれどもわたしは思案のさいちゅう、
　百万長者を殺す法、
そして死体をヴァンに隠すか、
　大冷蔵庫で消す算段。
それゆえとっさに相槌打てず、
　しかも内気ゆえまたも訊く、
「聞かせて、暮らしはどんなふうなの？
　どこで、いつから、そのわけも」

返事は穏やか、機知にあふれて、
「思うに五千年前こそは、
　ぼくの知るかぎりで正真正銘、

選ばれたる時代だろう。
きみも西暦など蹴とばすことを知り、
こつも覚えたそのときは、
いっしょに出かけて発掘できる、
そうすりゃ二度と迷うまい」

けれどもわたしは思案のさいちゅう、
お茶に砒素をば入れる法、
それゆえはるか紀元前の世など、
聞いてもすぐにはぴんとこぬ。
相手を見あげてそっと溜め息、
このひと顔もやさしいわ……
「どうか聞かせて、あなたの暮らしぶり！
そしてあなたのお仕事も」

「ぼくの仕事は古器物探し、
むかしのひとの跡たどり、

写真に撮って、カタログつくり、
　パッキングして送りだす。
売って儲けるためではなくて、
（まだつかまるのはまっぴらだ！）、
並べるんだよ、博物館の棚に、
　唯一正しい置き場所に。

ときには魔よけの護符を掘りあて、
　みだらな像にも行きあたる、
それというのもむかしはみんな、
　いたって粗野に暮らしてた。
そういうところに楽しみ見いだし、
　金儲けにはならないが、
それでも考古学者はみんな長生き、
　じょうぶで長持ちする連中」

ようやくわたしの思案もついて、

妙計ここに煮詰まった、
死体を塩水でぐらぐら煮れば、
　埃もつかぬ、これ名案。
そこでねんごろにお礼を言った、
「とても参考になりました、
いつかそのうち機会があったら、
　ぜひ発掘に行きましょう……」
さてひょっとして将来いつか、
　指をば酸につっこむか、
はたまた（うっかり！）瀬戸物こわすか、
　生まれついての粗忽《そこつ》ゆえ。
でなくば大河の流れを見晴らし、
　遠い呼び声聞いたなら、
思いだしてはそっと溜め息、
　かの青年の偲ばれて――

顔だち穏やか、語り口訥々《とつとつ》、
遠いむかしに思いを馳せつつ、
土器のかけらでポケットふくらせ、
わたしの知らない長音節語で、
学殖豊かに、諄々《じゅんじゅん》と説くひと、
熱意に輝くまなこを伏せて、
足もとそぞろに見まわしながら、
決め手の台詞《せりふ》を探してた、
きみの知るべきことはまだたくさんある、
ぜひともぼくといっしょに出かけ、
テルの上を掘るべきだと！

（訳注1）〃ルイス・キャロルの御免をこうむって〃とあるとおり、これは『鏡の国のアリス』第八章で、〈白の騎士〉が歌う「鱈の目、もしくは柵の上にすわってた」のパロディー。第三連と第五連の七行めが、〃Come, tell me how you live!〃で、本書の原題となっている。

（訳注2）〃テル〃とは、西アジア一帯に見られる丘状の遺跡で、同一の場所に長年にわたって営まれてきた集落の石材や、日乾し煉瓦などが堆積したもの。遺丘。

まえがき

この本は、ひとつの答えです。わたしが再三訊かれるある質問への答えなのです。「あなた、シリアで発掘にたずさわってらっしゃるんでしょ？　そのことを話してくれない？　どんなふうに暮らしてるの？　テントに泊まってるの？」等々。

おそらく、たいがいのひとは、ほんとうに知りたいわけではありますまい。ほんのちょっと、会話に変化をつけたいだけなのです。それでも、ときたまひとりかふたりは、本心から興味を持ってくださるかたもおいでです。

いっぽうまた、その質問は、考古学が〈過去〉にたいして問いかける質問、そのものでもあります――さあ、あなたたちがどんなふうに暮らしていたかを話してくれない？

そして、つるはしや、鋤《すき》や、籠などを用いて、わたしたちはその答えを見つけます。

「これらはわたしどもの使っていた調理用の鉢です」「この大きなサイロに、わたしどもは穀物を貯蔵していました」「これらの骨製の針を使って、わたしどもは衣類を縫製していました」「これらはわたしどもの家、ここがわたしどものバスルーム、これがわたしどもの衛生設備でした」「ほら、この壺のなかに、わたしの娘の結婚持参金であるイヤリングがはいっています」「そら、この小さな壺にはいっているのは、わたしの化粧品です」「こういった調理用の鉢は、ごくありふれたタイプのものです。そこらじゅうでごまんと見つかるでしょう。わたしどもはこれを、近くの陶工のところで手に入れます。え？　ウールワースとおっしゃいましたか？　そういう名で呼ばれているのですか、あなたがたの時代には？」

ときには〈王宮〉が見つかることもあり、ときには〈神殿〉も、また稀にですが、〈王家の墓所〉が見つかることもあります。これらはたしかに見ものです。掘りあてれば、新聞の大見出しになり、それをめぐってたびたび講演が行なわれ、映画にも撮影され、だれもがそのことを耳にします。けれども、実際に発掘にたずさわっているものにとって、真に興味があるのは、むかしのひとの日常生活だと思います。陶工の生活、農夫の生活、道具造り職人の生活、動物をかたどった印章や護符などを彫る、熟練した彫り師の生活──いや、じつのところ、肉屋や、パン屋、燭台造り職人の生活すらも。

最後にもうひとつ警告しておきます。あらかじめわかっていれば、失望なさることもないでしょうから。これはけっして学問的に深遠な本ではないということです。考古学に側面から興味ぶかい光をあてることもなければ、風景について、美しい描写があるわけでもありません。経済的な問題も、人種に関する考察も、歴史についても語っていません。

これは、じつのところ、ごくささやかな贈り物なのです。どこを見ても、日常茶飯の出来事ばかりが詰まっている、いたってちっぽけな本でしかないのです。

さあ、あなたの暮らしぶりを話して

クリスティーのオリエント発掘旅行記

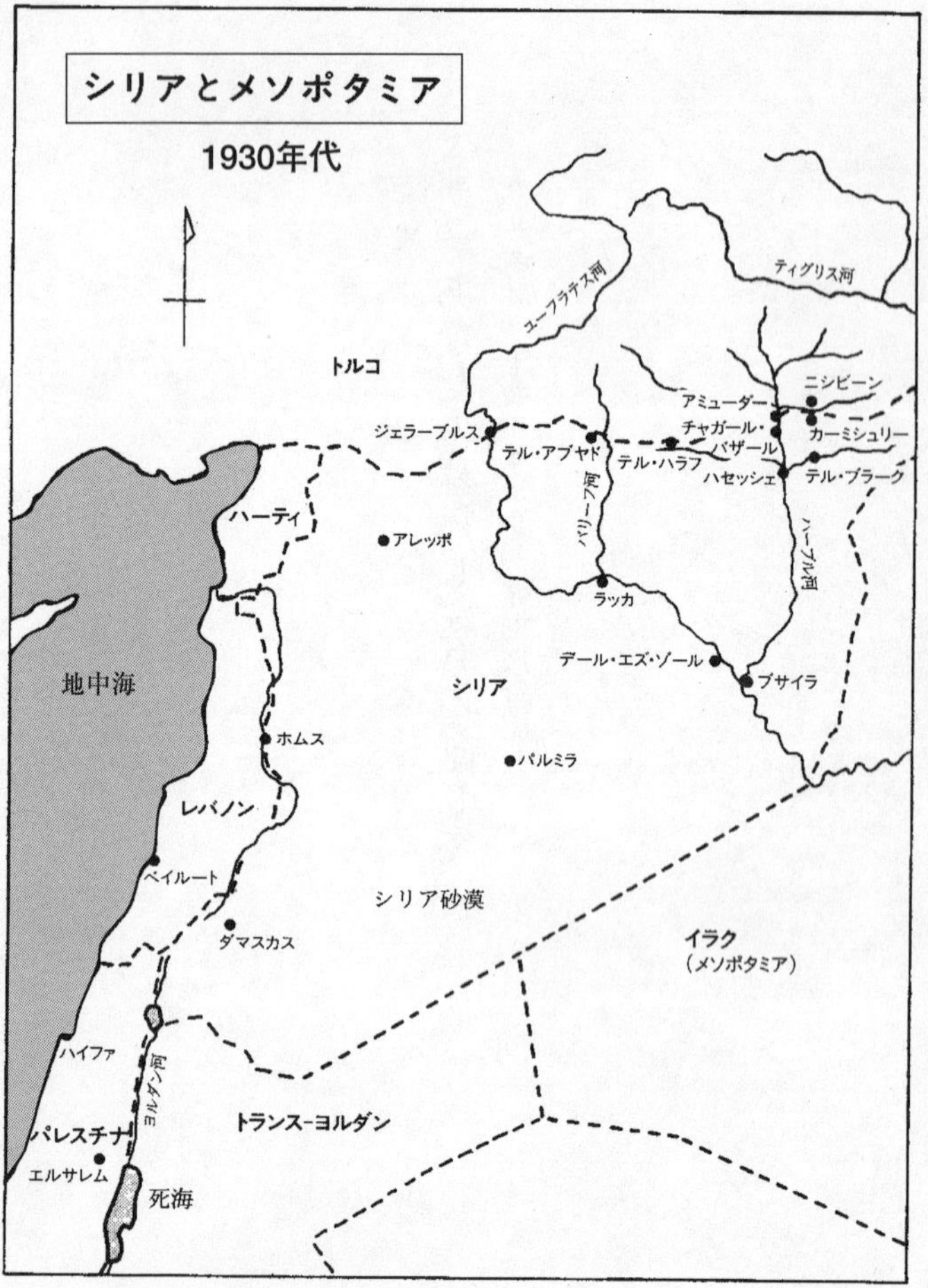

シリアとメソポタミア
1930年代
トルコ
ユーフラテス河
ティグリス河
ニシビーン
アミューダー
チャガール・バザール
カーミシュリー
ジェラーブルス
テル・アブヤド
テル・ハラフ
ハセッシェ
テル・ブラーク
バリーフ河
ハーブル河
ハーティ
アレッポ
ラッカ
デール・エズ・ゾール
ブサイラ
地中海
シリア
ホムス
パルミラ
レバノン
ベイルート
シリア砂漠
ダマスカス
イラク
(メソポタミア)
ハイファ
ヨルダン河
トランス-ヨルダン
パレスチナ
エルサレム
死海

第一章　シリアをさしていざ行かん

あと二、三週間で、わたしたちはシリアへ旅だとうとしている。秋とか冬になって、暑い土地向きのものを買おうとすると、少々面倒なことになる。去年の夏服があるから、あれで〝まにあう〟だろうと楽観していると、いざそのときになって、〝まにあわない〟とわかり、大あわて。ひとつにはそれらが（引っ越し業者が家具のリストにつける、荷主にとってはがっくりさせられる符牒さながらに）、〝へこみあり、ひっかき傷あり、汚点あり〟に見えるからである（おまけに〝縮み〟や〝色落ち〟もあり、しかも〝妙ちきりん〟に見えるときている）。そしていまひとつには――悲しいかな、これに触れずにすますわけにはいくまい！――随所に窮屈な部分があるからでもある。

というわけで――しかたなく買い物に出かける。すると――

「申すまでもございませんが、マダム、この季節ともなりますと、そういうお品は需要がございませんので。それよりも、いかがです、こちらにちょうどお似合いのスーツがございますよ。ダークな色合いで、サイズも特大です」

やれやれ、特大とはいやな言葉だ！　特大サイズであるというのは、なんと屈辱的であることよ！　しかもそれ以上に屈辱的なのは、一目で特大だと見破られることである。

（もっとも、たまにはいい目を見ることもあり、そういう日には、大きな毛皮の襟のついた、細身の長い黒の上着をまとった女店員が、いとも快活に言ってくれる――

「ああら奥様、奥様はただふっくらしてらっしゃるというだけじゃございません？」）

わたしはおすすめのスーツというのをながめる。突拍子もないところに毛皮があしらってあり、おまけにプリーツスカートだ。わたしは溜め息まじりに説明する――わたしのほしいのは、洗濯のきくシルクか、コットンの服なのだ、と。

「でしたらマダム、〃わたしどものクルージング・セクション〃をおためしになってみてはいかがでしょう」

マダムは〃わたしどものクルージング・セクション〃をおためしになる。が、けっして過大な期待はいだかない。〈クルージング〉というのは、いまなおロマンティックな夢の王国の中心である。それには古代ギリシアの理想郷、アルカディアの趣さえある。クルーズに出かけるのは、若い娘たちだ。ほっそりして、若々しく、皺にならないリネンのパンツをはける娘たち。そのパンツたるや、裾幅がおそろしく広くて、反対にヒップはぴっちりしている。クルーズに出かけるのは、その種の〝プレイスーツ〟を着こなし、軽快にはねまわる娘たちだ。もっぱら彼女ら向きに、十八種類ものショーツが常時とりそろえてある。

〝わたしどものクルージング・セクション〟を預かる魅力的な女店員は、ほとんど同情を示さない。

「いいえ、あいにくですけどマダム、特大サイズは置いておりません」（かすかにおぞましげな目つき。特大サイズで、クルージングですって？　よく言うわよ！　ロマンティックな夢なんて、どこへ消えちゃったのかしら？）

彼女はつけくわえる――

「それはあんまりふさわしくないんじゃございません？」

残念ながらわたしも、それがあまりふさわしくないことを認めざるを得ない。

だがもうひとつ希望が残されている。〝わたしどものトロピカル・セクション〟が。

〝わたしどものトロピカル・セクション〟は、基本的に日よけ帽《トピー》から成りたっている。

茶色のトピー、白いトピー、特殊なエナメル革のトピー。ほかに、少々うわついた感じで、そのぶん、いくらか度はずれて見えるものとしては、ダブル・タライなるしろものもある。タライというのは、亜熱帯地方で見られるつば広のフェルト帽だが、これがさながら珍奇な熱帯の花々のごとく、ピンクに、ブルーに、黄にと、色とりどりに咲き誇っている。ここにはまた、巨大な木馬が一頭と、種々さまざまな乗馬ズボン《ジョッパーズ》も置かれている。

けれども——そう——ここにあるのはそれだけではない。〈帝国建設者の妻〉たちにふさわしい、ウェアの数々もとりそろえてあるのだ。シャンタンの！　簡素なスタイルのシャンタン製のスーツ——少女っぽいみてくれとはいっさい縁がない——おまけに、鶏ガラみたいな〝痩せ〟だけでなく、巨体の主の需要にも応じられるようになっている。さっそくわたしは、さまざまな型とサイズのをかかえて試着室へと向かう。数分後には、絵に描いたような〝奥様《メムサーヒブ》〟（かつてインドで地位の高い白人女性を尊敬して呼んだ言葉）ご一名さまのできあがりだ！

もとより、多少の懸念はないでもない——が、しいてわたしはそれを押し殺す。なんといってもこれは、涼しく、実用的で、しかもわたしの体でもはいるのだから。

つづいてわたしの目は、ちょうどぴったりの帽子を選ぶことへと向けられる。ちょうどぴったりの帽子なるものは、きょう日、もはや存在しない。なんとかまにあわせるしかないのだが、これが口で言うほど簡単ではないのだ。

わたしのほしいのは、そしてわたしがなんとか手に入れたいと思っていて、しかしまず十中八九、入手は無理だろうとあきらめている帽子は、フェルト製で、大きさは手ごろ、そしてしっかり頭にフィットする帽子である。二十年ほど前までは、犬を散歩に連れていったり、ゴルフをしたりするときなど、よくその種の帽子をかぶったものだ。ところが、近ごろの帽子ときたら、その折々の流行により、片目の上や片耳の上、あるいはうなじの上などに小粋《こいき》にのっけるだけのしろものか、でなくば、直径一ヤードはあろうかというダブル・タライしかない。

わたしは、クラウンの形がダブル・タライに似ていて、つばの広さがこの四分の一ぐらいの帽子がほしいのだ、そう説明する。

「ですけどマダム、これは完全に日ざしをさえぎるため、わざとつばを広くしてあるのですよ」

「それはわかってます。ですけどわたしの行こうとしている土地では、たえず強い風が吹きまくってますから、こんなつばの広い帽子じゃ、一分とかぶっちゃいられませんよ」

「なんでしたらマダム、ゴム紐をおつけすることもできますけど」

「わたしのほしいのは、いまかぶってるこの帽子、これよりつばの大きくない帽子なんです」

「もちろん、クラウンが浅いのでしたら、とてもよくお映りになりますよ、マダム」

「クラウンが浅いのじゃないんです！　しっかりかぶれるのがほしいんですよ！」

ついに初志貫徹！　つぎには色を選ぶ――近ごろはやりの、しゃれた名のついた新色。いわく、土色、錆色、泥色、石畳色、砂塵色、等々。

さらに二、三の小さな買い物――わたしは本能的にさとっているが、これらはどうせ無駄になるか、でなくば、わたしをトラブルにおとしいれるだけの買い物だ。たとえば、ファスナーつきのバッグ。当今の暮らしときたら、この無情なファスナーなるしろものに完全に支配され、いやがうえにも複雑になっている。ブラウスはファスナーをひきあげ、スカートはファスナーをひきさげ、スキー服はそこらじゅうのファスナーをとじなくてはならない。〝軽いワンピース〟でさえ、ただのお遊びのつもりか、まったくよけいなファスナーがあちこちについている。

なぜだろう？　およそこの世に、ファスナーほど恐ろしいしろものはないのに。これはともすると使い手にむかって牙をむく。普通のボタンや、クリップや、スナップや、バックルや、かぎホックなどにくらべて、これははるかに恐ろしい苦境にこちらを巻きこみかねない。ファスナーが発明されてすぐのころは、この精妙な新発明にすっかり心を奪われたわたしの母など、前をファスナーでとじる方式のコルセットを、わざわざ仕立てさせたりしたものだ。結果は無残と言おうか、悲惨と言おうか、とにかく言語に絶していた！　そもそも最初にファスナーをひきあげること自体、極度の苦しみを伴う大事業であったばかりでなく、いったんファスナーがとじられたコルセットは、それきり頑としてひらこうとしなかったのである。それをひらくことは、事実上、外科手術に等しかった。母はヴィクトリア時代ふうの愛すべき慎ましさをそなえたひとだったから、ちょっとのあいだ、この先一生、そのコルセットをつけたままで過ごすことになるのではないか、そんなふうにさえ思われたほどだ――いってみれば、現代版〈鉄の乙女〉といったところか！

そんなわけで、これまでわたしは、つねにファスナーには警戒心をいだいてきた。ところがどうやら、旅行用バッグには、すべてこのファスナーがついているらしいのである。

「旧式の留め金具は、もうすっかりすたれてしまいましたのですよ、マダム」憐れむような目つきでわたしを見ながら、店員はそう言う。さらに、実地にそれを開閉してみせながら、「ほら、このとおり、いたって簡単です」とものたまう。

たしかに、簡単なことはまちがいない。でもいまは――と、わたしは胸のうちでつぶやく――幸か不幸か、バッグはからなのだ。

「そうねえ」わたしは溜め息まじりに言う。「ひとはやっぱり時代とともに進歩しなくちゃなりませんものね」

多少の心もとなさをいだきながらも、わたしはそのバッグを購入する。

いまや、ファスナーつきの旅行用バッグと、〈帝国建設者の妻〉然としたスーツ、それに、ひとまず満足のゆく帽子の所有者となって、わたしは得意満面である。

だがまだやらねばならないことは山ほどある。

つぎにわたしは文房具売り場へ行く。購入するのは、数本の万年筆と、尖筆型万年筆《ステログラフ》だ。これはわたしの経験から言うのだが、万年筆というやつ、イギリスではしごくお行儀よく、申し分なくふるまってみせるくせに、いったん砂漠的環境のなかへ解き放たれるや、好き勝手な行動が許されると思いこむ癖がある。たとえば、とつぜんストライキを始めて、インクを噴きだし、それをわたしの手や顔に、服に、ノートに、その他なんであれ手近なものに無差別にひっかけるとか、あるいは、急にもじもじしだして、紙の表面の目に見えぬ障害物にいちいち蹴つまずき、それ以上は梃子でも動かなくなるとか。

万年筆のほかにも、わたしは鉛筆二本というささやかな買い物をする。さいわいにも鉛筆はさほど気分屋ではないし、うかうかしているといつのまにか手もとから消えている、そんな困った性癖がないではないにしろ、代わりはいつでもまにあう。そもそも鉛筆を借りるという利用法でもなければ、建築技師にいったいどんな使い途があるだろう？

つぎなる買い物は、四個の腕時計だ。砂漠は時計には不親切な土地だから、三、四週間もすると、時計は毎日の着実な働きを放棄する。時間とはたんなる考えかたの問題にすぎない、そう言いだして、それからは、一度に二十分ぐらいずつ、日に八度も九度も停まってくれたり、でなくばむやみに進んだり、勝手気ままにふるまいはじめる。ときには、悪戯《いたずら》っぽくとりすまして、この両方をくりかえすこともある。そしてついには、完全に動かなくなる。ここまでくると、持ち主もあきらめて腕時計第二号にのりかえ、以後もこれが反復される。だがこれだけではまだ足りない。ほかにも二個、四個、ないし六個の時計を買っておく必要があり、これは夫がわたしにむかい、「ねえ、時計をひとつ貸してくれないか。現場監督に渡しておきたいから」などと言いだした場合への備えとしてだ。

わがアラブ人の現場監督たちは、もとよりすばらしいひとたちなのだが、こと時計に関するかぎり、ぶきっちょとしか言いようのないところがある。とにかく彼らにとっては、時を告げるということが、すくなからぬ精神的緊張をもたらすものらしい。ときとして見られる光景だが、彼らは大きな、まんまるな、お月さま然とした時計を、しかつめらしく上下さかさに持ち、それこそ苦渋のにじみでるような目で、穴のあくほど文字盤を見つめる。だがそれでいて、肝腎の時間は読みまちがっているのだ！　この宝物のねじを巻く彼らの手つきは、とびきり精力的、かつ徹底的だから、それだけのストレスに堪えられる主ぜんまいなど、めったに存在しない。
というわけで、発掘シーズンが終わるまでに、隊員の腕時計はつぎからつぎへと犠牲に供される。わたしの二個、四個、ないし六個の時計というのも、その最悪の日をなんとか先へ延ばそうとする算段なのである。

荷造り！

荷造りに関しては、その取り組みかたにいくつかの流派がある。一週間も二週間も前から、あらゆるものを荷物に詰めこみはじめるひとたち。そうかと思うと、出発半時間前になって、二、三のものを適当にほうりこみ、それで事足れりとするひとたち。いっぽうに、ティッシュペーパーのたぐいにいたるまで、用意周到に詰めこむひとがいるかと思えば、ティッシュペーパーなどには洟《はな》もひっかけず、そこらのものを手あたりしだいにほうりこみ、あとは運を天にまかせるひともいる。必要な品をあらかた置き忘れてゆくひともあれば、永久に必要になることなどありそうもない品物を、山のようにかかえてゆくひともある。

そうしたなかで、考古学発掘隊の荷造りについては、ひとつだけ、ぜったい確実なことがある。それが主として書物から成っているということだ。どの本を持ってゆくか、どの本を持ってゆけるか、どの本を持ってゆく余地があるか、どの本を（血を吐く思いで！）置いてゆくか。わたしはかたく信ずるものだが、考古学者というのは、だれしもつぎのような手順で荷物をまとめるはずである。まず、かの辛抱づよい欧州大陸寝台車《ワゴンリ》会社が、最大限何個までのスーツケースを携行することを認めてくれるか、それを見きわめる。つぎに、それらのスーツケースひとつひとつに、ふちまでいっぱいに書物を詰めこむ。そのあと、しぶしぶ何冊かの書物をそこから抜きだし、それによってできた空きスペースに、シャツやパジャマ、靴下、等々を詰めるのである。

マックスの部屋をのぞくと、さながらその立方体のスペース全体が、書物で埋まっているかのような印象を受ける。その本の山のわずかな隙間から、マックスの苦悩に満ちた顔がちらりと見てとれる。

「きみ、どう思う？　これだけのものをぜんぶ持っていくスペースがあるかな？」彼はたずねる。

答えが否であることはあまりに明白なので、わざわざ口に出してそう指摘するのは、不人情なような気さえするほどだ。

午後四時三十分に、彼がわたしの部屋にあらわれ、期待をこめてこうたずねる――

「きみのスーツケース、いくらか余地はないかな？」

長年の経験から、ここはきっぱり、「ないわよ」と答えるべきなのはわかっているが、わたしはつい逡巡する。と、たちまち災厄がふりかかってくる。

「ほんのひとつかふたつ、こっちのものを入れさせてもらえれば――」

「本じゃないでしょうね？」

わずかに心外そうな面持ちになって、マックスは言う。「もちろん本さ――本以外にあるはずがないだろう？」

進みでるなり、彼は二巻の大部の書物を　わたしのシャンタンのスーツの上に力まかせに押しこむ。わざわざスーツケースのいちばん上になるように気を配って、ふんわり置いてあったのに。

わたしは悲鳴をあげ、抗議するが、もはや手遅れだ。

「ばかを言いなさい。余地はまだじゅうぶんあるじゃないか！」そう言ってマックスは、頑としてしまろうとしないスーツケースの蓋を、無理やり押してしめる。「見たまえ、これでもまだぎゅう詰めには程遠い」そう言う顔の楽天的なこと！

幸か不幸か、ここで彼の注意が隣りのスーツケースへと移る。そこには、麻のプリントのドレスがたたんで入れてある。

「なんだい、これは？」

見てのとおり、ドレスだとわたしは答える。

「これはおもしろい。胸から裾にかけて、ずっと豊饒のモティーフがついてる」と、マックス。

考古学者と結婚していて当惑させられることのひとつは、ごくありふれた、なんでもないパターンの起源とか由来について、彼らが多彩な専門的知識を有していることだ！

五時半になるころ、マックスがふと思いついたように、いまからちょっと出かけて、シャツや靴下、その他の日用品を買ってきたほうがよさそうだと言いだす。ところが四十五分後に、ぷりぷりしながら帰ってきて言うことには、商店が軒並み六時には閉店するとはけしからん。むかしから閉店は六時に決まっていると指摘してやると、いままでそんなことはぜんぜん気がつかなかった、との返事。

こうなってはもはや、〝書類を整理する〟以外に、やるべきことはなにもない、と彼はのたまう。

十一時にわたしは寝室にひきとるが、そのころまだマックスは、デスク（このデスクはいままで一度として整頓されたこともなければ、埃を払われたこともない——うっかり手をつけようものなら、極刑が待っているからだ）に向かったきり、手紙や、請求書や、パンフレットや、壺の絵や、無数の土器の破片、さまざまなマッチ箱、などの整理に追われている。マッチ箱といっても、マッチはぜんぜんはいっていない。かわりに、貴重な古代の遺物であるビーズがはいっている。

明けがたの四時、彼がお茶のカップを手に、息せき切って寝室にとびこんでき、去年の七月に紛失したきりになっていた、アナトリアの考古学発掘品に関する非常に興味ぶかい論文がやっと見つかった、と報告する。ついでに、とってつけたように、きみを起こしちまったんでなければいいんだが、とつけくわえる。

もちろん目がさめちゃったわよ、そうわたしは答え、わたしにもお茶を持ってきてくれたっていいんじゃない？　と言う。

お茶を持ってもどってきながら、ほかにも見つけたものがあるんだ、とマックスは告げる。なんと、とっくに支払ったと思っていた請求書の山だ。似たような経験はわたしにもある。まったくやりきれない。この点でふたりの意見は一致する。

朝の九時、わたしはマックスの部屋に呼ばれ、超重量級の重しがわりに、彼のふくれあがったスーツケースの蓋にすわってくれと頼まれる。

「きみの体重をもってしてもこれがしまらなければ、ほかのだれに頼んだって無理だろうからね！」と、マックスは言いにくいことを平然と言ってのける。

この超人的な離れ業は、最終的には純然たる体重《アヴォワルデュポワ》のしからしむるところによって達成され、わたしはふたたび自分自身の問題と取り組むことになる。その問題とは、わたしの予言者的な直観がはしなくも警告していたとおり、例のファスナーつきのバッグである。グッチの店で見せられたときには、バッグがからっぽだったから、操作はいたって簡単で、しゃれていて、手間いらずのように思えた。なんと心地よげにファスナーは右に走り、左に走ったことだろう！　ところがいま、ふちまで中身が詰められると、それをとじることは、まさしく一個の奇跡となる。超人的な調節技術の奇跡だ。まず、左右のエッジを数学的な正確さで嚙みあわせる必要があるし、やっとそれが嚙みあって、ファスナーがのろのろと動きだしたとたんに、化粧品入れの角がひっかかって、またぞろややこしいことになる。どうにかそれがしまるころには、これから先、シリアに着くまで、二度とこんなものはあけてやるものかという気がしてくる。

とはいえ、よく考えてみると、あけずにいることはどうも無理らしい。あけなければ、問題の化粧品入れはどうなるだろう？　五日間の旅行ちゅう、一度も洗顔や入浴をせずにすませられるだろうか。だが、いま現在は、それすらもこのバッグのファスナーをあけることにくらべれば、まだしもましに思えるほどだ。

さて、いよいよほんとうに出発するときがくる。まだまだやりのこしたことが山ほどある。クリーニング屋には、毎度のことだが、期待を裏切られるし、清掃会社は約束を守らず、マックスに地団太を踏ませる。とはいえ、いまさらそれがなんだというのだろう。わたしたちはもう出かけるのだ！

ところが、ぎりぎりになって、一瞬ちらっと、やはり出かけるのは無理ではないか、と思わされることが起きる。マックスのスーツケース――これが、うわべはなんの変哲もないしろものなのに、なんとタクシー運転手の力だけではびくとも動かない。運転手とマックスとが力を合わせ、ついには、たまたま通りかかったひとの手まで借りて、苦心惨憺のすえに、やっとそれらをタクシーにおさめる。

タクシーは一路ヴィクトリア駅へ。

愛するヴィクトリア駅よ――イギリスから海外への玄関口よ。どれだけわたしはおまえを、おまえの大陸行き列車のプラットフォームを愛していることか。なにしろわたしは汽車が大好きなのだ！　くんくんと鼻を鳴らし、硫黄くさい煙のにおいを陶然と吸いこむ。どれほどそれは汽船のにおいとはかけはなれていることだろう。汽船のかすかな、超然として、よそよそしい油のにおいは、きたるべき船酔いの日々を予言しているように思われて、いつも気分をめいらせる。それにひきかえ汽車は——大きくて、騒々しく、せっかちで、威勢よくしゅっしゅっ、ぽっぽっ、と煙を吐きだす気さくな機関車に牽引されて、あたかも武者ぶるいしつつ、「さあ、出かけなくっちゃ、さあ、出かけなくっちゃ、さあ、出かけなくっちゃ！」と言っているかのような汽車は——いつの場合もわたしの友達だ。それは乗るほうの気分をも代弁してくれているように思える。なぜなら乗客のほうでも、自然にこうつぶやいているからだ——「さあ、出かけるぞ、さあ、出かけるぞ、さあ、出かけるぞ……」

わたしたちの乗るプルマンカーの入り口には、見送りのひとたちが集まっている。例によって、ばかげた決まり文句がやりとりされる。わたしの口からも、名うての別れぎわの台詞というやつが滔々《とうとう》と流れでる。飼い犬たちについての指示、子供についての指示、手紙を回送することや、本を送ってもらうことや、忘れてきた品物についての指示。「でね、こういったことはみんな、メモにして、ピアノの上に置いてあるから。あら、それともひょっとして、バスルームの棚の上だったかしら」いっさいは出発前に何度となく言ってあることで、いまさら念を押す必要などこれっぽっちもないのに！

マックスはマックスで自分の身内のひとたちにかこまれ、わたしはわたしの身内のものにとりかこまれている。

姉が涙ながらに、もうこれっきりわたしとは会えなくなるような気がする、そう言いだす。わたしはさほど驚かない。これまでにも、中近東へ出かけるつど、おなじことを聞かされてきたからだ。さらに姉は、もしかして、ロザリンドが虫垂炎にでもなったらどうしよう、とたずねる。そう言われても、よりにもよってわたしの十四歳になる娘が、虫垂炎にならねばならぬ理由などどこにもないし、わたしとしてはとにかく、「お姉さんが自分で手術するのだけはやめてね！」としか言いようがない。それというのも、姉は鋏《はさみ》を持つと急に威勢がよくなり、相手が腫れ物であろうが、ヘアカットであろうが、縫い物であろうが、見さかいなしに攻撃にとりかかる、という評判をとっているひとだからだ——もっともたいがいの場合、それが大成功に終わることは認めざるを得ないが。

マックスとわたしの身内のひとたちが入れかわり、わが敬愛するお姑さんがわたしに、くれぐれも体に気をつけてね、と念を押す。どうやら暗ににおわせているのは、わたしがけなげにも大きな個人的危難にとびこんでゆこうとしている、ということらしい。

汽笛が鳴り、わたしは友人や秘書たちと最後のあわただしい挨拶をかわす。秘書はわたしのやりのこしたことを遺漏なくやりとげてくれるだろうか？　クリーニング屋や清掃会社に言うべきことを言い、コックのためにしっかりした紹介状を書いてやり、荷物にはいりきらなかった書物を発送し、わたしの忘れてきたこうもり傘をロンドン警視庁からひきとってき、さらには、ある牧師がわたしの近作に四十三ヵ所もの文法的誤りがある、と書いてきたのにたいして然るべき返事をしたため、種苗会社への注文リストに目を通して、ペポカボチャとパースニップとをリストから除外してくれるだろうか？　だいじょうぶ。いっさいはわたしの言い残したとおりに処理するし、もし万一、なにか家庭内の、もしくは著述の仕事のうえでの問題が生じたら、そのときはわたしに電報を打つつもりだ。いや、そんな心配はいらない、とわたしは答える。秘書には代理人としての権限が与えられている。なにもかも自分の裁量で処理してくれてよい。彼女はこころもち不安げな表情になり、何事においても慎重を期することを約束する。ここでまた汽笛だ！　わたしは姉にさよならを言い、なんだかわたしもこれっきりお姉さんに会えないような気がしてきたし、ロザリンドもほんとうに虫垂炎にかかるかもしれないわ、そううわずった調子で口走る。ばかおっしゃい、と姉は言う。そんな心配がどこにあるもんですか。といったところで、わたしたちはプルマンカーに乗りこみ、汽車はひとしきりうめき声をあげたあと、ゆっくりと動きだす――いよいよ出発だ。

およそ四十五秒間ほど、わたしはとりかえしのつかないことをしてしまったような、なんとも救いがたい気分に陥るが、やがてヴィクトリア駅が後方へ消えてゆくのにつれ、ふたたび心がはずみだす。ついにシリアをめざしての、胸躍るすばらしい大旅行が始まったのだ。

プルマンカーには、なにか堂々とした、尊大にとりすましたような感じがある。それでいて、快適さの点では、普通の一等車の足もとにも及ばない。なのに、なぜわたしたちがいつもプルマンカーに乗るかと言うと、それはもっぱらマックスのスーツケースのせいである。普通の客車では、その重量に堪えられないのだ。一度、チッキにした手荷物が行方不明になるという椿事《ちんじ》に遭遇して以来、マックスは大事をとって、たいせつな書物をけっして手もとから離そうとしないのである。

ドーヴァーに着いてみると、海はけっこう穏やかだとわかる。にもかかわらず、わたしは婦人用サロンにひきこもり、横になって、悲観的瞑想にふける。いつも波の動きとともに、きまってこの種の悲観主義が心に忍びこんでくるのだ。だが、いくらもたたぬうちに、カレー到着が目前に迫り、フランス人のスチュワードが青いジャンパーを着たひとりの大柄な男を連れてきて、わたしの手荷物を運んでゆかせる。「この男は税関でお待ちしてますから」と、スチュワードは言う。

「そのひと、番号は何番？」わたしはたずねる。たちまちスチュワードは非難がましい顔つきになる。

「マダム、これは船の大工《メ・セ・ル・シャルパンティエ・デュ・バトー》ですよ！」

わたしは相応に顔を赤らめて恥じいるが、二、三分たってから、その返事がぜんぜん返事のていをなしていないことに気づく。その男がシャルパンティエ・デュ・バトーだからといって、それでその男が見つけやすくなるという理屈がどこにあるだろう。なにしろ、ほかに何百人もの青いジャンパーを着た男がいて、口々に、「ええ九十三番《カトルヴァン・トレーズ》！」などと呼ばわっているのだから。たんにその男がなにも叫ばずにいるというだけでは、じゅうぶんな識別法になるとは思えない。のみならず、シャルパンティエ・デュ・バトーであるからには、そのぶん不慣れだとも考えられる。はたして中年のイギリス女性の山のごとき大群のなかから、たったひとりの中年のイギリス女性を、ずばりとあやまたずに選びだしてくれるだろうか。

ここまで思案をめぐらしたところで、マックスがあらわれ、わたしの手荷物を運ばせるためにポーターを連れてきたと言う。それならすでにシャルパンティエ・デュ・バトーが持っていったと説明すると、なぜそんなことをさせるんだとマックスはなじる。荷物はぜんぶいっしょにしておかないとまずいじゃないか。たしかにそうだとはわたしも認めるけれど、なにせ海上に出ると判断力が鈍るというのは、いつもおなじみのわたしの弱点だから。「しかたがない。税関でひきとるとしよう」マックスは言う。というわけで、いよいよわたしたちは地獄へ乗りこんでゆくことになる。口々に叫びたてるポーターの群れ、これも阿鼻叫喚の地獄だが、それにつづく税関の女性係官との遭遇が、これまた地獄の苦しみだ。およそフランス女性と名のつく存在のうちでも、これは真に不愉快な唯一のタイプと言えるだろう。魅力とか、感じのよさ、女性としての美質、それらがいっさい欠けている。彼女はつっきまわし、詮索し、「煙草はないの《パ・ド・シガレット》？」などといかにも疑わしげに言ったあげくに、不承不承、鼻を鳴らして、なにやら謎めいた象形文字をチョークでわたしたちの手荷物に書きなぐる。そこでようやくわたしたちはゲートを通り抜け、プラットフォームに出て、いよいよシンプロン・オリエント急行でヨーロッパ大陸横断の旅に出《い》でたつことになるのだ。

遠いむかし、何度かリヴィエラやパリへ出かけたときなど、いつもカレーに停車ちゅうのオリエント急行の雄姿に魅せられたわたしは、いつかはそれで旅をしたいと願ったものだった。いまではそれも古なじみの友になってしまったが、それでも、乗るときのわくわくする気持ちはすこしも薄れない。わたしがこれで旅に出ようとしているのだ！いまげんにそれに乗っているのだ！ ほんとうにいま、車体に簡潔に〈カレー～イスタンブール〉とだけ標示された、〝青列車〟に乗っているのだ！　この列車こそ、掛け値なしに、わたしのいちばん好きな列車である。なによりも気に入っているのがそのテンポで、はじめはアレグロ・コン・フローレで、がむしゃらに、性急に、乗客を思いきり左右にふりまわしつつ、ごとごとと横揺れしながらカレーを、西欧文明の地を離れ、やがて東へ進むとともに、徐々にラレンタンドで速度を落として、最終的にはレガートに落ち着く。

あくる朝早く、わたしは車窓のブラインドをあげ、かなたにかすむスイスの山並みをながめる。やがて列車は峠をくだって、イタリアの平野に出、美しいストレーザの町と、青く澄んだマッジョーレ湖を通過する。さらに、だいぶ走ってから、瀟洒《しょうしゃ》な駅に着くと、そこがヴェネツィア──この駅だけがわたしたちの見られるヴェネツィアだ──そしてふたたびそこを出て、海岸ぞいにトリエステへ、さらにはユーゴスラヴィア（旧ユーゴスラヴィア。当時はユーゴスラヴィア王国）へ。速度はしだいしだいにのろくなり、停車時間は長くなり、駅の時計は思いおもいに勝手な時間を示しだす。ＨＥＯにかわって、ＣＥがあらわれる。駅の名は、見た目はおもしろいが、とても字とは思えない文字で書かれている。機関車はでっぷり肥って、いかにも好人物らしく見え、それがげっぷとともに吐きだすのは、とびきり黒く、いやなにおいのする煙だ。食堂車の勘定書きはややこしい通貨で算出され、見慣れないミネラルウォーターの瓶がテーブルにあらわれる。テーブルでわたしたちの向かいにすわった小柄なフランス人は、しばし無言で自分の勘定書きをためつすがめつしたあげくに、当惑げに顔をあげて、マックスの視線をとらえる。強い感情のこもった声が、哀れっぽく高められる。「このワゴンリの両替のやりかたときたら、まったく《ル・シャンジュ・デ・ワゴンリ・セ・タ》むちゃくちゃですな《ンクロワヤブル》！」かと思うと、通路をへだててすわった色の浅黒い、鉤鼻の男は、自分の勘定書きの金額を、(a)フランス・フラン、(b)イタリア・リラ、(c)ユーゴ・ディナール、(d)トルコ・ポンド、(e)USドルにそれぞれ換算し、書きだしてほしいと要求する。食堂車の係員がさんざん頭を悩ませたすえにそれを提示すると、客は無言でそれを検算し、それから、金銭にかけては無類に鋭い頭脳の主なのだろう、やおらポケットから、もっとも換算率の有利な通貨をとりだす。彼がわたしたちに説明して言うことには、こうすることでイギリス通貨で五ペンスの節約になるのだそうな！

朝になると、トルコの税関係官が列車にあらわれる。ひどくのんびりしていて、わたしたちの手荷物にひとかたならぬ関心を示し、なぜこんなにたくさんの靴を持っているのか、とわたしにたずねる。あまりに多すぎるのではないか。わたしは答えて、でもわたしは煙草を吸わないから、煙草は一本も持ちこんでいないし、ならば、靴をほんの何足かよけいに持っていてもいいのでは？　係官はこの説明で納得する。それを理にかなっていると受け取ったようだ。ところでこの、小さな缶入りの粉末、これはなにか、と彼は重ねてたずねる。

殺虫剤だ、そうわたしは答えるが、どうやらわかってもらえないらしい。彼は眉をひそめ、疑わしげな顔をする。明らかにわたしを麻薬密輸入者と疑っているのだ。見たところ歯磨き粉ではないし、お白粉《しろい》でもなさそうだが、ではいったい、なんだ？　と嵩《かさ》にかかって問いかける。そこでわたしの迫真的なパントマイムの出番となる。わたしはいとも写実的に体のあちこちをかきむしり、目に見えぬ侵入者をとらえる。さらに座席の木造部に殺虫剤をふりかけてみせる。ああ、ようやくわかってもらえたようだ！　係官は思いきり頭をのけぞらせて豪快に笑いながら、ある言葉をトルコ語でくりかえす。なるほど、この粉はあいつらを撃退するのか！　彼はそのジョークを同僚にも聞かせる。そしてふたりしてそれをおおいに楽しみながら、つぎの車輛へと移ってゆく。つづいて、ワゴンリの車掌がわたしたちをコーチするためにやってくる。もうじき入国管理官がわたしたちのパスポートを持ってあらわれ、所持金の額をたずねるはずである。「〝有り《エフェク》金《ティフ》〟ですよ、わかりますね《ヴー・コンプルネ》？」わたしは〝エフェクティフ〟という言葉がおおいに気に入る——手もとにある現金のことを言うのには、まことにぴったりの表現ではないか。車掌はさらにつづけて、「お客さんがたは、エフェクティフをたくさん持っているでしょう」と言い、ある金額を口にする。われわれはそんなには持っていない、とマックスが訂正する。「いや、それは気にしないで。それを正直に言ってしまうと、かえって面倒なことになりますから。銀行の信用状と、トラベラーズチェックと、そのほかにもエフェクティフをたくさん持っていると、そう答えてください」さらにその説明を敷衍《ふえん》して、「わかりますね？　実際にいくらお持ちだろうと、役所のほうではいっこうにかまわないんです。ただし、返答は規定《アン・レグル》どおりでなくちゃならない。ですからこう答えてください――たくさん持っている、と」

まもなく、当の入国管理官が財政上の質問をひっさげてあらわれる。わたしたちが実際に答えるのより早く、彼はこちらの返答を書式に記入する。すべてはアン・レグルだ。それがすむころ、いよいよ列車はイスタンブール市内へとさしかかる。壁を小割り板で張った風変わりな家並み、そのあいだを右に左に縫って進むうちに、どっしりした石の稜堡《りょうほ》がときおりその隙間に垣間見え、やがて右手にはちらちらと海が見えてくる。

いささか腹だたしい都市だ、イスタンブールというのは――いくら気をつけて見ていても、いつからその市域にはいったのか、ついぞはっきりしないのだから！　とにかく、ヨーロッパ側を離れて、ボスポラス海峡を渡り、アジア側にはいったところで、はじめてほんとうのイスタンブールを見ることになる。けさは、その光景がとりわけ美しい。

澄んで、輝かしく、薄青い朝の空、靄ひとつなく晴れわたったその空を背景に、数多くのモスクがそれぞれ尖塔《ミナレット》をそそりたたせている。

「ハギア・ソフィア寺院ですよ。じつにすばらしい」と、乗りあわせたフランス人の紳士が言う。

だれもが共感するが、あいにく、このわたしだけは例外だ。悲しいかなわたしは、いまだかつてハギア・ソフィア寺院に感銘を受けたことがない。審美眼が欠けているのかもしれないが、しかし、事実は事実。いつ見ても、決定的に寸法がまちがっているように思えてならないのだ。われながらひねくれたものの見かただと思うから、それを恥じて、わたしは口をつぐんでいる。

さてそのあとは、ハイデル・パシャ駅で待っていた列車に乗りかえ、ついにその列車が動きだすと、いよいよ朝食となる。待ちに待った朝食——だれもがこのころにはすっかりおなかをすかせている！　朝食がすむと、あとはまる一日、マルマラ海の複雑な海岸線づたいに、すばらしい旅がつづく。点在する島々は、遠くかすんで、夢のように美しい。これでもう百回めぐらいだろうか、わたしはぜひともあれらの島々のひとつを所有してみたいと考える。不思議なものだ、この、自分だけの島を持ちたいという欲求は！　だれもが遅かれ早かれそういう欲求にとりつかれる。それはひとの心のなかで、自由を、独居を、日々のあらゆる煩《わずら》いからの解放を象徴しているのだ。だがそれでいて実際には、それはむしろ解放よりも束縛を意味するのではあるまいか。日常生活は、おそらく全面的に本土に依存することになるだろう。しょっちゅう長い買い物リストをこしらえて、食料品の注文を忘れぬようにし、肉やパンもきちんと補充されるように手配しておかねばなるまい。というのも、友達もいなければ、映画館もない、仲間と行き来しようにも、バス連絡さえない孤島では、家事使用人のなりてなど、まず見つかりそうもないから。わたしはいつも思うのだが、これが南海の島なら、また話はべつだ！　日がな一日、のんびりとすわって、よく熟れた果物でもいで、食べていさえすれば、お皿やナイフやフォークとは縁が切れ、皿洗いだの、脂で汚れた流しだのといった問題からも解放されるだろう。もっとも、実際に南の島の住人が食事をしているところを一度だけ見たことがあるが、そのとき彼らは脂のぎらぎら浮いた熱々のビーフシチューを、お皿に山盛りにして、おそろしく汚いテーブルクロスの上で食べていたものだ。

そう、島はあくまでも夢の島であるし、また、夢の島でなくてはならない！　その島では、拭き掃除もなければ、家具にはたきをかけることもなく、ベッドメーキングも、洗濯も、皿洗いも、脂汚れも、食料の補充も、買い物リストも、ランプの芯を切ることも、ジャガイモの皮むきも、ごみ処理もない。その夢の島にあるのは、ただ白い砂と、青い海のみ――そしておそらくは、日の出と日没との中間に建てられたおとぎの家と。林檎の木があり、歌声が流れ、そして黄金の……

ここまで夢想にふけったところで、マックスがわたしに、なにを考えているのかと問いかける。わたしは簡潔に、「地上の楽園についてよ！」と答える。

するとマックスは、「ああ、それならジャフジャーハ河を見てからにしたまえ！」

そこはそんなに美しいのか、とわたしはたずねる。マックスは答えて、まあそのへんはなんとも言えないが、とにかく、とびきり興味ぶかい場所であり、しかも、だれもそのことはほとんど知らないのだ、と言う。

列車は蛇行しながらとある小峡谷をのぼり、海は背後へ遠ざかってゆく。

翌朝、わたしたちは〈キリキア山道〉に到着し、わたしの知るかぎりのもっとも美しい眺望のひとつを楽しむ。それはあたかも、世界のふちに立って、約束の地を見おろすのに似ている。知らずしらず、モーセもきっとこんな気分を味わったはずだという気がしてくるほどだ。というのも、ここでもまた、そこに到達するための道はないのだから……そのやわらかにかすむダークブルーの広がり、それはけっして行きつくことのできない土地である。実際にそれらの町や村々に到達してみれば、そこにあるのはただ、ありふれた日常世界の一部分のみ――けっしてこの、降りてくるようにとひとをさしまねいている、魅惑に満ちた美の世界ではない……

列車が汽笛を鳴らす。わたしたちはふたたびコンパートメントのひととなる。アレッポへ。そしてアレッポからさらにベイルートへ。このベイルートで、調査隊に加わる予定の建築技師と落ちあい、ハーブルおよびジャフジャーハ地方の予備調査のため、各種の準備をととのえることになっている。実際に発掘に適した遺跡を選ぶのは、この予備調査の結果を見たうえでのことだ。

なんとなれば、それこそ事を成すための第一歩だからである。かの料理本の著者たる尊敬すべきビートン夫人も言っているように、まず兎をつかまえることこそが肝要、料理はそれからなのだ。

というわけで、わたしたちの場合は、まず発掘すべき現場を見つけること。それをこれからやろうとしているのである。

第二章　予備調査の旅

ベイルート！　青い海、湾曲した入り江、青くかすむ山々が連なる長い海岸線。これがホテルのテラスから見わたせる光景だ。いっぽう、内陸に面したわたしの寝室からは、真っ赤なポインセチアの栽培園が見晴らせる。部屋は天井が高く、白い水性塗料で塗られ、見かたによっては、獄房のように見えなくもない。各種の蛇口に、りっぱな排水管までついたモダンな洗面台は、颯爽たる近代的雰囲気をそなえている（原注　この文章が書かれたのは、近代的なオテル・サン・ジョルジュがオープンする前のことである）。洗面台の上には、それらの蛇口につながった大きな四角い水槽があり、取り外しできる蓋がついている。ところが、水槽をのぞいてみると、なかには腐ったにおいのする水がいっぱいたまっていて、しかもそれは冷水の蛇口にしか接続されていない！

中近東で新来の給排水設備を利用しようとすると、山ほどの落とし穴が待っている。冷水の蛇口からお湯が出て、温水の蛇口から水が出るのなど、日常茶飯事。いまでも忘れられないのは、新設の〝洋式〟と称するお風呂にはいったときのことだ。こけおどしの給湯システムからは、煮えたぎった熱湯がぎょっとするほどの勢いでほとばしり、さればとて、冷水はどこをどうまわしても出てこず、お湯の蛇口はひらきっぱなしで、にっちもさっちもいかない。そのうえ出入り口のドアは、ボルトがひっかかったきり動かない！

いま、庭のポインセチアに目を輝かせて見入り、いっぽう給排水設備には不信の目をそそいでいると、ドアにノックの音がする。小柄でずんぐりしたアルメニア人が、愛想のいい笑顔であらわれるなり、口をあけ、指先を下にむけて喉をさしながら、勢いよく、「食べる《マンジェ》！」とのたまう。

この単純きわまりない手段によって、彼はどんなに血のめぐりの悪いものにも、食堂で昼食が供されるということをはっきりわからせてくれるのである。

行ってみると、食堂ではマックスが待っている。ほかにもうひとり、わが調査隊に新しく加わった建築技師、マック。彼のことは、わたしもまだほとんど知らない。数日ちゅうに、このマックを加えたわたしたち三人は、発掘に適した有望な遺跡を探して、三カ月にわたる調査旅行に出発することになっている。三人のほかに、ガイドとして、哲学者として、また友人として、ハムーディが同行する。長らくウルの発掘現場で作業員の監督を務めてきた男で、マックスの古い友人でもあり、この秋の発掘シーズンのあいまを見て、数ヵ月だけわたしたちの隊に加わってくれる予定だ。

マックが立ちあがり、丁重にわたしに挨拶する。それからわたしたちは席につき、ほんのこころもち脂っこいとはいえ、なかなか上等な昼食をしたためる。わたしはマックと親しくなろうと、何度か会話の糸口をつくってみるが、相手は、「ほう?」とか、「なるほど」とか、「それはそれは」とかのそっけない返事で、みごとにそれをはぐらかしてくれる。

わたしは少々閉口する。ある居心地の悪さが頭をもたげ、やがては確信となってわたしを圧倒する。どうやら、わが隊の若い建築技師氏は、わたしの苦手とする人種のひとりであるらしい。こういう人種にかかると、人見知りをするわたしは、ときとして、どうしようもなく無能になってしまう。かつては出あうひとすべてにたいしてそうだったものだが、さいわいいまは、そういう時代も遠く過ぎ去った。中年になるにつれて、ようやくある程度の自信がつき、人前であがらないこつを身につけたのだ。いまでもときおり、そういうつまらぬ癖が克服できたのがうれしくて、「ええそうよ、もうそれをのりこえたわ!」と、浮きうきと自分に言い聞かせてみるのだが、えてしてそういうときにかぎって、だれか思いがけない人物があらわれて、またもばかげた人見知り癖をぶりかえさせてくれるのである。

こういうときに、マックもまだ若いのだから、ひょっとするとやはり人見知りするのかもしれない、こういうかたくなな自己防衛の鎧《よろい》をまとっているのも、そのためかもしれない、などと自分に言い聞かせてみても、なんの役にも立たない。彼の冷ややかで尊大な態度、やんわりと眉をあげてみせるしぐさ、しゃべっているわたしですらおよそ無意味だとしか思えない話を、礼儀正しくじっと傾聴しているようす、それらに出あうと、わたしが目に見えて萎縮して、いよいよ躍起になって完全なたわごととわかっている話をまくしたてだす、そういう事実は厳として残るのだ。食事の終わるころになって、そのマックがとつぜん反撃をしかけてくる。

フレンチホルンについて、わたしがあるご託を懸命に並べたてたのにたいして、彼はやんわりと言いかえす。「まさか、そんなことはないでしょう?」

もちろんそのとおりだ。まさしく〝そんなことはない〟のである。

昼食がすむと、マックスがわたしに、マックをどう思うかとたずねる。わたしは用心ぶかく、ずいぶん口数のすくないひとみたいね、と答える。そうなんだ、だからいいのさ、そうマックスは言う。きみにはとてもわかるまいが、砂漠のまんなかで、ぜったい口をつぐもうとしない相手とつきあうはめになったら、その悲惨さたるや目もあてられない！「マックを選んだのは、どうやら寡黙なタイプらしいと見てとったからだよ」

いかにも、これに一理あることはわたしも認める。マックスは得たりとばかりに、おそらくあの男は内気なんだろうが、そのうち打ち解けてくるさ、とも言う。さらに思いやりぶかくつけくわえて、「ひょっとすると、きみをこわがってるのかもしれんよ」

わたしを元気づけようとしての言葉だろうが、そう思ってみても、それですっかり得心した、とはとても言えない。

それでもわたしは、少々自らに心理療法をほどこしてみることにする。

まず第一に、あんたはマックの母親と言ってもいいくらいの年配なのよ、と自分に言い聞かせる。おまけに、作家――それも著名な作家でもある。なにしろ、あんたのつくりだした登場人物のひとりが、《タイムズ》紙のクロスワードパズルの鍵に使われたことさえあるんだから（名声をはかる度合いとしては、最高水準をマークしていると言ってもいいだろう！）。おまけにあんたは、ほかならぬ〈調査隊長〉の妻でもある！　となれば、かりにだれかがだれかに剣突《けんつく》を食わせるとすれば、それはあんたがあの青年に、であって、あの青年があんたに、であってはならないはずだ。

後刻、外へお茶を飲みにゆこうということになり、わたしはマックを誘いに彼の部屋へ行く。どこまでも自然に、にこやかにふるまうつもりで。

室内はあきれるほどこざっぱりとかたづいていて、部屋の主は、きちんとたたんだ格子縞の毛布にすわりこみ、日記をつけている。顔をあげると、丁重な、物問いたげなまなざしをわたしに向ける。

「いっしょにお茶を飲みにいらっしゃいません?」

マックは立ちあがる。

「やあ、ありがとう!」

「そのあとで、ちょっと町を探検するのもおもしろいんじゃないかしら。知らない町をうろついてみるのって、とても楽しいですわよ」

マックはやんわりと眉をつりあげ、冷ややかに言う。「ほう、そうですか」

いくぶん出鼻をくじかれた思いで、わたしは先に立ってホールへ行く。そこではマックスがわたしたちを待っている。マックは黙りこくったままだが、それでも機嫌よく大量のお茶をたいらげる。いっぽう、マックスのほうは〈現在〉においてお茶を飲んでいるが、心はざっと紀元前四〇〇〇年あたりをさまよっている。

最後のケーキが胃袋に消えるころ、とつぜんマックスははっと物思いから覚め、われわれのトラックがどうなっているかを見にゆこう、と言いだす。

というわけで、さっそくわたしたちはトラックを見にゆく。フォードのシャシーに、地元製のボディーをとりつけたしろものだが、これ以外に、中古でまああの状態というのが手にはいらなかったので、いやでもこれに頼るしかない。

見たところ、車体の造りはきわめて楽観的な、いわば〝アッラーの神の思し召しのまま《インシャッラー》に〟的な理念にもとづいているらしく、全体として、ひときわ車高が高く、威厳に富み、少々眉唾くさいほど堂々として見える。マックスは、現場監督のハムーディがいまだにあらわれないことで、いくらかやきもきしている。本来なら、もうとっくにこのベイルートでわたしたちと合流しているはずなのだ。

マックは、町を見物するというわたしの提案を一笑に付し、ふたたび毛布にすわりこんで日記をつけるため、さっさとホテルへひきかえす。いったいなにを日記に書きつけているのやら、そう思うと、わたしは好奇心をそそられる。


早い目覚め。朝の五時に、ホテルのわたしたちの部屋のドアがいきなりひらいて、「現場監督が着きました!」と、アラビア語で告げる声がする。

ハムーディが息子ふたりをひきつれ、このひとたちの特徴である熱っぽい魅力をふりまきながらとびこんでくるなり、わたしたちの手を握りしめ、その手をひたいにあてる。

「シュロン・ケーフェク(ご機嫌いかが)?」「クッリーシュ・ゼーン(たいへんよろ

しい）！」「エル・ハムドゥ・リッラー！　エル・ハムドゥ・リッラー！　エル・ハムドゥ・リッラー（もろともに神を誉めたたえよう）！」

眠気をふりはらいつつ、わたしたちはお茶を注文し、ハムーディとふたりの息子は心地よげに床にすわりこんで、さっそくマックスと情報の交換を始める。言語の障壁があるため、わたしは会話から除外される。わたしもいまではアラブ人の流儀に慣れっこになっていて、もっとも、こういう時間に押しかけてくるのが、世にも自然なことなのだ、と理解はしている。まだ眠り足りないいまは、ハムーディ一家も到着の挨拶にくるのに、もうちょっと当を得た時間まで待っていてくれてもよかったのに、などとうらめしい気持ちになったりもするけれど。

お茶のおかげで、眠気は吹っ飛び、ハムーディもわたしにいろいろなことを問いかけてくる。マックスがそれを通訳し、ついでにわたしの返事も通訳してくれる。ハムーディ一家がみんな上機嫌でにこにこしているので、わたしもあらためて彼らが、とても感じのいいひとたちであることを実感する。

いまや出発準備はたけなわだ。さまざまな貯蔵食料品の購入。運転手やコックの雇い入れ。古代文化局《セルヴィス・デ・ザンティキテ》への挨拶。局長のセイリグ氏、ならびにすばらしくチャーミングなその夫人との楽しい昼食。彼ら夫妻ほど、わたしたちに親切にしてくれるひとたちはいないだろう——ついでに言っておくと、食事もとびきりおいしい。

わたしがたくさん靴を持ちすぎている、とはトルコの税関係官の見解だったが、それには異論のあるわたしは、さらに靴を買い足しに出かける！　ベイルートでは、靴は楽しい買い物だ。適当なサイズがないと、わずか二日でつくってもらえる。それも上等の革で、ぴったり足に合ったのを。やたらに靴を買いたがるというのは、わたしの弱点のひとつだと認めざるを得ない。帰国のさいは、トルコを通らないようにしなくては！

わたしたちはまた、現地のひとたちの住む地域へ出かけて、興味をひかれた布地をどっさり買いこむ。厚手の白い絹地で、それに金糸または濃いブルーの糸で刺繍がほどこしてある。さらに、お土産として持ち帰るために、絹製のアバー（アラブ人の着る袖のないゆるい衣服）もあれこれと買いこむ。マックスはマックスで、多種多様なパンに興味をそそられている。フランス人の血をひいているひとは、だれでもおいしいパンが好きだ。フランス人にとって、パンは他のいかなる食物にもまして大きな意味を持つ。以前、公安《セルヴィス・スペシオー》局のある将校が、遠い辺境の駐屯所にいる同僚を思いやって、こう漏らすのをわたしも聞いたことがある——「かわいそうなやつだ《スー・ボーヴル・ギャルソン》！　ろくなパンもなくて、クルド人の薄い煎餅み《イル・ナ・メム・パ・ド・パン・ラ・パ・スールマン・ラ・》たいなやつ《ガレット・クルド》だけどさ！」と、深い、心からなる同情をこめて。

さらにわたしたちは、銀行を相手に、長く複雑な交渉をしなくてはならない。驚かされるのは、中近東では毎度のことだが、銀行がおよそいかなる業務をもひきうけるのを渋る、という事実だ。行員たちは礼儀正しく、愛想こそいいが、実際になにかをすることだけは必死に避けようとする。「なるほど《ウイ》、なるほど《ウイ》」と、彼らは同情的につぶやく。「ではそれを書面でお願いします！《エクリヴェ・ユヌ・レトル》」そうしてふたたびすわりこむと、いかなる行動をも先送りにできたことにほっとして、安堵の吐息を漏らすのである。

それでもいよいよのっぴきならず、最終的な行動が迫られることになると、彼らはその腹いせに、〝レ・タンブル〟（〝タンブル〟は証紙、印紙、切手などの意）なるややこしいシステムを持ちだす。およそありとあらゆる書類、あらゆる小切手、あらゆる取り扱い業務は、〝レ・タンブル〟を要求されることによって停滞し、いよいよ複雑化の様相を呈してくる。ひっきりなしに少額の支払いが要求される。ようやくそれらすべてが終わって、やれやれと思うまもなく、またしても〝待った〟がかかる。

「あと二フランと五十サンチーム《エ・ドゥー・フラン・サンカーント・サンチーム》、印紙代としてお願いします！《プール・レ・タンブル、シル・ヴー・プレ》」

それでもついに、数えきれないほどの書類が提出され、信じられぬほどたくさんの証紙や印紙が貼られ、押され、添付されたところで、事務の処理はようやく終わる。行員はほっと安堵の溜め息をついて、これでやっと追っぱらってやれるぞ、とばかりに期待の目でわたしたちを見る。わたしたちが銀行を出てゆくとき、後ろから聞こえてくるのは、彼がまたべつのうるさい客にむかい、「どうかそれを書面でお願いします《エクリヴエ・ユヌ・レトル、シル・ヴー・プレ》」と言っている声だ。

このあとにも、まだコックと運転手とを雇い入れる仕事が残っている。

運転手問題がまず解決される。ハムーディが満面に笑みをたたえてやってき、わたしたちはたいへん運がよかったとのたまう。わたしたちのために、優秀な運転手を確保したというのだ。

どうやってその宝物を手に入れたのか、とマックスが訊く。

いきさつはいたって単純なことらしい。その男は、波止場近くに立っていた。しばらく前から仕事にあぶれ、いまではすっかり困窮しているので、とびきり安い給料で働いてくれるという。かくして一石二鳥、わたしたちは経費節減にも成功したというわけだ！

とはいえ、その男がはたして運転手として優秀かどうかを見わけられる手段はあるのだろうか？　ハムーディはあっさり手をふって、この種の疑問をかたづける。パン屋は、かまどにパンを入れ、それを焼くからこそパン屋なのだ。同様に、車を出し、それを運転するものは、これ運転手にほかならない！

マックスは、あまり気乗りのせぬ調子で、もしほかにもっといい候補者が見つからなければ、そのアブドゥッラーとやらを雇うことにしてもよいと言い、さっそくアブドゥッラーが面接のために呼ばれてくる。一見して、驚くほど駱駝《らくだ》に酷似していて、マックスが溜め息まじりに言うことには、とにかく見てのとおりの愚鈍そうな男だから、その点だけはまず安心だ、と。それはまたなぜか、とたずねると、要するにずるく立ちまわるだけの頭がないからだよ、そうマックスは答える。

ベイルートで過ごす最後の日の午後、わたしたちは、ナール・エル・ケルブ——〈犬の河〉——へのドライブを楽しむ。この河のほとりの、内陸へむかってのびる、木におおわれた峡谷に、一軒のカフェがあって、そこでコーヒーを飲み、心地よい木陰の小道を散策できるのだ。

とはいえ、ナール・エル・ケルブのほんとうの魅力というのは、レバノン山脈を越える峠道の途中、とある小道のほとりの岩に刻まれた文字にこそある。というのも、これまでの数えきれぬほどのいくさのたびに、軍隊がこの道を通り、岩に記録を残していったからだ。まず、エジプト軍の象形文字——ラムセス二世時代のもの——がある。アッシリア軍や、バビロニア軍の残した荒削りの文字もある。ティグラトピレセル一世（アッシリア王、在位BC一一一五?～一〇七七）の画像もあるし、紀元前七〇一年には、センナヘリブ（アッシリア王、在位BC七〇五

〜六八一。七〇一年にイスラエルを撃破し、六八九年にはバビロン市を破壊した）もここに銘刻を残した。アレキサンドロス大王もここを通り、記録を残していったし、エサールハッドン（アッシリア王、在位BC六八一〜六六九。センナヘリブの子。父の破壊したバビロン市の再興とエジプトの平定にほとんどその全治世をかけた。アッシュールバニパルの父）や、ネブカドネザル（新バビロニア王、在位BC六〇五〜五六二。エルサレムを破壊し、王と住民をバビロニアに連れ去った）もまた、それぞれここで勝利を記念した。そして最後は一九一七年、アレンビー将軍の率いるイギリス軍将兵が、これら古代人たちと肩を並べて、各自の名前や頭文字をここに彫りつけていった。岩に刻まれたこれらの銘文をながめていると、わたしはけっして見飽きることがない。まさに、手にとるようにわかる歴史の歩み、とはこのことだ……

すっかり夢中になったわたしは、ついマックにむかって、なんてわくわくするんでしょう、ねえ、そうお思いにならない？　と熱っぽく問いかける。

マックは丁重に眉をつりあげると、まったくおもしろくもおかしくもないといったふぜいで答える。そうですね、おっしゃるとおり、じつに興味ぶかい……

つぎなる騒ぎは、いよいよトラックが到着して、それに荷物を積みこむときだ。一見して、その車体は明らかに頭でっかちに見える。それがあぶなっかしくゆらゆら、がくがくと揺れるのだが、それでいて、全体になにやら威厳めいた——どころか、王侯のように堂々とした——ものをそなえていて、そのためさっそく〈クイーン・メリー〉号と命名されることになる。

〈クイーン・メリー〉号に加えて、わたしたちはもう一台、〝タクシー〟を雇う。シトロエンで、アリスティードというアルメニア人が運転手としてついてくる。さらに、少々陰気な風貌のコック（アイサ）も雇うが、彼の推薦状はあまりに申し分なさすぎて、かえって胡散《うさん》くさい。そうしてついに、おおいなる日がやってき、一行は出発する。マックスとハムーディ、わたし、マック、アブドゥッラー、アリスティード、そしてアイサ——これだけの人数が、好むと好まざるとにかかわらず、これからの三カ月間、仲間同士として行動をともにすることになるのである。

わたしたちの最初の発見は、アブドゥッラーがおよそ想像しうるかぎりの最悪の運転手だということだ。さらに二番めは、コックがかなり頼りない料理の腕しか持たないこと、三番めは、アリスティードが運転手としてこそ優秀だが、彼の自前のタクシーは、信じられないほどひどいしろものだということ。

ベイルートを出て、一行は海岸づたいの道をとる。ナール・エル・ケルブを過ぎて、なおも左手に海を見て進むうちに、白い家々のかたまった小さな集落や、うっとりするようなかわいらしい砂浜、岩のあいだのこぢんまりした入り江、などがつぎつぎにあらわれては、後ろへ消えてゆく。ぜひとも車を停めて、ひと泳ぎしたいところだが、いまやわたしたちは、本腰を入れて畢生《ひっせい》の大事業に乗りだしたばかりなのだ。まもなく、そう、あとわずかで、車は海岸を離れて内陸へと向かい、以後は、何カ月ものあいだ、二度と海を見ることはなくなるはずである。

アリスティードは、シリアふうの流儀で、たえずホーンを鳴らしっぱなしにする。わたしたちの後ろからは、さながら荒海にもまれる船のごとく、〈クイーン・メリー〉が頭でっかちの車体をごとんごとんと揺すりながらついてくる。

ビブロスを過ぎると、白い家々の群れもしだいにすくなくなり、まばらになってくる。わたしたちの右手には、岩のごつごつした山地がつづいている。

そしてついに、一行はその道からそれ、内陸の都市ホムスをめざす。

ホムスには、いいホテルがひとつある。ハムーディから聞いたところによると、とてもすばらしいホテルだそうな。

そのホテルのすばらしさは、主として建物そのものにあるらしい。見るからにひろびろして、堂々たる石の廊下がどこまでものびている。だが悲しいかな、給排水設備はあまり機能していない。巨大な客室のそなえているのは、ごくちっぽけな快適さのみ。わたしたちにあてがわれた部屋をうやうやしく拝観したあと、マックスとわたしは町を見物に出かける。マックはと見れば、例によってベッドの横にすわり、たたんだ毛布を脇に置いて、なにやら熱心に日記に記入している。

（それにしてもマックは、いったいなにを日記に書くのだろう！　ホムスの町を見物するという考えに、これっぽっちの熱意も示そうとしないとは。）

あるいは彼にこそ先見の明があったのかも。というのも、町にはほとんど見るべきものはないからだ。

わたしたちは、へたくそに料理された擬似洋風の食事をとり、すぐに床につく。


きのうまでは、曲がりなりにも文明化された領域を通ってきたのに、きょうはいきなり文明とは無縁の地に乗りこんでゆく。一時間か二時間走っただけで、見わたすかぎり、どこにも緑は見えなくなる。すべては褐色の砂質の荒れ地だ。入り乱れた往還は、見るからに混乱を招きそう。しかもときたま、だしぬけに道の向こうにどこからともなく、トラックがゆらりと姿をあらわす。

おそろしく暑い。その暑さに加えて、道がでこぼこなのと、タクシーのスプリングが悪いのと、おまけに顔がごわごわするほどの濛々《もうもう》たる砂塵を吸いこむので、わたしは激しい頭痛に襲われはじめる。

いっさいの緑を剝ぎとられたこの広漠たる土漠、ここにはなにか恐ろしい、だがそれでいて心をひきつけてやまないものがある。ダマスカスとバグダッドのあいだにひろがる砂漠とは異なり、ここはけっして真っ平らではない。道はたえずのぼりくだりをくりかえす。ここを走っていると、なんとなく自分がちっぽけな砂粒になってしまったような気がする。子供のころ、海岸でこしらえた砂の城の、その砂の一部である砂粒に。だがそのうち、七時間にわたる暑熱と、単調さと、寂しい荒れ地の連続のすえに――

パルミラ！

まさにそれがパルミラという古代都市の魅力だと思う。熱砂のまっただなかに、忽然と幻のようにあらわれる、そのほっそりしたクリーム色の美。美しく、幻想的で、とても現実とは思えない――まさしく夢芝居のように非現実的な、どこかつくりものめいたこわれやすさがある。宮廷や神殿の土台、倒壊した円柱……

まだいまのところ、わたしはパルミラを実際のところどう考えるか、判断をくだすことができずにいる。いつの場合もその、最初に見たときの夢幻的な印象がつきまとってくるからだ。痛む頭と、ひりひりする目、それらがいっそうそれを、熱に浮かされた幻覚のように感じさせたとも言える。これは現実じゃない――現実ではありえない、と。

ところが、ふと気がつくと、わたしたちは大勢のひとの群れにかこまれている。いっせいにがやがやとしゃべったり、笑ったり、ぱちぱちスナップ写真を撮ったりしている、陽気なフランスの観光団一行に。車がとある壮麗な建物の前に横づけになる。ホテルだ。

マックスが急いでわたしに警告する。「においを気にしちゃいけないよ。慣れるまでにはしばらくかかるけどね」

たしかにそのとおり！　ホテルの内部はとても瀟洒で、飾りつけなども、ほんとうの趣味のよさと魅力とをただよわせている。ところが、客室にこもっているかびくさい水のにおいたるや、おそろしく強烈だ。

「けっして不健康なにおいじゃないよ」と、マックスがわたしに保証する。

どうやらホテルの経営者らしいひとあたりのいい年配の紳士も、熱のこもった調子できっぱりと言いきる——

「いやなにおいです《モーヴェーズ・オドゥール》、ええ《ウイ》！　しかし体にさわることはありません《マルサン、ノン》！」

という次第で、一件落着！　それに、どっちにしろ、わたしは気にしない。さっさとアスピリンを飲み、お茶をいただいて、ベッドにもぐりこむ。見物はあとにするわ——いまは部屋を暗くして、ひと眠りしたいだけ。

そうは言ってみたものの、内心ではちょっぴり落胆している。こともあろうにこのわたしが、みんなのお荷物になる厄介者の旅行者になろうとしているのでは？　いままでは、いつも自動車旅行を楽しんできたのに！

だがそれは取り越し苦労。一時間後にめざめたときには、気分はすっかりよくなっていて、わたしはいそいそと見物に出かける。

きょうばかりは、あのマックまでが、いつもの日記からひきはなされても、いやとは言わない。

わたしたちは観光に出かけ、楽しい半日を過ごす。

ホテルからいちばん遠い地点まできたところで、フランスの観光団一行に出くわす。一行は困っている。ハイヒールをはいてきた女性客のひとりが（女性客はみんなハイヒールなのだが）、靴のヒールを折ってしまい、遠いホテルまで歩くに歩けず、立ち往生しているのだとか。ここまではタクシーできたらしいが、運悪くそのタクシーが故障してしまった。そう聞かされて、わたしたちはそのタクシーに目をやる。どうやらこの国にはたった一種類のタクシーしかないらしい。この車も、わたしたちの雇ったタクシーと見分けがつかないほどよく似ている。がたがたの見すぼらしいシートといい、全体を紐で縛ってどうにか保《も》たせているみたいな感じといい、そっくりそのままだ。運転手は背の高い、ひょろりと痩せたシリア人だが、それが気がなさそうにボンネットをのぞきこんでいる。

彼は首を横にふる。フランス人一行は、いっさいをわたしたちに説明する。ここへはきのうの飛行機で着き、あすまた帰りの便に乗る予定だとか。このタクシーは、ホテルで午後半日だけの約束で雇ったのだが、それがここで故障するとは。ヒールを折った気の毒なご婦人は、いったいどうしたらいいのだろう！　「歩くこともできませんしね《アンポッシブル・ド・マルシェ》、そうざんしょ《ネ・スパ》？　靴が片方しかないんですから《アヴェ・カン・スーリエ・スールマン》」

わたしたちは口々に慰めの言葉をかけ、マックスは騎士道精神を発揮して、わたしたちのタクシーを提供しようと申しでる。これから自分がホテルへひきかえして、タクシーを連れてこよう。二度往復すれば、ここにいる全員が運べるだろう。

この提案は、喝采と、おびただしい感謝の言葉とに迎えられ、そしてマックスは出かけてゆく。

わたしはフランスのご婦人がたと親しくなり、いっぽうマックは例によって、容易には踏みこめないよそよそしさの垣根のうちにとじこもる。どんな会話のきっかけを与えられても、そっけなく、「ウイ」とか「ノン」としか言わないので、そのうちついに一同のお情けにより、そっとしておいてもらえることになる。わたしたちの旅について、フランスのご婦人がたは愛すべき好奇心をあらわにする。

「まあ奥様《アア・マダム》、奥様がキャンプ生活をなさるんですって《ヴー・フエト・ル・キャンピング》？」

その言いまわしに、わたしはすっかり魅了されてしまう。〝キャンプ生活《ル・キャンピング》！〟。その言いまわしひとつで、わたしたちの冒険ははっきりと、一種の〝スポーツ〟に格上げされたようだ。

きっと楽しいでしょうねえ、ル・キャンピングをなさるなんて、とべつのご婦人。

ええ、きっとおもしろいと思います、そうわたしも言う。

時が流れる。わたしたちは談笑する。と、とつぜん、わたしの仰天したことには、〈クイーン・メリー〉がよろめきつつ姿をあらわす。運転台に見えるのは、マックスの腹だたしげな顔。

いったいなぜタクシーを持ってこなかったのか、とわたしはなじる。

「なぜならばだ」と、マックスは憤然として、「タクシーはここにいるからだよ」そう言って、芝居がかったしぐさでゆびさしてみせるのは、ほかでもない、いまなおひょろりとしたシリア人が、能天気にボンネットをのぞきこんでいる、かの頑固な故障車だ。いっせいにあがる驚愕の叫び。そしてわたしもやっと思いあたる。なぜそれがそんなにも見慣れた感じを与えるのか！　「ですけどね」と、フランスのご婦人が叫ぶ。「これはわたしどもがホテルで雇った車ざんすのよ」それでもやはり、これはわたしたちの車なのだ、とマックスが説明する。

アリスティードは、かなり苦しい弁解をする。だがそれでも、双方ともに相手の見解を認めるにはいたらない。

「あの車は向こう三ヵ月間、あんたともどもわれわれが雇ったはずだぞ」と、マックスはいきまく。「なのに、よくもまあぬけぬけとわれわれの目を盗んで、他人に又貸しなどしてくれたものだ」

「しかしね」アリスティードは答える。いかにも、あらぬ疑いをかけられて心外だ、とでもいった面持ちだ。「旦那は言いませんでしたか、午後は車を使わないって？　だったらあたしがそのあいだを利用して、ちょっとばかり小遣い稼ぎをしたっていいでしょうが。で、友達と話をまとめて、彼がこのご一行をパルミラ観光にご案内する。旦那のほうで使いたいってわけでもないんだから、そんなに怒る理由なんかないでしょう」

「いいや怒るとも」マックスは言いかえす。「まず第一に、これがわれわれの承諾もなしに行なわれたということ。そして第二に、こうして車が故障して、修理が必要になったからには、どう考えてもあす、予定どおりには出発できそうもないということだ」

「ああ、それでしたら、心配はいりませんぜ」アリスティードは言う。「ここにいる友達とふたりで、必要なら徹夜でもなんでもして直しますから！」

マックスはそっけなく、だったらそうしてくれと答える。

そしてまさしく、あくる朝にはわが忠実なるタクシーは、ホテルの真ん前でわたししたちを待っている。そして運転席には、アリスティードの愛想よく笑っている、だが内心では依然として、罪の意識などみじんも感じていなさそうな顔。

きょう、わたしたちはユーフラテス河のほとりのデール・エズ・ゾールに到着する。ここもやはりたいへん暑い。町にはいやなにおいがして、およそ心などそそられない。洋式のホテルもぜんぜんないので、公安局が親切にもわたしたち一行にいくつかの部屋をあてがってくれる。部屋からながめる褐色の大河の流れの向こうには、すばらしい眺望がひらけている。フランス人将校がやさしくわたしの健康状態をたずね、もしやわたしがこの暑さに負けて、自動車旅行にはとても堪えられないと見切りをつけていはしまいか、と気づかってくれる。「うちの局長夫人のマダム・ジャコーなんか、着いたときには〝完全にふらふら《コンプレトマン・ノック・アウト》〟といったありさまでしたからね」

その表現がわたしは気に入る。そして願う――どうかわたしの場合は、この現地調査の旅の終わりに、〝コンプレトマン・ノック・アウト〟になどなっていませんように、と。

わたしたちは野菜と大量の卵とを買いこむ。そしてこれらを〈クイーン・メリー〉のスプリングが折れそうなほどに満載して、ふたたび出発する。今度はいよいよ、本来の現地調査そのものをめざして。

ブサイラ！　ここには警察の駐屯所がある。ユーフラテスとハーブル、両河の合流点にあり、かねてからマックスが大きな望みをかけていたところだ。対岸には、ローマ時代の円形競技場《キルケシウム》もある。

ところが、あいにく、ブサイラは期待にそぐわないことがわかる。古代の集落の痕跡はいっさい見あたらず、あるのはもっぱらローマ時代のものだけで、これはいつの場合も、相応の侮蔑をもってしか扱われない。「ローマ時代のもの《ミン・ジマン・エル・ルーム》」と、ハムーディはつまらなそうに首をふりふり言い、わたしも忠実におなじ言葉をくりかえす。

というのも、わたしたち調査隊の観点から言えば、ローマ人は歴史的に救いがたいほど近い――ついきのうまで生きていたひとたちでしかないからだ。わが隊の関心の対象は、紀元前二〇〇〇年期、ヒッタイト人の盛衰と変遷とに始まり、なかでもとりわけ、ミタンニ族の軍人王朝について、より多くをつきとめたいというのが目的である。ミタンニ族は、よそからやってきた勇猛な種族で、これまでほとんど知られていないが、一時期、この地方で栄え、その首都ワシュガンニのあった場所は、まだつきとめられていない。支配階級は戦士にかぎられ、彼らはその勢力をこの地方一円に及ぼして、エジプトの王家とも婚姻関係を結び、どうやら優秀な騎馬民族でもあったらしい。というのも、馬の養育と訓練に関する文書が残っていて、それがミタンニ族のキックーリという人物の手になるものとされているからである。

さらに、わが隊の関心は、いうまでもなく、そこからさらにさかのぼって、先史時代というおぼろげな時代にまで及んでいる。文字に書かれた歴史の存在せぬ時代――たんに土器や、住戸の土台や、魔よけの護符や、各種の装飾品や、ビーズなどが、その時代に生きたひとびとの生活を示す、〝もの言えぬ証人〟として残っているだけの時代。

ブサイラが期待を裏切ったので、わたしたちはさらに南方のメヤーディーンへとおもむく。もっともマックスは、あまりここには期待をかけていない。このメヤーディーンもだめなら、そこからふたたび方向を転じ、ハーブル河の左岸ぞいに北上することになるだろう。

ブサイラで、わたしははじめてハーブル河と対面する。これまでわたしにとってはたんなる名前だけの存在だったが、マックスの口の端には再三のぼってきた河だ。

「ハーブル河――そこだよ、狙いは。何百というテルの集まっている土地だ！」

さらにつづけて――

「そしてもしもハーブル河でも期待どおりのものが見つからなければ、つづいてジャフジャーハに向かうんだ！」

　はじめてその名を耳にして、わたしは問う。「なんなの、ジャフジャーハって？」

　その名はなんと幻想的に聞こえることだろう！

　マックスはご親切にも言ってくれる。きみはぜんぜんジャフジャーハ河のことを聞いたことがないらしいな？　ま、しかたがないか。そういう人間はきみだけじゃないから。

　わたしは甘んじてその非難を受け、じつをいうと、あなたがそれを口にするまで、ハーブル河の名さえ聞いたことがなかった、とつけくわえる。この返事は彼を驚かせる。

　わたしがあきれるほど無知なのに仰天しながら、「じゃあきみは、テル・ハラフがハーブル河のほとりにあることも知らなかったのか？」と、マックスはたずねる。テル・ハラフは、先史時代の土器で有名な遺跡だが、そこのことを口にするとき、彼の声はうやうやしくひそめられる。

　わたしは首を横にふり、それから先はあえて指摘するのを控える。つまり、たまたま彼と結婚しなかったら、たぶん死ぬまでテル・ハラフのことなど聞かずにいただろう、とは。

　ところで、わたしたちの発掘現場のことを他人に説明しようとすると、山ほどの困難に巻きこまれることになる。

わたしの最初の答えは、たいがい一語だけだ——「シリアよ」「ほう！」平均的な聴き手はそう言うが、早くも少々めんくらっている。彼または彼女の眉間に縦皺があらわれる。「はあ、なるほど——シリアね……」ここで聖書についての記憶がうごめく。「というと、たしかパレスチナだっけ？」

「パレスチナのお隣りよ」わたしはさらに記憶をうながす。「ほら——海岸線のもうちょっと北の」

といっても、じつのところ、これはあまり役には立たない。というのも、おおかたのひとにとって、パレスチナというのは一個の地理的状況というよりも、むしろ聖書に描かれた歴史、もしくは日曜日の教会での日課と結びついていて、純然たる文学的、宗教的連想しか働かないからだ。

「どうもぴんとこないな」眉間の皺が深まる。「で、どのへんを掘るの？　つまり、なんという町の近くかということだけど？」

「どんな町の近くでもないわ。トルコやイラクとの国境近くなの」

ここでついに友人の顔には絶望的な表情があらわれる。

「しかし、近くに町のひとつやふたつはあるだろう！」

「そう、アレッポならね。約二百マイルは離れてるけど」

彼らは溜め息をつき、追及をあきらめる。ややあって、ふと顔を輝かせて、わたしたちがなにを食べるかを訊く。「さだめしナツメヤシぐらいのものだろうね？」

いいえ、マトンもあるし、チキンもある、卵も、米も、隠元も、茄子も、胡瓜も、盛りの時期にはオレンジやバナナもある、そう答えると、彼らは非難がましくわたしをじろりと見て、「それじゃぜんぜん不便を忍ぶなんて言えないじゃないか！」とのたまう。

メヤーディーンで、いよいよ〝ル・キャンピング〟が始まる。

大きな中庭——アラビア語で〝ハーン〟と言うが、そのまんなかに、わたしのために椅子がひとつ置かれる。目の前では、マックスとマック、ハムーディ、アリスティード、アブドゥッラーの面々が、テントを張るためにおおわらわになっている。

その騒ぎをいちばん楽しんでいるもの、それがこのわたしであることはまちがいない。まことにそれは興趣あふれる見ものだ。砂漠から吹いてくる強い風は、けっして作業の助けにはならず、おまけに全員がその仕事には不慣れときている。アブドゥッラーの口からは、アッラーの神の憐れみと慈悲とを請う声があがり、アルメニア人のアリスティードからは、キリスト教の聖人たちの助けをもとめる声があがる。乱暴な激励の叫びと高笑いとは、ハムーディによるものだし、腹だたしげな呪詛の言葉はマックス。ただひとり黙々と堪えているのはマックだけだが、そのマックの口からも、ときおり声を殺したうめきがもれる。

やがてようやくすべての準備がととのう。テントはいくらか酔っぱらっているように、どこかの関節がすこし狂っているように見えるが、それでもいちおう立ってはいる。と、ここで全員がいっせいにコックをののしりはじめる。とっくに食事の支度にかかっているべきところを、のんびりいまの騒ぎをながめて楽しんでいたのだ。とはいえ、こういうときに便利な缶詰めの用意もあるし、それをあけて、お茶を淹《い》れるころには、日は落ちて、風もやみ、急に寒気が襲ってくる。一同はそそくさと寝床にはいる。寝袋にもぐりこむのは、わたしにとってはこれがはじめての経験だ。なかなかうまくもぐれず、マックスの手を借りなくてはならないが、いったんなかに落ち着いてしまうと、うっとりするほど心地がよい。もうひとつ、わたしがいつも海外へ行くとき、これだけは必ず持ってゆくというものに、ひとつのほんとうによくできたやわらかい羽根枕がある。この枕ひとつで、快適さとみじめさとが完全に逆転してしまう、というほどのものだ。

しあわせな気持ちで、わたしはマックスに呼びかける。「なんだかテントで寝るのが好きになりそうだわ！」

ところがここで、突如として、ある危惧が頭をよぎる。

「まさか、夜中に鼠やなにかが顔の上を走りまわったりはしないわよね？」

「いいや、するとも」マックスは快活に、いかにも眠そうに答える。

そのことをとつおいつ思案しているうちに、睡魔が襲ってくる。そして目がさめると、はや朝の五時。日の出だ。起床して、新たな一日を始めるときである。

メヤーディーンのキャンプのすぐそばの墳丘は、調査の結果、あまり魅力がないことが判明する。

「ローマ時代だ！」と、マックスがいまいましげにつぶやく。彼にとっては、これ以上の侮蔑の言葉はない。わたしの心中には、ローマ人だっておもしろいひとたちだったのに、という感情が未練がましくくすぶっているが、しいてそれを押し殺し、「ローマ時代ね」と彼の口調を真似て言うと、手にした土器のかけらを、ばかにしたようにぽいとほうりだす。「ミン・ジマン……エル・ルーム」と、ハムーディも相槌を打つ。

午後には、ドゥーラで発掘ちゅうのアメリカ隊を訪問する。楽しい訪問だし、向こうの隊員も気さくに接してくれるが、それでもわたしは、発掘品についての専門的な話にはだんだん興味が持てなくなり、会話に加わったり、それに耳を傾けたりするのが苦痛になってくる。

そもそも最初に彼らが作業員を集めたときの苦労話も聞かされるが、それはわたしにもおもしろい。

賃金のために働くということは、外界から隔絶されたこの辺境の地では、ひとつのまったく未知の概念に属する。アメリカ隊がまず遭遇したのは、にべもない拒絶か、まったく理解してもらえないか、そのどちらかだった。やむをえず、フランス駐屯軍当局に助力をもとめたところ、迅速かつ効果的に処置がとられた。フランス軍は、二百人もしくは作業に必要なだけの現地人を駆りだし、一斉検束して、作業現場に送りこんだのである。囚人たちはおとなしく、いたって上機嫌で、しかも働くことを楽しんでいるようだった。ところが、一日が終わり、帰りぎわにあすもくるようにと言われたのにもかかわらず、いざ翌日になってみると、待てど暮らせどあらわれない。再度フランス軍に協力がもとめられ、軍はふたたび必要な人員を検束した。この日も作業員たちは明らかに満足げに働いていたが、それでいて、翌日にはやはりだれもあらわれず、今度もまた軍の一斉検束に頼らざるを得なかった。

とうとうたまりかねて、問題の解明が試みられた。

「われわれのために働くのはいやなのか？」

「とんでもない。なんでいやなわけがあります？　うちでごろごろしてたって、なんにもすることがあるわけじゃなし」

「だったらどうして毎日きてくれようとしないんだ？」

「きたいんですがね。それにはまずアスカル（軍隊）が連れにくるのを待たなくちゃならない。じっさい、あくる日にアスカルが連れにこなかったときにゃ、おれたちみんな、おおいに憤慨したんですぜ！　だって、それが彼らの仕事でしょうが！」

「しかしわれわれとしては、たとえアスカルが連れにこなくても、ぜひ諸君に働いてもらいたいんだがね！」

「そりゃあまた、ずいぶん変わった考えかただ！」

さらに、その週の終わりに賃金が支払われると、それがいっそう混乱に輪をかける結果になった。

いやまったく、西洋人のやることはわけがわからない、そう彼らは言いあった。

「いいですか、フランスのアスカルがこころを支配してる。当然、あちらさんにはおれたちを検束する権利があるし、そのあと監獄にほうりこむのも、でなきゃ、あんたたちのところへ送りこんで、地面を掘っくりかえさせるのも、これまたあちらさんの勝手だ。なのに、どうしておれたちに金をくれるんです？　なんのための金なんです？　てんで筋が通りませんぜ」

それでも最後には、さんざん首をひねったり、ぶつぶつ言いあったりしたあげくに、摩訶不思議な西洋の習慣が受け入れられた。賃金の支払いは週に一度だったが、その後もアスカルにたいする漠然たる不満は消えなかった。アスカルの仕事は、毎日おれたちを連れにくることなのに！

事実そのままであるかどうかはいざしらず、これはおもしろい話になりそうだ！　もうちょっとわたしの頭が知的に働いてくれればいいのに。いったいわたしはどうなっているのだろう。キャンプにもどるころには、頭がくらくらしてくる。熱をはかってみると、なんと三十九度！　そればかりか、おなかも痛んで、ひどい吐き気がする。夕食をとることなど思いもよらず、早々に寝袋にもぐりこんで、眠りに落ちる。

けさ、マックスが心配そうに、気分はどうかとたずねる。わたしがうめきながら、「まるで死んだみたいな気分よ」と答えると、彼はいよいよ不安げな面持ちになり、ほんとうに病気なのかと訊く。

その点は確かだ、とわたしは保証する。どうやら、エジプトではエジプト腹と、バグダッドではバグダッド腹と呼ばれているものにやられたらしい。砂漠のまんなかにいるときには、あまりうれしい病気とは言えない。それにしてもマックスにしてみれば、わたしをひとりだけキャンプに残してゆくわけにはいかないし、どっちにしろテントのなかたるや、日中の気温は五十五、六度にも達するのだ！　調査はあくまでも続行されなくてはならない。というわけで、わたしは車のなかにうずくまり、熱にうなされてうつらうつらしながら運ばれてゆく。墳丘のひとつに着くと、車から降りて、高い〈クイーン・メリー〉の屋根のかげの、わずかな日陰に横になる。そのあいだにマックスとマックとは、日盛りのなかを歩きまわって、その墳丘を調査する。

正直なところ、それからの四日間は、文字どおりの地獄の日々だ。ハムーディの聞かせてくれたお話のひとつが、とりわけ時宜《じぎ》にかなっているように思える。さるスルタンの美しい妻についての物語で、彼女はスルタンにかどわかされてきたのだが、その身の上を嘆いて、日夜アッラーの神に訴える。砂漠には話し相手もいないし、ひとりぼっちで寂しくてしかたがない、と。「それでとうとう、さんざんかきくどかれてうんざりしたアッラーは、彼女に伴侶を与えることにした。なんと、蝿を遣わしたってわけでさ！」

いまのわたしにしてみれば、アッラーの神の怒りを買ったその美女とやらが、どうにも憎らしくてならない！　なにしろ、朝から晩まで蝿が雲霞《うんか》のごとく押し寄せてきて、おちおち寝てもいられないのだから。

そもそもこんな遠征についてきたのがまちがいだった、とわたしは激しい悔恨にかられるが、かろうじてそれを口に出すのを思いとどまる。四日間も、ミルクも入れない薄いお茶だけでしのいだあげくに、とつぜんわたしは回復する。ふたたび人生が楽しくなる。わたしは山のような食事をたいらげる。米と、脂の海で泳いでいる野菜のシチュー、という献立だが、それがいままで味わったこともないような珍味佳肴《かこう》に感じられる。

食事がすむと、わが隊のキャンプが設営されている墳丘にのぼってみる。ハーブル河の左岸にのぞむテル・スワール。ここにはなにもない。村落も、いかなる種類の住居も、ベドゥイン族のテントすらない。

頭上には月がのぼり、足もとにはハーブル河が大きなS字型のカーブを描いて流れている。日中の暑熱に悩まされたあとなので、夜気はことのほかかぐわしい。

わたしは言う。「なんてすばらしいテルなんでしょう！　ここを掘るわけにはいかないの？」

マックスは悲しそうに首をふり、あの運命的なご託宣を発する。

「ローマ時代のものだ」

「残念ねえ。こんなにすてきな場所なのに」

「言っただろう、ハーブル河こそ狙い目なんだって！　両岸に何百というテルが集まってるんだ」

ここ数日、わたしはテルへの関心をなくしていたが、そうたくさんのことを見のがしたわけではないことがわかって、すこしほっとする。

「ほんとに確かなのね、ここにはあなたの期待するようなものが、なにもないってことは？」わたしは未練がましく訊く。テル・スワールにぞっこん惚れこんでしまったのだ。

「いや、あるさ、もちろん。ただ、地中深く埋まってるんだ。ローマ時代の層を突き抜けて、その下まで掘りさげなくちゃならない。もっと苦労のしがいのあるところが、ほかにいくらでもあるよ」

わたしは溜め息まじりにつぶやく。「それにしても、なんて静かで、平和なところでしょう。見わたすかぎり、人っ子ひとり見えないわ」

ところが、まさにその瞬間、どこからともなくひとりの老人があらわれる。

ひどく高齢の老人だが、いったいどこからあらわれたのだろう？　急ぐようすもなく、悠々と墳丘の斜面をのぼってくる。長い真っ白なあごひげをたくわえ、いわくいいがたい威厳をそなえている。

老人は丁重にマックスに挨拶する。「ご機嫌はいかがかね？」「上々です。して、あなたは?」「すこぶる元気だ」「神を誉めたたえよ!」「神を誉めたたえよ!」

老人はわたしたちのそばに腰をおろす。しばらく沈黙がつづく。作法にかなったうやうやしい沈黙であり、西洋ふうのあわただしさとくらべると、とても心が休まる。ややあって、ようやく老人はマックスに名をたずねる。マックスが名乗ると、しばしそれについて考えめぐらす。

それから、ゆっくりとくりかえす。「ミルワン。なるほど、ミルワンか……なんと軽い響きだ! なんと明るく、なんと美しい!」

なおしばらく、老人はわたしたちといっしょにすわっている。それから、おもむろに腰をあげ、きたときと同様に、静かに立ち去ってゆく。それきりわたしたちは、二度と彼に会うことはない。

健康を回復したわたしは、本腰を入れてここの生活を楽しみはじめる。毎朝、早暁にキャンプを出て、行きあう墳丘を片っ端から調べ、その周囲をぐるぐる歩きまわって、目につくかぎりの土器片を拾う。最後に墳丘のてっぺんで出あって、各自の収穫をつきあわせ、役に立ちそうなものだけをマックスが小さな麻袋に入れ、ラベルをつけて保存する。

だれがその日いちばんの掘り出し物を見つけるか、みんなのあいだには猛烈な競争意識がある。

どうして考古学者がきまって伏し目がちに、地面ばかりを見て歩くのか、ようやくわたしにも合点がゆく。そのうち、わたしまでが周囲を見まわすとか、地平線を見わたすとかするのを忘れて、足もとにしか興味をひかれるものがないかのように、下ばかり見て歩くようになるだろう、そんな気さえする。

これまでにもたびたびあったことだが、わたしはあらためて根本的な人種のちがいというものを痛感する。わが隊のふたりの運転手の金銭にたいする態度ときたら、およそこれほどかけはなれたものもあるまい。アブドゥッラーは、給料の前払いをしてくれとやかましく騒ぎたてないでは、一日たりと過ごせない。万事思いどおりにすることが許されたら、おそらく全額を前払いにしてほしいと言いだすだろうし、しかもわたしの見たところ、それは一週間とたたずに蕩尽《とうじん》されてしまうはずだ。アラブ式の浪費癖で、さしずめコーヒーハウスあたりで札びらを切りまくる。さぞかしその店では異彩を放つことだろう！　そうして彼はひとかどの人物として〝名をなす〟というわけだ。

いっぽう、アルメニア人のアリスティードは、給料のほんの一部たりとも受け取ることにたいし、ことのほか強い逡巡を示す。「この旅が終わるまで、預かっといてください、旦那《ハワージヤ》。金が必要なときは、そのつどお願いしますから」これまでのところ、彼が給料のうちから要求したのはたった四ペンスだけ――靴下を一足買いたいから、と。

このところ、彼のあごは急速にのびてきたあごひげにおおわれて、聖書の人物そっくりの風貌に見える。本人に言わせると、このほうが安上がりなのだそうな。ひげを剃らなければ、剃刀代が節約になる。それに、こんな砂漠のまんなかで、ひげを剃らなくてもべつにさしさわりはないだろう。

この旅が終わったら、アブドゥッラーはふたたび無一文になり、確実にまたベイルートの波止場の風景をいろどることになるだろう。アラブ式の宿命論で、神の慈悲がまたべつの職をもたらしてくれるのを、そこでじっと待ちながら。いっぽうアリスティードのほうは、稼いだ金をそっくり手つかずで手にすることになる。

「で、残した金をどうするつもりだい？」マックスが訊く。

「もっとましなタクシーを買うために投資するんでさ」と、アリスティード。

「それで、もっとましなタクシーが手にはいったときは？」

「そしたらそれでもっと稼いで、タクシーを二台持つんです」

わたしはたやすく予見することができるが、およそ二十年後にシリアを再訪したら、アリスティードが大金持ちになって、大規模なタクシー会社を所有し、ベイルート市内に宏壮な屋敷をかまえているのを見いだすことになるだろう。そして、そうなってもなお彼は、剃刀代が節約できるとの理由から、砂漠へ出たときにはひげを剃らずにすまそうとするはずだ。

しかもこのアリスティードという男、親兄弟にかこまれて育った身ですらない。ある日、一団のベドゥインとすれちがうと、向こうから彼に呼びかけてき、彼も親しげに大きく手をふりまわしながら、ベドゥインたちに叫びかえす。

「あれはアナイザー族といいましてね、あたしも彼らのひとりだったんですよ」と、アリスティードは説明する。

「そりゃまたどうして?」マックスがたずねる。

そこでアリスティードは、持ち前の穏やかな、愛想のいい声音で、物静かな、快活なほほえみを浮かべながら、いっさいを物語る。それは七歳の少年の物語だ。たった七歳の幼い身で、家族や、他の多くのアルメニア人家族とともに、トルコ軍によって深い穴に投げこまれた少年の。投げこまれた上から、タールがそそぎこまれ、火が放たれた。両親も、ふたりの兄や姉妹たちも、みんな生きながら焼け死んだ。だが彼だけは、みんなの下敷きになっていたため、かろうじて生きのび、トルコ軍が去ったのちに、アナイザー・アラブの一団に見つけだされた。彼らはこの幼い少年を一行に加え、やがて養子としてひきとった。彼はアラブ人として育てられ、彼らとともに各地を放牧してまわる暮らしをつづけた。けれども十八歳になると、モースルへ行って、本来の国籍を示す書類が交付されるように要求した。彼はアルメニア人であって、アラブ人ではないのだから！　とはいえ、血縁の兄弟としての絆はいまも生きていて、彼らアナイザー族にとっては、アリスティードはいまなお部族の一員なのである。

ハムーディとマックスとがいっしょにいると、とてもにぎやかだ。ふたりは競って笑ったり、歌ったり、おもしろい逸話を持ちだしたりする。ときにそれがとりわけにぎやかになると、わたしは通訳をもとめる。ふたりが楽しそうにしているのが、少々妬ましく思えることさえある。いっぽうマックは、依然として、不可侵の障壁をわたしとのあいだに張りめぐらせている。いつもいっしょに車の後ろにすわっているのに、どちらも黙りこくったまま。たまにわたしが口にすることは、その是非がじっくりとマックによって省察されたうえ、しかるべく処理される。ひととのつきあいで、これほどの敗北感を味わわされたためしはいまだかつてない！　しかもマック本人は、それでけっこう楽しそうなのだ。ある種のうるわしい自己充足がマックには感じられ、わたしにはそれがうらやましく思えてならない。

とはいうものの、夜になってふたりだけのテントで寝袋にもぐり、昼間の出来事を縷々《るる》マックスに話して聞かせる段になると、わたしは強力に自説を主張する。つまり、あのマックは、どう考えても人間じゃない、そう言いたいのだ！

マックが珍しく自分からなにか言いだすことがあれば、それはたいがい、その場の気分に水をさすたぐいのものと決まっている。どうやら彼にとっては、なににつけてもことごとに異を立てるというのが、一定の陰気な満足を与えてくれるらしいのだ。

ところで、きょう、歩いているうちにだんだん足もとがおぼつかなくなってきて、わたしは首をひねる。なにか両足が奇妙に不ぞろいな感じがするのだ。どういうわけか、体が決定的に左舷に傾くように思える。もしやなんらかの熱帯病の、最初の徴候ではあるまいか、そう考えて、わたしは不安におののく。

わたしがまっすぐ歩けないことに気づいていたか、とマックスにたずねてみる。

「しかしきみは酒を飲むわけじゃないしなあ」と、マックスは答える。それから、非難がましくつけくわえて、「じっさい、そのことではずいぶん手を尽くしたんだから」

この言葉がさらに、第二の、いつも論議の的となる問題に結びつく。人間はだれしも、なんらかの不幸な欠陥をかかえて人生をのりきらねばならないが、わたしの場合はそれが、アルコールにも煙草にもうまく適応できないということだ。

これら欠かすことのできないこの世の嗜好品にたいして、もしも積極的に〝嫌煙権〟なり〝嫌酒権〟なりを唱えることができれば、わたしの自尊心もまだしも救われるだろう。ところがその反対に、自立した女性がすぱすぱ煙草を吸って、あっちこっちに灰をまきちらしているのを、わたしは羨望の目でながめるし、カクテルパーティーなどでは、口をつけていないグラスの隠し場所を探して、こそこそ卑屈にうろつきまわるありさま。

これまでのところ、忍耐もなんら成果をあげていない。以前、半年ばかり、昼食後と夕食後には必ず煙草を一本吸うことに決め、軽く咳きこんだり、口にはいった葉の切れっ端をつまみとったり、立ちのぼる煙にひりひりする目をしばたたいたりしながらも、敬虔《けいけん》に練習を重ねたことがある。そのうちきっと煙草が好きになる、そう自分に言い聞かせながら。だがついに好きになるにはいたらず、そのうち周囲からきびしい批判の声が出た。わたしの練習ぶりはあまりにつたなくて、とうてい正視するに堪えない、と。やむなくわたしも敗北を認めた。

マックスと結婚したとき、わたしたちは妙なる調和のうちに食卓の悦びをともにし、賢く食べることに努めたつもりだったが、あいにく、そうは問屋が卸さなかった。わたしにはいいお酒への嗜好が——いや、それどころか、どんなお酒への嗜好《しこう》も——皆無だということがわかって、マックスは落胆した。そこで、わたしを教育することに決め、根気よくクラレットやブルゴーニュ、ソーテルヌ、グラーヴ、などを飲ませたばかりか、ついにはいささかやけっぱちで、トカイやウオッカ、はてはアブサンまでためさせようとした。結局は彼も敗北を受けいれたが、それというのも、わたしの示した反応がただひとつ、あるお酒はべつのお酒よりももっとひどい味がする、というものでしかなかったからだ。マックスがうんざりしたような溜め息をもらしたのは、これからの人生を思いやってのことだろう。この先一生、レストランにはいるたびに、わたしのために水を所望する、という闘いを運命づけられたわけだから！　おかげで、何年分かよけいに年をとった、よく彼はそうぼやいている。

というわけで、わたしが千鳥足でしか歩けないことについて彼の同情をもとめたとき、前述のような返事になったという次第だ。

「なんだか、たえず左へ倒れかかるような気がするの」そうわたしは説明する。

マックスはそれを聞いて、ことによるとなんらかの非常に珍しい熱帯病かもしれん、と言いだす。それから、いとも朗らかにつけくわえて、「たとえばスティーヴンソン氏病とか、ハートリー氏病とか、だれかの名前でわずかに知られているだけの奇病で、最後には足の指が一本一本欠け落ちていく、といったたぐいのさ」

しばしわたしは、この喜ばしい見通しについて考える。それからやっと、靴を調べてみることを思いつく。謎はたちどころに解ける。左足の靴底の外側と、右足の靴底の内側、それだけがそろってひどくすりへっているのだ。それをながめているうちに、謎の全面的な真相が徐々に浮かびあがってくる。デール・エズ・ゾールを出て以来、これまでにわたしはおよそ五十もの墳丘を歩きまわってきた。それぞれ高さは異なるが、そのつどその頂上を左に見ながら、急な斜面を歩きまわってきたのだ。となれば、これからは、それを逆にすればいい。左ではなく、右に頂上を見ながら墳丘をまわることにすれば、やがては靴底が均等にすりへってくれるだろう。

きょう、わたしたちはテル・アジャージャにたどりつく。以前はアルバンと呼ばれていたところで、大規模で、かつ重要な遺丘である。

デール・エズ・ゾールからのおもな往還がここでひとつになっているので、いまではほとんど幹線道路を走っているようなものだ。じっさい、途中で三台の車に行きあうが、どれもデール・エズ・ゾールをさして猛スピードでとばしてゆく。

テルには泥の家のかたまった小集落がいくつかあり、いろんなひとがこの大きな遺丘の上で、わたしたちとともにひとときを過ごす。これは事実上、文明社会と言ってもいいだろう。あす、わたしたちはハセッシェ（現在のアル・ハサカー）に到着する予定だが、ここはハーブル河とジャフジャーハ河との合流点にあり、もはや完全な文明世界の一部だ。フランス軍の駐屯地で、この地方では重要な町。そこに着いてはじめて、かの伝説的な、待望久しいジャフジャーハ河と対面することができる、そう思うと、わたしは興奮をおさえきれない。

ハセッシェ到着は、刺激的な事件の連続だ！　町そのものはたいしておもしろいところではなく、何本かの通りに、まばらな店舗と、郵便局がひとつあるだけ。ここでわたしたちは二カ所に表敬訪問をする。ひとつは軍へ、もうひとつは郵便局へ。

フランス軍の中尉は、こよなく親切で、思いやりがある。駐屯本部でわたしたちを歓待すると言ってくれるが、わたしたちはすでに河岸にテントを張ったし、だいじょうぶ、そこでじゅうぶん快適だから、と保証する。それでも、あくる日の夕食の招待には応じることにする。いっぽう、手紙を受け取りにいった郵便局では、もうすこし手間どらされる。局長が不在で、したがってあらゆるものに錠がおりている。それでも、ひとりの幼い少年が局長を探しにゆき、やがて（三十分後に！）局長があらわれる。非の打ちどころのない洗練された物腰で、わたしたちのハセッシェ到着を歓迎すると述べ、コーヒーを注文し、またひとしきり外交辞令の交換があったあと、ようやく当面の問題、つまり書信の受け取りという段階にたどりつく。

「しかし、なにも急ぐことはないでしょう」局長は満面に笑みをたたえて言う。「またあしたおいでください。喜んでおもてなしさせていただきますよ」

マックスが言う。「あすには仕事が待っていましてね。なんとか今夜のうちに手紙をいただきたいんです」

ああ、ですがちょうどコーヒーがきました！　しかたなくわたしたちは腰をおろし、それをすする。それからも、さんざん熱心な訴えと勧告とをくりかえしたすえに、ようやく局長に執務室の鍵をあけさせ、手紙を探させることに成功する。もともと気前のいいたちなのか、局長はついでにほかの西洋人に宛てた書信も見つけだし、わたしたちに押しつける。「これも持っていったほうがいいでしょう。もう半年も前からあるんですが、どなたも受け取りに見えませんから。そう、そう、これはきっとあなたがたに宛てたものですよ」

丁重に、だがきっぱりと、わたしたちはミスター・ジョンソンやらムッシュー・マヴロゴルダータ、あるいはミスター・パイなどに宛てた書信の受け取りを拒否する。局長はいたく落胆する。

「たったそれだけ？」彼は言う。「でもねえ、ほんとにここにあるこの大きな封筒の、これを持っていく気はないですか？」

わたしたちはあくまでも、厳密に自分たちの名がしるされた書状あるいは書類だけに固執する。あらかじめ手配しておいたとおり、郵便為替が一枚届いているので、いよいよマックスはそれを現金化するという懸案にとりかかる。ところがこれが、信じられぬほど込み入っているようだ。どうやら局長は、いまだかつて為替というものを見たことがないらしく、当然のようにそれを疑ってかかる。ふたりの局員まで呼び入れて、問題が徹底的に論議されるが、しかし、態度はけっして不機嫌ではない。要するにこれは、彼らにとってはまったく新奇な、しかも、だれもがそれについて異なる意見を持つことのできる、おもしろいしろものなのだ。

ようやく問題にけりがついて、さまざまな書式へのサインも終わったところで、はじめてこの局には一フランの現金の用意もないことがわかる。なあに、あすの朝にはなんとかなりますよ、と局長はこともなげに言う。使いをやって、バザールから集めてこさせりゃいいんだから。

少々ぐったりして、わたしたちは郵便局を出る。それから歩いて河のほとりへともどるが、そこがキャンプ地に選ばれたのは、そこならハセッシェの泥と砂埃とをいくらか避けられるからだ。帰ってみると、困った光景が待ち構えている。コックのアイサが料理用のテントのそばにすわりこみ、手で頭をかかえて、おいおい泣きじゃくっているのだ。

今度はいったいなにが持ちあがったのだろう！

ああ情けなや、自分は恥をかかされた、そうアイサは訴える。悪ガキどもがまわりに集まってきて、口々に彼をあざけったというのだ。彼の面目は失われた！　しかも間の悪いことに、そちらに気をとられている隙に、用意しておいた夕食が野良犬どもにむさぼり食われてしまった。いまやなにも残っていない。米がいくらかあるだけだ。

陰気に押し黙って、一同はただの白飯を食べる。食べながら、ハムーディとアリスティード、それにアブドゥッラーの三人は、哀れなアイサをつかまえてかわるがわる訓戒をたれる。コックたるものの第一の任務は、調理したものが無事に予定されたひとびとの前に並べられるその瞬間まで、ぜったいに料理から目を離さぬことだ。

するとアイサが言いだす。どうも自分はコックという重任には堪えられそうもない。コックを務めるのはこれがはじめてだし（ははあ、それでいろんな疑問が氷解したよ！とマックスがつぶやく）、ここは辞めて、どこかの自動車屋にでも勤めたい。ついてはマックスから、一流のドライバーだという推薦状をもらえないだろうか。

マックスはきっぱりとそれを断わる。なぜなら、いまだかつてアイサが車を運転しているところを見たことがないからだ。

「でもねえ、寒い朝にはいつだってこのあたしが、あのでっかい〈メリー〉のクランクをまわしてるんですよ。旦那だって見てるでしょうが」

たしかにそれは見ている、とマックスは認める。

「だったら、推薦状をくれたっていいでしょう！」と、アイサは言う。

第三章　ハーブル河とジャフジャーハ河

そのとき経験した秋の日々は、わたしの知るかぎりでももっとも完璧なものだ。朝早く、日の出とともに起きだして、熱いお茶を飲み、卵を食べ、そして出発する。その時間だとまだ寒いから、わたしはセーターを二枚重ね着して、そのうえかさばったウールのコートをはおる。日の光がまた、えもいわれぬ美しさだ。ごくかすかなやわらかい薔薇色が、周囲のあらゆる褐色や灰色をやわらげている。墳丘のてっぺんからは、一見して孤絶した不毛の地とも思える世界が見わたせる。いたるところに、テルが盛りあがっている。数えてみれば、およそ六十にもなるだろう。いわば六十カ所におよぶ古代の集落というわけだ。現在は、少数の部族が褐色のテントとともに往来するだけのこの土地、ここにかつてはひとつの文化が花ひらいたのだ。いまわたしの立っているこの土地こそが、いまから五千年前には、繁栄する世界の中心地のひとつだったのだ。文明はこの地から興《おこ》り、そしていま、わたしの拾いあげたこの土器片、この手づくりの、黒い絵の具で斑点と斜交平行線文様を描いた壺の破片こそ、まさしくけさ、わたしがそれでお茶を飲んできた、ウールワースの茶碗の先駆となったものなのだ……

わたしは集めた土器片を分類しにかかる。コートのポケットをふくらませている破片の山（おかげでもう二度もその裏地を繕わねばならなかったほどだ）をとりだし、様式的にダブっているものは捨てたうえで、はたしてそれらがマックやハムーディの集めてきたものと競争して、ハワージャの鑑定を仰ぐに足るかどうかを検討する。

さて、どうだろうか、きょうの収穫は？

厚めの灰色の破片。壺のふちの一部（全体の形が見てとれるだけに、貴重なものだ）。なにやら肌理《きめ》の粗い赤っぽい破片。彩色された壺のかけらが二個――どちらも手づくりで、ひとつは斑点の文様入り（テル・ハラフ様式のもっとも古い形態！）だ。さらに、燧石《ひうちいし》のナイフが一丁。灰色の壺の、薄い底の一部。いくつかの特徴のない彩文土器のかけら。小さな黒曜石の砕片。

マックスがこれらを鑑定する。たいがいのものは無情に投げ捨て、残りのものには、好意的に軽く鼻を鳴らす。ハムーディは、むかしの戦車の陶製の車輪を見つけてきたし、マックは、文様を刻みこんだ器物の破片と、小彫像の一部とを持ってくる。

みんなの集めてきたものをひとまとめにすると、マックスはそれらを小さな麻袋にさらいこみ、慎重に紐をかけたうえ、いつものように、それの見つかったテルの名をしるしたラベルをつける。きょうのテルは、まだ地図には載っていないので、テル・マックと命名される。マック、つまりマッカートニーに敬意を表しての命名で、ここで最初の遺物を発見したのが彼だからである。

マックの顔が多少なりともなにかを表現しうるとするなら、いまそれが示しているのは、いくばくかの満足感であるようだ。

わたしたちはテルの斜面を駆けおり、ふたたび車に乗りこむ。わたしはセーターを一枚脱ぎ捨てる。日ざしがひどく暑くなってきている。

さらにふたつの小さなテルを調査して、三つめの、ハーブル河を見おろす墳丘に着いたところで、昼食になる。固茹《かたゆ》での卵に、コーンビーフ、オレンジ、それにおそろしくかびくさいパン。アリスティードが携帯用石油こんろ《プリムス》でお茶を沸かす。いまではめっぽう暑くなってきていて、影という影、色彩という色彩が消えてしまっている。万物が均一な、かすんだ揉み革色《バフ》（淡黄褐色）だ。

マックスが言うには、わたしたちが春ではなく、いまの季節に現地調査にとりかかったのは、運がよかった、と。なぜかとわたしはたずねる。すると、いわく、春にはこのへん一帯が植物でおおわれていて、土器片がはるかに見つけにくいからだ、と。そのころには周辺が緑一色になってしまう。ここは肥沃な大草原《ステップ》なのだ、そう彼は言う。わたしは驚嘆して、それはまたずいぶんと豪勢な表現ね、と言ってやる。するとマックスは、そうさ、たしかに肥沃なステップなんだよ、とのたまう。

きょう、わたしたちは〈クイーン・メリー〉でハーブル河の右岸づたいにテル・ハラフへ向かい、途中、テル・ルーマン（縁起の悪い名だ——もっとも実際には、とくに目につくほどローマふうというわけでもないけれども）と、テル・ジューマとを訪れる。

この地域のテルは、もっと南方のそれらとは異なり、いずれも可能性を有している。紀元前一〇〇〇年期、ならびに二〇〇〇年期の土器片がおびただしく見られ、反面、ローマ時代の遺物はすくない。ほかに、先史時代はじめの彩文土器もある。困難なのはむしろ、これだけ多くのテルのうちから、どれかひとつを選びだすことだろう。マックスは有頂天の面持ちで、ここそまちがいなく狙い目の土地だ、とまったく新味に欠けた台詞を幾度も幾度もくりかえす。

わたしたちのテル・ハラフ訪問には、なにやら聖地にもうでる巡礼の旅さながらの敬虔さがある。テル・ハラフの名は、過去数年にわたって、それこそ耳にたこができるほど聞かされつづけてきた名だから、いま実際にその聖地を見にゆこうとしているとは、ほとんど信じられないくらいだ。墳丘のふもとをハーブル河が迂回しつつ流れていて、たしかにすばらしく美しいところではある。

ふとわたしは、ベルリンのフォン・オッペンハイム男爵を訪問したときのことを思いだす。男爵は、自分の発掘品を収蔵した博物館にわたしたちを案内してくれたのだが、そこでマックスと話に熱中しはじめ、まるまる五時間もしゃべりつづけた。しかもその部屋には、ぜんぜん腰をおろす場所がない。はじめは熱心に聞いていたわたしも、だんだん興味をなくして、ついにはすっかり退屈してしまった。とろんとした目で展示品をながめているると、テル・ハラフから出土したという、種々さまざまなおそろしく醜い彫像が目についたが、これが男爵に言わせると、そこに並んでいる非常に興味ぶかい土器片と同時代のものなのだそうな。マックスはこの点について、頭からそれを否定するのではなく、なんとか礼儀を失せぬよう、その説に異を立てようと苦心していたが、わたしがかすんだ目でそれらの彫像を吟味してみたところでは、いずれも驚くほどよく似かよっているように見える。しばらくたってから、やっとわかったのだが、似ているのも道理、ただ一個を除いて、ほかのはみんな石膏模型なのである。

熱弁をふるっている途中で、フォン・オッペンハイム男爵はとつぜん言葉を切ると、陶然と、「ああ、わたしの美しいヴィーナスよ」と言って、いとおしむように彫像をなでさすった。それからまた唐突に熱っぽい議論を再開し、わたしはがっくりしながら、こう願ったのだった――できることなら、古い伝承童謡の言うように、自分の足をちょんぎって、その端っこを折り曲げてしまいたい、と！

テル・ハラフに向かう途中、わたしたちはさまざまな墳丘について、地元のひとたちと多くの会話をかわす。このあたり一帯には、〈男爵《エル・バロン》〉についての伝説があまた流布している。大半は、彼が金貨で支払ったというとてつもない金額に関するものだ。時の経過とともに、その金貨の高はますます誇張されてくる。当時のドイツ政府当局ですら、伝承の伝えるほどのおびただしい金貨をばらまくことは、まず不可能だったのではあるまいか！

ハセッシェより北には、どこへ行っても小集落があり、耕作の行なわれている形跡がある。フランスがやってきて、トルコの支配に終止符が打たれたときから、この国は、ローマ時代以来はじめて、軍に占領されることになったのだ。

わたしたちは遅くなってからキャンプにもどる。天候が変わり、風が吹きだすが、これが砂塵を巻きあげて、顔に吹きつけ、目を刺激するので、まことに不愉快。その晩はフランス人たちと楽しい夕食をともにするが、あいにく、食事のために身だしなみをととのえる――というか、すくなくとも清潔に装う――というのが、ことのほかむずかしい。わたしには清潔なブラウスが一枚、男たちにはそれぞれ清潔なシャツが一枚ずつ、これがわが隊としてはせいいっぱいのところだ。それでも、とびきりおいしい夕食をしたためたあと、フランス人たちと楽しい一夜を過ごす。テントへもどる途中、車が激しい雨に巻きこまれる。不穏な夜だ。犬が吠え、テントはばたばた鳴り、強風にきしんでいる。

当面、ハーブル河のほうはひとまず措き、きょう、わたしたちはジャフジャーハ河のほとりまで足をのばす。すぐ近くに、途方もなく大きな墳丘があるのを知って、わたしはおおいに関心をそそられるが、やがてこれがある死火山――カウカブであることを知る。

このへんでとくに目をつけているのは、テル・ハミディという遺丘だ。これについてはずいぶん有望な話を聞かされているのだが、あいにく行きにくい。そこまで直接に道が通じていないためだ。行こうとすれば、原野を横断する道をとり、無数の小さな水路や、ワーディ、つまり干あがった川床を渡らねばならない。ハムーディはけさ、ことのほか機嫌がいい。いっぽうマックは、例によってむっつりと寡黙で、めざすその遺丘には、どうせ行きつけっこないという見解を披瀝する。

結局、そこまでは車で七時間もかかってしまう。それも、ひどくくたびれる七時間。車が一度ならず泥にはまりこみ、そのつど掘りださねばならないからである。

そういう出来事に遭遇すると、ハムーディはいささか狂躁的になる。彼は日ごろから自動車というものを、スピードこそいくらか速いだけの、劣等種の馬と同列に見なしている。だから、前方にワーディが見えてき、進むことがためらわれるような場合ともなると、ここぞとばかりにきんきん声をはりあげて、アリスティードを叱咤激励する。

「さっさと行け、さっさと！　機械に拒絶するひまを与えてやっちゃいかん！　突進するんだ！　突進しろといったら！」

マックスが車を停めさせ、前方へ歩いていって、難路がどの程度のものか調べようとすると、ハムーディの不機嫌は極限に達する。彼はいかにも不服そうに首を左右にふる。そのようすは、こう言ってでもいるようだ――そんなこっちゃだめなんだよ。こういう癇癖《かんぺき》の強い、神経質な車は、そんなふうに扱っちゃだめなんだ。考える時間を与えないこと、そうすればきっとうまくいく。

さんざん回り道をし、立ち往生し、ついには地元のガイドまで雇ったあげくに、わたしたちはやっと目的地にたどりつく。午後の日ざしを浴びて、テル・ハミディはとても美しく見える。車が意気揚々とそのゆるやかな斜面をのぼってゆくところは、なにか大事業でも成し遂げたような趣がある。てっぺんにたどりついて、下を見おろすと、いきなり、おびただしい野鴨の群れる沼地が目にとびこんでくる。

マックも相応に感銘を受けたと見え、珍しく論評めいたことを口にする。

「ははあ」と、例の陰気な満足感のこもった口調で、「溜まり水だな、これは!」

これからは、それを彼のニックネームとしよう!


毎日があわただしく、てんてこ舞いの忙しさとなる。日ごとのテルの調査には、いっそうの熱が加わる。というのも、最終的な選択には、三つの要件が欠かせないからだ。まず第一に、労働力調達のためにも、いずれかの村、もしくは複数の村に近くなくてはならない。二番めに、給水源が確保できなくてはならない。言いかえれば、ジャフジャーハ河またはハーブル河に近いか、でなければ、あまり塩分濃度の濃くない井戸水が手にはいるということだ。三番めに、こちらの狙いどおりのものを地下に埋蔵しているという、確実な徴候を示してくれなくてはならない。発掘調査というのは、すべてがギャンブルである。同時期に使用されていたおよそ七十ものテルのうちで、どこにはたして建物跡が残っているか、どこで粘土板文書や、とくに興味ぶかい器物などが出土するか、だれに予想できるだろう。小さなテルといえども、有望な点では大規模なものに勝るとも劣らない。なぜなら、有力な町だったところにかぎって、えてして遠い過去に掠奪を受け、破壊されている傾向があるから。なによりものを言うのは運なのだ。たとえば、ある遺跡が何シーズンにもわたって、丹念に、こつこつと掘りさげされ、いちおうの成果は見られるものの、とくにめざましい結果は出ないというのに、発掘する位置をほんの何フィートかずらすだけで、とつぜん珍しい遺物がぞくぞくと出土する、などといったことがこれまでどれだけくりかえされてきたことだろう。ここでのわたしたちのたったひとつの慰めといえば、かりにどのテルを選んだとしても、必ずなにかは発見できるということだ。

すでにわたしたちは、日帰りでハーブル河の対岸へ出かけて、再度テル・ハラフを訪れているし、さらにジャフジャーハ河のほとり——外見からいけば、この河はすこぶる過大評価されていて、高い土手のあいだを、茶色の泥水が細々と流れているきりなのだが——ここで二日間を過ごして、テル・ブラークというのがおおいに有望だと目星をつけてもいる。距離はジャフジャーハ河から約二マイル、アルメニア人の集落がひとつあるほか、周辺のさほど遠くないあたりに、他の村々も散在している。ハセッシェからは車で約一時間だから、日用品の補給にも好都合だろう。難点としては、テルそのものには水がないということだが、いざとなれば井戸を掘ることもできる。かくしてテル・ブラークも候補地として残される。

きょうは、ハセッシェから北東へ、街道をカーミシュリーへ向かう。ここもやはりフランス軍の駐屯地で、シリアとトルコとの国境の町だ。街道は、しばらくハーブル河とジャフジャーハ河とのほぼ中間を走って、最後にカーミシュリーでふたたびジャフジャーハ河と合流する。

途中のテルを残らず調査したうえ、夜までにハセッシェにもどってくるのは時間的に無理なので、その晩はカーミシュリーに泊まって、翌日、帰ってくることになる。

カーミシュリーでの宿泊設備については、議論がさまざまに分かれる。フランス軍中尉によると、カーミシュリーにあるいわゆるホテルなるものは、話にならない、まったくお話にもならないという。「ひどいもん《セ・アンフェクト》ですよ、奥さん《マダム》！」というわけだ。いっぽう、ハムーディやアリスティードによると、そこはすばらしいホテルで、完全な洋式、なんとベッドがそなわっているとか！　そうですとも、ええ、第一級ですよ！

おそらくフランス軍中尉のほうが正しいとわかるはずだ、そんな内心の確信を押し隠して、わたしたちは出発する。

二日ほど霧雨が降りつづいたあと、天候はふたたび回復している。さしあたり、十二月までは本物の悪天候はやってこない、という予報をあてにするしかない。なにしろハセッシェとカーミシュリーとのあいだには、二カ所の深いワーディがあり、雨が降って水量があがると、道路が分断されるおそれがある。きょうのところは、ほんのわずかな水が流れているだけで、車はなんなく土手をジグザグに駆けおり、駆けのぼる。というのはつまり、わたしたちの乗ったアリスティードのタクシーは、ということだ。アブドゥッラーのほうは、いつもの習慣どおり、トップギアで一目散に川床へ走りおり、その余勢を駆って、対岸へ駆けあがろうとする。それがうまくいかないとなると、つぎには、車がまだ静止しているうちに、ギアをセカンドに落とそうとする。エンジンは抗議の悲鳴をあげて停まってしまい、アブドゥッラーはそのままずるずるとワーディの底まで逆もどりして、後輪が泥と水のなかにめりこむ。みんなはぞろぞろと車から降りて、なんとかこの事態の打開に貢献しようとする。

マックスがアブドゥッラーをとんでもない阿呆だとののしり、なんでいままで百回もそうしろと指示されたとおりにできないんだ、となじる。ハムーディはハムーディで、スピードが足りないとアブドゥッラーを非難する。「もっと速く行け、もっと速く！おまえは用心がよすぎるんだよ。車のやつに考える時間を与えてやっちゃいかんのだ。そうすれば立ちすくむことなんかなかったろうに」アブドゥッラーが陽気に叫ぶ。「インシャッラー、だいじょうぶ、あと十分でここから脱出できるから！」マックも沈黙を破って、いつもの不景気な見通しを口にする。「よりにもよって、最悪の場所で立ち往生してくれたもんだ。あの角度を見なさい。これじゃ当分は脱出できそうもないな」アブドゥッラーが両手を天につきあげ、きんきん声をはりあげて、自分のやりかたを弁護する。「なんせ、いい車なんですよ。こんな斜面ぐらい、サードでらくにのぼれたはずなんだ。そうすりゃ、ギアを落とす必要もぜんぜんないし、ガソリンの節約にもなる。あたしゃ何事も旦那がたに喜んでもらえるようにやってるんですぜ！」

嘆きのコーラスが実際的な行動にとってかわられる。板とつるはし、その他、こういう非常事態にそなえて積んである道具が降ろされる。マックスがアブドゥッラーを押しのけて、かわりに〈クイーン・メリー〉のハンドルを握る。板が並べられる。マック、ハムーディ、アリスティード、アブドゥッラーの四人は、それぞれ位置につき、いつでも押せるように身構える。ここ中近東では、地位のある〝奥様《ハートゥーン》〟は力仕事などしないものとされているから（なんとすばらしい考えかたよ！）、わたしは土手の上に立って、そこから激励の声をかけたり、有益な助言をしたりする用意をする。マックスがエンジンをかけ、しだいに回転数をあげてゆく。青い煙がもくもくと排気管から立ちのぼり、押し屋たちをほとんど窒息させそうになる。マックスはギアを入れ、クラッチをゆるめる。すさまじい咆哮。車輪の空転。青い煙はいよいよひろがり、そのなかから、アッラーの神はことのほか慈悲ぶかい、というけたたましい叫びがあがる。〈クイーン・メリー〉が二フィートほど前進し、叫び声はいよいよ高まる。まことにアッラーの神こそはこのうえなく慈悲ぶかい……

悲しいかな、アッラーの神の慈悲ぶかさは、わずかに足りない。車輪が空まわりし、〈クイーン・メリー〉はずるずると後退する。あらためて板が並べられ、再度の努力がくりかえされる。叫喚、噴煙さながらにとびちる泥、青い煙。今回は、あともうちょっと、というところまで行く。

ほんのすこし力を加えてやりさえすれば。というわけで、牽引ロープが〈メリー〉の鼻面にとりつけられ、タクシーの後部に結びつけられる。アリスティードがタクシーの運転席につく。ほかの全員もそれぞれ位置につく。だがアリスティードはあまりに意気ごみすぎて、クラッチを早くつないでしまう。牽引ロープがぷっつり切れる。最初からやりなおし。わたしは〝同期調整係〟の役をおおせつかる。わたしがハンカチで合図を送ったら、アリスティードがスタートするというわけだ。

ふたたび作戦行動が開始される。ハムーディ、アブドゥッラー、マックの三人が、押そうと身構える。前者ふたりは、早手まわしに、車に激励の叫びを送っている。いま一度マックスがエンジンをかける。またも青い煙にまじって、泥と水とがいっしょになった噴煙があがる。エンジンがあえぎ、空まわりする。車輪がゆっくりと動きだす。わたしはハンカチをふりおろす。アリスティードが一声けたたましい叫びをあげるなり、胸に十字を切って、「アッラー・ケリーム！」と絶叫し、がくんとギアを入れる。のろのろと、うめきを漏らしながら、〈メリー〉は身ぶるいしつつ前進する。牽引ロープがぴんと張りつめる。〈メリー〉はためらい、後輪が空転する。マックスはジグザグに突進し、〈メリー〉も勢いをとりもどして、急な斜面をジグザグに駆けあがり、てっぺんにたどりつく！

完全に泥にまみれた人影がふたつ、歓声とともに彼女を追って土手を駆けあがる。やはり泥まみれの三つめの人影は、悠々と歩いてのぼってくる。何事にも動じないマックだ。歓喜も、当惑も、ふたつながら彼の態度には毛筋ほどもあらわれていない。

わたしは時計を確かめてから言う。「十五分よ。そう悪くはないわね」

マックは落ち着きはらって答える。「つぎのワーディでは、おそらくもっと記録がさがりますよ」

まったく、マックときたら！　ぜったいこのひとは人間ではない！

一行はさらに進む。ハムーディが歌の切れっ端らしいものを口ずさんで、街道をにぎやかにする。フロントシートのハムーディとマックスのふたりは、まことに陽気だ。いっぽう後ろのマックとわたしとは、じっと押し黙ってすわっている。このころになると、わたしは会話を試みようとするたびに、わけもなくたわごとを口走るようになる。そのわたしのたわごとを、マックは例によって辛抱づよく、礼儀正しく堪え忍び、一言ごとに、それにはもったいなさすぎるほどの慎重な考慮のすえに、やおらいつもの決まり文句で答える。「ほう、なるほど」あるいは、やんわりと非難するように、「まさか、そんなことはないでしょう」

まもなくわたしたちは二番めのワーディに到着する。車が停まる。マックスがアブドゥッラーにかわって〈クイーン・メリー〉の運転席にのぼる。アリスティードはローギアでなんなくそこを突破する。マックスがつづき、まずセカンドで斜面をくだったのち、水から出たところでローに切りかえる。〈メリー〉は傾きながらも意気揚々と対岸にたどりつく。

「ほら、わかったろう?」と、マックスはアブドゥッラーに言う。

アブドゥッラーは、持って生まれた顔つきのうちでも、もっとも駱駝然とした表情をつくる。

「ここならサードでもじゅうぶん乗りきれたはずですよ。ギアをチェンジする必要なんか、ぜんぜんなかったんです」

マックスはいま一度、おまえはとんでもない阿呆だと言い、なにはともあれこれから先は、必ず言われたとおりにするように、とつけくわえる。アブドゥッラーは快活にそれに答えて、自分はいつだって万事よかれと思ってやっているのだ、と主張する。

マックスは議論をあきらめ、一行は先へ進む。

テルはおびただしく存在する。ふとわたしは、そろそろまた時期なのではないかと考える——例によって逆時計まわりにテルの周囲を歩きまわる、あの作業を再開するときがきているのでは？

わたしたちはチャガール・バザールというテルに到着する。わずかな住戸のかたまった集落から、犬や子供たちがいっせいにとびだしてくる。と、まもなく、白い寛衣をなびかせ、鮮やかなグリーンのターバンを巻いた、ひときわめだつ人物があらわれる。この土地の族長《シーク》である。最大限の愛想をふりまきながら、シークはわたしたち一行を迎える。マックスが彼といっしょにいちばん大きな泥の家に姿を消す。ややあって、ふたたびシークがあらわれ、「エンジニア！　エンジニアはどこだね？」と呼びかける。ハムーディが口添えして、あれはマックを呼んでいるのだと言う。マックが進みでる。

「そら、レーベンをあげよう！」そう言ってシークは、ヨーグルトに似た土地産の醱酵乳の鉢をさしだす。「レーベンはどんなふうにして飲むのが好きかね、エンジニア？

濃いのか、薄いのか？」マックはレーベンが大好きだから、シークがさしあげている水差しのほうへうなずいてみせる。ふとわたしがマックスのほうを見ると、なんとかそれをやめさせようと、しきりに合図を送っているではないか。だがもう遅い。レーベンが水で割られ、マックはけっこうおいしそうにそれを飲み干す。

あとでマックスが言う。「警告を送ろうとしたんだがね。なにしろあの水ときたら、実質的には薄めた〝黒泥〟（肥料として用いられる有機質土壌）も同然なんだから」

チャガール・バザールでの調査の結果は悪くない。村があり、井戸があり、隣接してほかの村々もあり、なによりも、明らかに強欲ではあるが、根は親切そうなシークがいる。これも候補地のひとつとして残すことにし、わたしたちはさらに先へ進む。

日暮れ近く、ジャフジャーハ河付近のいくつかのテルへまわるため、何度か沼地を迂回するうちに、すっかり時間をとられて、ようやくカーミシュリーに到着するころには、時刻はだいぶ遅くなっている。

文字どおり待ちきれぬといったようすで、アリスティードが問題の〝第一級〟ホテルの前にまっしぐらに車を乗りつける。

「そら、りっぱでしょう？　石でできてるんですから！」とのご託宣。

ホテルにおいては、表構えよりも内部のほうがよっぽど重要だ、そう言いたいのをわたしたちはこらえる。ともあれ、これはたしかにホテルらしいし、見た目はどうあれ、こちらとしてはホテルであってもらわなくては困る。

わたしたちはなかにはいり、長い、すすけた階段をのぼって、食堂にたどりつく。大理石のテーブルがいくつか置かれ、むっとするようなパラフィンと、にんにくと、煙のにおいとがこもっている。

マックスがさっそく経営者との交渉にはいる。

いかにもここはホテルである。ホテルだから、ちゃんとベッドも――本物のベッドもそなわっている。この言葉が真実であることを証明しようと、あるじはいきなり手近の部屋のドアを押しあける。部屋には四人の客がいて、すでにベッドで眠っているが、ほかに使われていないベッドもふたつほどある。

「ごらんのとおりでさ」と、あるじは言う。「それに、この野郎なら――」と言いながら、いちばん近くのベッドで眠っている客を蹴とばして、「――追いだしちまえばいいんで！　ただの厩《うまや》番ですからね、うちの！」

マックスは、われわれだけで一部屋ほしいのだが、と非現実的な要求を持ちだす。あるじは思案顔で、そいつはえらく高くつきますですよ、と答える。

高くついたってかまわない、とマックスは無謀にも言う。高くつくとは、いったいどのくらい高くつくのかね？

あるじはためらい、耳をひっぱり、じろじろわたしたちの身なりを品定めする（あいにく、泥のおかげで、どう見てもたいした富豪には見えないのだが）。それからやっと、いちかばちか言ってみるか、とでもいったふぜいで、わたしたち四人ですくなくとも一ポンドはかかる、と切りだす。

マックスは一も二もなく承諾して、あるじを啞然とさせる。

たちまち周囲があわただしく、にぎやかになる。寝ていたものたちはたたき起こされ、使用人が呼ばれる。わたしたちは大理石のテーブルのひとつにつき、この家の提供できる最上の食事を注文する。

自ら客室の準備を監督する役目を買って出たハムーディは、四十五分ほどもたってからもどってき、にこにこしながら報告する。部屋のひとつは、マックスとわたしとが専用で使用できる。彼自身とマックとは、もうひとつの部屋を使う。ついでに、彼の表現を借りるなら、〝ご夫妻の評判を慮《おもんぱか》って〟、清潔なシーツを確保するため、五フランの追加支払いを承諾したという。

料理が運ばれる。脂っこいが、とびきり熱くて、風味がよい。一同たらふく食べ、そのあとはもう、早々に部屋にひきとって、清潔なシーツを敷いたベッドに倒れこむだけだ。眠りに落ちる寸前、〝虫〟というありうべき問題が頭の隅にうごめくが、マックスは彼の意見として、今夜ばかりは虫の心配はないと言いきる。ここは最近建ったばかりだし、ベッドも新しく、しかも鉄製だから。

すぐ隣りの食堂から、煙とにんにくとパラフィンのにおいが流れてき、声高なアラビア語でがやがやしゃべる声もする。とはいえ、なにものもわたしたちの眠りを妨げることはできない。わたしたちは眠りこむ。

目がさめてみると、さいわい虫には刺されていないが、時刻は思ったより遅い。だがきょうもまた、たっぷりまる一日がわたしたちを待っているのだ。マックスが勢いよく部屋のドアをあけ、いくらかたじろぐ。隣りの食堂は、ふたつの客室から追いだされたひとたちでぎっしり満員だ。てんでにテーブルのあいだに横になっているが、全体ですくなくとも二十人はいるだろう。むっとする空気がこもっている。やがてお茶と卵とが運ばれてき、わたしたちはふたたび出発する。ハムーディが憮然としてマックスに打ち明ける。ゆうべハワージャ・マッカートニーと長いあいだ熱心に話しこんだが、あいにくハワージャ・マックは、旅を始めて二カ月たったいまでも、一言もアラビア語を解さない、と。

そこでマックスがマックにたずねる。近ごろはヴァン・エスの『口語アラビア語』の勉強、どこまで進んでいる？　するとマックは答えて、どうやらあの本はどこかに置き忘れてきたようだ、と。

カーミシュリーで二、三の買い物をすませて、一行はアミューダーへの道をとる。これは重要な道路のひとつで、ただの往還ではなく、真に道路らしい道路だと言えるだろう。鉄道線路と平行に走っていて、線路の向こう側はトルコ領になる。

あいにく路面はひどいもので、どこまで行っても、わだちと穴ぼこだらけ。みんな体がばらばらになりそうなほど揺さぶられるが、それでも、この街道ぞいに活気が見られることは確かだ。何度かほかの車ともすれちがうが、そのうち、アブドゥッラーもアリスティードも、現地人のドライバー仲間お好みのゲームに熱中して、きびしく叱責されるはめになる。老婆や少年が驢馬《ろば》とか駱駝の群れを追ってゆくのを見つけると、わざとその群れにぶつかるふりをする、あるいはすくなくとも、そう見せて死ぬほどふるえあがらせる、というゲームだ。

「ここはけっこう道幅があるじゃないか。じゅうぶん追い越せるはずだろう？」マックスがなじる。

アブドゥッラーが上気した顔で彼をふりかえる。

「あたしはトラックをころがしてるんですよ。なるべく路面のいいところを選ぼうとしてるんですよ。だったら、あの薄汚いベドゥインのほうこそ、こっちをよけるべきじゃないですか。やつらも、やつらのいまいましい驢馬どももね！」

アリスティードはアリスティードで、不相応に大きな荷を背負った驢馬を連れて、一組の男女がとぼとぼと道を行くのを見つけると、音もなく驢馬の背後に忍びより、いきなりけたたましくホーンを鳴らす。驢馬はおびえて走りだすし、女は悲鳴をあげてそれを追いかける、男はこちらにむかってこぶしをふりまわす、という騒ぎになる。アリスティードはそれを見てげらげら笑う。

今度は彼が叱責されるが、その後も例によって、いっこう悔い改めるようすがない。

アミューダーはおもにアルメニア人の町で、こう言ってもよければ、まことにおもしろみのないところだ。蠅の多さはまさに桁はずれだし、小さな少年たちのお行儀の悪さたるや、ほかに例がない。だれを見ても、すっかり退屈しきったようすで、そのくせ攻撃的。全体として、カーミシュリーとはとても比較にならない。わたしたちは、見るからに怪しげな肉——さわると黒山のような蠅がわっと飛びたつしろもの——を少々と、だいぶくたびれた野菜をすこしばかり、それに、こちらは一転してびっくりするほどおいしい、焼きたてのパンを買い入れる。

ハムーディが情報を集めに出かけてゆき、こちらが買い物をすませるころにもどってくると、とある横町へわたしたちを案内する。そこに門がひとつあって、広い中庭に通じている。

中庭でわたしたちを迎えたのは、アルメニア人の司祭だ。非常に礼儀正しく、わずかだがフランス語も解する。中庭と、そのいっぽうの側に建った建物をぐるりとさしてみせながら、これはぜんぶ自分の家であると告げる。

さよう、もしも〝話し合い〟さえうまくまとまれば、来春、ここをわたしたちに賃貸しする用意がある。さよう、一部屋だけならいますぐにも空けて、わたしたちの荷物の置き場に使わせてやってもよい。

かくして商談をいちおうの軌道に乗せたところで、わたしたちはハセッシェへと出発する。アミューダーからは直接に道が通じていて、テル・チャガール・バザールでカーミシュリーからの道路と合流する。道々いくつかのテルを調査して、あとは何事もなくキャンプに帰り着くが、それでも疲労ははなはだしい。

マックスがマックに、例のシークの不潔な水を飲まされて、その後なにも不都合は起きなかったか、とたずねる。マックは答えて、いまほど調子のよかったときはない、とのたまう。

後刻、わたしとふたりで寝袋にはいってから、マックスは言う。「言っただろう、マックは掘り出し物だって？　なんてったって、第一級の胃袋の主だからね！　なにがあろうとへっちゃら。ぎとぎとの脂だろうが、黒泥だろうが、なんでもこい、いくらでも詰めこめる。しかも、ぜったいと言っていいほど、口をきかないときている」

わたしは言う。「あなたにとっては、それは結構なことでしょうよ。あなたもハムーディも、しょっちゅうげらげら笑って、しゃべりまくってるんだから。でも、このわたしはどうなるのよ？」

「なんできみがあいつともっとうまくやれないのか、さっぱりわからないよ。努力はしてるのかい？」

「いつだってしてるわよ、努力なら。でもあのひとは鼻であしらうだけ」

マックスはこれを愉快な返事だと受け取りでもしたらしく、ひとしきりくすくす笑う。

きょう、わが隊はアミューダーに到着する。ここが新たな活動拠点となるのだ。〈メリー〉とタクシーとは、アルメニア人司祭の中庭に仲よく駐車している。家のなかの一室がわたしたちに明けわたされるが、ハムーディはそこを調べたあと、寝るのは当分テントのままのほうがよいとすすめる。強い風が吹いているうえ、雨も降りだすので、テントの設営にはおおいに手こずる。このようすでは、あすまた調査に出かけるのは無理かもしれない。まる一日、雨が降りつづくだけで、このあたりではてきめんに交通が途絶してしまうから。こうなると、部屋を借りられたのは運がよかったというものだ。日中をそこで過ごして、これまでに発見したものを整理できるし、マックスも調査の進捗状況について、最新の報告書を書くことができる。

マックとわたしとはいろいろな道具を車から降ろし、室内に配置する。折り畳みテーブルにデッキチェア、ランプ等々。ほかの男たちは、必要なものを町へ買いに出かける。外では風がいっそう強くなり、雨脚も激しくなっている。窓ガラスがところどころ割れているので、とても寒く、わたしは石油ヒーターが恋しくなってくる。

「早くアブドゥッラーが帰ってこないかしら。帰ってきたら、ヒーターをつけてもらえるのに」そうわたしは言う。

それというのも、アブドゥッラーという男、どう見てもまったく知性に欠けているし、ドライバーとしては最低、あらゆる意味でほとんど知的障害に近いとすら思われるのだが、いったんその気まぐれなしろもの——石油ヒーター——が相手となると、鮮やかな神業を発揮するからだ。その複雑な仕組みと互角に取り組めるのは、ひとりアブドゥッラーだけなのである。

マックがヒーターのところへやってきて、それをながめる。

科学的な原理はいたって単純なんだが、そう彼は言う。なんならぼくがつけてあげましょうか？

お願いするわ、とわたしは言い、マッチを彼に手わたす。

自信満々でマックは仕事にとりかかる。変性アルコールが点火され、その他さまざまな手順が踏まれる。手つきは器用で、物慣れているし、本人も仕事の内容をはっきり心得ている。

時が流れる……ヒーターはまだつかない。もう一度マックは、最初にアルコールに点火するところからやりなおす……

さらに五分ほどたってから、わたしにというより、むしろ自分に言い聞かせるようにつぶやく――

「原理ははっきりしてるんだけど――」

またも五分が過ぎたところで、わたしは彼のようすを盗み見る。頭に血がのぼりかけているようだ。おまけに、いつもの彼ほど尊大らしくも見えない。科学的原理がどうあろうと、石油ヒーターは頑として彼の思いどおりにならない。床に這いつくばって、彼はそのしろものと取り組む。そのうち、口から悪態がこぼれはじめる……

ほとんど愛情に近い感情がわたしを圧倒する。結局のところ、わがマック氏も人間であったのだ。その証拠に、石油ヒーターごときに後れをとっている！

三十分ほどして、マックスとアブドゥッラーとが帰ってくる。そのころにはマックの顔は真っ赤に上気しているが、肝腎のヒーターはまだ赤くならない。

「ああ、ハワージャ、そいつはあたしにまかせてください」アブドゥッラーが言って、アルコールとマッチとをとりあげる。二分とたたぬうちに、石油ヒーターは心地よく燃えだす。もっともわたしはほぼ確信しているが、アブドゥッラーはそこに存在するかもしれぬいかなる科学的原理をも、いっさい無視しているはずだ……

「ほう！」マックが言う。例によって不明瞭な口調だが、それでいてその一語のなかに、多くのものが含まれている。

夜も遅くなると、風はますます強くなり、雨がたたきつけるように降りだす。アリスティードが駆けこんできて、このままではテントが保ちそうもないと告げる。全員が雨のなかへ駆けだす。ふとわたしは、いよいよ〝ル・キャンピング〟の暗黒面を見せられることになりそうだ、と考える。

マックスとマックとアリスティードとが、勇敢に大きなテントと取っ組んでいる。マックが支柱にしがみつく。

と、とつぜん、ぼきっと音がして、支柱が折れる。はずみでマックは頭からどろどろのぬかるみのなかへ投げだされる。もがきながら立ちあがったときには、その顔は完全に識別不能になっている。声もいくらか高くなり、完全に人並みの調子になる――

「こん――ちく――しょう！」ついにマックは叫び、これで完全に人間となる。

その夜からは、マックもわたしたちの一員だ！

荒天は過ぎ去るが、まだ一日ほどは道がぬかるんでいて、車の走行には適さない。わたしたちはすぐ近くのいくつかのテルまで、用心ぶかく出かけてゆく。なかでもひとつ、見込みがあるのは、テル・ハムドゥンだ。大規模な墳丘で、アミューダーから程遠からぬ国境のすぐきわに位置している。実際には鉄道線路がテルの端を横切っていて、そのため一部はトルコ領になる。

ある朝、そこへ出かけるとき、ふたりばかり作業員を連れていって、テルの斜面に調査のための溝を切らせる。現場は寒いので、わたしは風のあたらない丘の反対側へまわる。季節ははっきりともう秋になっている。わたしはコートのなかで身を縮め、丘の斜面にうずくまる。

と、だしぬけに、馬に乗った男がひとり、例によってどこからともなくあらわれて、駆け足で馬を走らせてくる。わたしのそばまでのぼってくると、馬の手綱をしぼり、何事かアラビア語でまくしたてる。挨拶の言葉以外、わたしには一言も理解できない。そこで丁重に挨拶を返し、ハワージャなら丘の向こう側にいると告げる。男はとまどい顔をし、またなにかたずねたあと、いきなり頭をのけぞらせて高笑いしはじめる。

「ああ、ハートゥーンなのか！　ひどいまちがいをしたものだ！　ハートゥーンに話しかけてたとは知らなかった！」そう叫ぶなり、男は馬を走らせて丘の向こう側へと去ってゆく。走り去りながらも、一目見ただけでは女性と気づかなかった自分の失敗を、ひどくおかしがっている。

最良の日々は過ぎ去った。いまではしばしば曇天の日がつづく。各地のテルの調査も完了した。いよいよ来春にはどこを掘るかを決定しなくてはならない。

三つのテルが候補地として競いあっている。ひとつはテル・ハムドゥンで、地理的にはおおいに食指の動く地域にある。二つめはテル・チャガール・バザールで、これが第一候補だ。そして三つめが、テル・モーザーン。これは三つのうちではひときわ大きく、発掘の成否は、掘りさげるべきローマ時代の層がどれだけ厚いかにかかっている。

これら三つのすべてについて、探測を行なってみる必要がある。最初はテル・モーザーンからだ。ここには村がひとつあり、ハムーディを外交使節として、作業員が募られることになる。村の男たちは、警戒心が強く、疑りぶかい。

「金なんかいらねえよ。今年は収穫が多かったからね」そう彼らは言う。

思うに、ここは単純な世界であり、そのぶん幸福でもあるのだろう。考えるべきは食べ物のことだけ。収穫がよければ、ひとは豊かになる。それ以外の季節は、たっぷり食べてのんびりと暮らし、また時節がきたら、耕して、種を蒔くだけのこと。

「といったって、いくらか余分な金があるのは結構なことじゃないか」と、ハムーディがエデンの園の蛇そこのけに、言葉巧みに誘う。

男たちの返事は簡単だ。「しかし、その金でなにを買うんだね？　食べるものなら、つぎの収穫までじゅうぶん保《も》つんだからな」

ところがここで、ああやんぬるかな、永遠のイヴがその役割を演じはじめる。抜け目のないハムーディが餌のついた針を投げる。だったら、女房にきれいな装身具でも買ってやりゃいいじゃないか。

女たちがわが意を得たりとばかりに首をうなずかせる。ここでの発掘計画、これはまことにすばらしいことだ！

しぶしぶ男たちはその提案を検討する。もうひとつ、考慮に入れねばならない問題がある。〝体面〟である。アラブ人にとっては、体面はすこぶる重要なものだ。これは体面が保てる仕事だろうか。これをしてみっともなくはないだろうか。

なににせよ、いまはほんの数日のことだ、そうハムーディは説明する。先のことは来春までにじっくり考えればよい。

というわけで、新たな、前例のない冒険にのりだすもの特有の不安げな表情を残しながらも、多少の革新的精神の主が十人ほど進みでる。保守的な年長者たちは、困ったものだと言いたげに、白髪頭を左右にふっている。

ハムーディの合図で、つるはしや鋤が〈メリー〉から降ろされ、男たちに配られる。ハムーディ自身は、手本を示すためにつるはしを握る。

三本の試験的な溝が掘られることになり、テルのそれぞれ高さの異なる三カ所が選ばれる。「インシャッラー！」とだれかがつぶやき、つるはしが地面に突きたてられる。

テル・モーザーンは、不本意ながら候補地のリストからはずされる。ローマ時代の住戸跡が何層かにわたっていて、その下にわたしたちの掘りたい層があるとはいえ、そこまで達するには何シーズンもかかるだろう。言いかえれば、わたしたちに許される時間的、資金的な範囲では、むずかしいということだ。

きょうは、わが古なじみの友人、チャガール・バザールに出かける。ここでの労働力の手配は簡単にすむ。アラブの土地所有者にはよくあることだが、ここのシークもかなり貧しく、借財がかさんでいる。わたしたちの計画によっておいしい儲けがころがりこむと、早くも抜け目なく算盤《そろばん》をはじいているのだ。

「わしのものはみんなあんたのものですじゃ、ブラザー」と、シークは鷹揚にマックスに言う。打算的な光がその目にはちらついている。「土地の使用料なんぞいりませんぞ。わしのものはなんでも使ってください！」

そのあと、マックスが大股に墳丘をのぼってゆくのを見送って、シークはこっそりハムーディのほうに顔を寄せる。

「さだめしこのハワージャは、とびきりの大金持ちなんだろうな？　有名な〈エル・バロン〉ほどの金持ちかね？　いまでも語り草になってるからな、〈エル・バロン〉がぎっしり金貨の詰まった袋で支払いをしたってことは」

「近ごろはもうないですよ、金貨で支払いをするなんてことは」そうハムーディは答える。「もっとも、うちのハワージャもめっぽう気前がいいですが。それに、たぶんハワージャはここに宿舎を建てるでしょう。すごくきれいで、りっぱなやつを。きっと遠くまで評判が鳴り響きますぜ。どれだけそれがシークに箔をつけてくれることか！　津々浦々までうわさがとどろきます。『イギリスのハワージャがこの土地を選んで宿舎を建て、発掘を始めたのも、すぐ隣りに偉いシークがいる――メッカに巡礼したこともあって、だれもが尊敬してるシークがいるからだ』って」

そういう家が建つという考えは、シークを満足させる。彼は思案げに墳丘を見やる。

「すると、作物はあきらめにゃならんな。もうじきあの丘に種を蒔くつもりだったんじゃが。えらい損失じゃよ――えらい損失じゃ！」

「しかし、耕して、種を蒔く仕事なら、この季節にはとっくにすんでるはずじゃないですか？」

「いろいろと手間どっておってな。ちょうどとりかかろうとしてたんじゃ」

「あの丘で作物をつくったことなんてあるんですか？　ないでしょう！　平らな土地がまわりにいっぱいあるのに、だれがわざわざ丘を耕すものですか」

シークはきっぱりと言う。「わしが失うことになる作物の損失は甚大じゃよ。しかし、それがなんだというんじゃね？　国のためなら、これくらいの犠牲は喜んで払うさ。たとえ破産したって、どうってことはあるまい？」

そして断固として快活な表情をくずさず、自分の家へともどってゆく。

ひとりの初老の女がハムーディに近づく。十二歳ばかりの男の子の手をひいている。

「ハワージャは薬を持ってるかね？」

「まあ多少ならね」

「ここにいるせがれに、薬を分けてもらえないものかね？」

「せがれはどこが悪いんだ？」

だが訊くまでもない。重度の知恵遅れらしい顔を見ればじゅうぶんだ。

「人並みの知恵がつかないんだよ」

ハムーディは困ったように首をふり、とにかくハワージャに頼んでみようと言う。男たちはすでに溝を掘りはじめている。ハムーディは女と子供とを連れてマックスのところへ行く。

マックスは子供を見、穏やかに女をかえりみる。

「この子がこうなのは、アッラーの神の思し召しなんだ。あいにくこの子にあげられる薬はないな」

女は溜め息をつく。一筋の涙が頬を伝わったようにも見える。それから彼女は、一転して実際的な口調で言う——

「だったら、ハワージャ、毒薬をいくらかもらえないかね？　いっそ生かしておかないほうがましだから」

マックスはやんわりと、それもやはりできないと答える。

女はしばしぼんやりと彼を見つめているが、やがて腹だたしげに首をふり、少年を連れて立ち去る。

わたしはぶらぶらと丘をのぼってゆく。頂上ではマックが測量に忙殺されている。助手に採用されてひどくもったいぶったアラブの少年がひとり、標尺をかかえて、よろよろとあっちへ行ったりこっちへきたりしている。いまだにアラビア語には自信のないマックは、手旗信号のような身ぶりで指示を与えるが、それは必ずしも望みどおりの結果を生むとはかぎらない。つねに世話好きなアリスティードが救援に駆けつける。

わたしは周囲を見まわす。北のほうにはトルコの山々が連なり、なかに一カ所、きらりと光るのは、マルディーンの町だ。西、南、東の三方には、ただ肥沃なステップがひろがり、春にはそこが一面の緑に変わって、花が咲き乱れるだろう。いたるところにテルが点在し、ベドゥインのテントが褐色のかたまりとなってそこかしこに見えている。多くのテルの上には集落があるはずだが、目には見えない。いずれにしろ、ほんのいくつかの泥小屋がかたまっているだけだ。騒がしいひとの営みからも、文明からも遠くへだたって、すべては平和に、安らかに見える。わたしはこのチャガール・バザールが気に入り、なんとかここが選ばれないものかと願う。できればここに建てられた家に住んでみたい。もしハムドゥンを発掘することになれば、住むのはたぶんアミューダーになるだろう……おおいやだ、わたしはこのテルがいい！

夕暮れが迫る。マックスはここでの結果に満足している。あすもう一度ここへきて、探測を続行する予定だ。マックスの見たところ、このテルは紀元前十五世紀からずっと使われていなかったらしい。何度かローマ人が侵入したのと、イスラムの埋葬地となった形跡があるだけだ。げんに、初期アルパチーヤ＝テル・ハラフ様式の、すばらしい彩文土器が見つかっている。

シークがにこやかにわたしたちを車まで見送ってくれる。

「わしのものは、なにもかもあんたのものですじゃ、ブラザー。それでわしがどれだけ貧しくなろうともな！」と、彼はあらためてくりかえす。

マックスも丁重に応じる。「ここを掘ることで、あなたを豊かにするめぐりあわせとなるなら、どんなに喜ばしいことでしょう。作物の損失については、フランス軍当局との協定にもとづき、補償金が交付されますし、村人には相応の賃金が支払われ、宿舎を建てる土地は、あなたから賃借することになるはずです。のみならず、シーズンの終わりには、あなた個人にたいし、すばらしい贈り物がなされるでしょう」

「いやいや」と、シークはいとも上機嫌に叫ぶ。「わしはなにもいりませんぞ！　兄弟の仲で金の話とは、なんと水くさい！」

この愛他的な台詞を最後に、わたしたちはシークと別れて出発する。

寒い、冬めいた日が二日、テル・ハムドゥンで過ごされる。ここでの結果はまあまあだが、テルの一部がトルコ領だという事実、それが決定的に不利になる。明らかにチャガール・バザールに決定すべきだろう。これにはテル・ブラークにたいする発掘許可も付随しているから、二度めのシーズンにでも、チャガールとあわせて作業が進められる。

さて、あとはいよいよ来春のための手配にとりかかることだけだ。まず、チャガールで宿舎を建てるのに適した土地を選ぶ。チャガールの家が建つまでの当面の宿舎として、アミューダーのあの家を賃借する。シークとの取り決めにもとづいて、協定書を作成する。そしてもうひとつ、もっとも急を要する問題として、つぎの為替がハセッシェでわたしたちを待っている。万一、雨でワーディがあふれ、道路が分断された場合を考えると、なんとか一刻でも早くこれを回収してこなくてはならない。

このところハムーディは、わたしたちの〝評判〟を慮って、アミューダーでだいぶ派手にお金をばらまいている。アラブ人のあいだでは、お金を使うということは名誉の問題であるらしい。言いかえれば、コーヒーハウスで土地の名士たちを接待するという習慣である。けちだと見られることは、はなはだしく体面にかかわるのだ。けれどもいっぽうでハムーディは、いつもミルクを届けてくる老女たちの請求額を容赦なく値切るし、わたしたちの洗濯をしてくれるべつの老女たちの、どう考えても信じられぬほど安い手間賃をも、できるだけ切りつめようとする。

マックスとわたしは〈メリー〉でハセッシェへおもむく。空はどんより曇っているし、細かな霧雨さえ降っているが、万一の僥倖を頼むことにして、出かける。さいわい町へは何事もなく到着するが、このころには雨は本降りになり、はたして帰れるかどうか心配になってくる。

間の悪いことに、郵便局に着いてみると、局長は留守、だれも行く先は知らない。何人かの少年が四方八方へ局長を探しにやらされる。

雨はいよいよ激しくなる。マックスはやきもきして、このぶんではまもなく出発しないと、とても帰り着けなくなる、と言いだす。小やみなく降る雨をながめて、わたしたちはじりじりしながら待つ。

と、とつぜん、局長があらわれる。卵のはいったバスケットをさげ、いとものんびりと歩いてくる。

わたしたちを認めて、彼は驚きながらも愛想よく挨拶する。マックスが局長お得意の長台詞をさえぎって、急いでくれと切迫した調子で訴える。早く帰らないと、交通が途絶してしまうおそれがあるのだ。

「しかし、そうなったらそうなったでかまわんでしょうが」と、局長は言う。「ここに何日も足留めを食うことになりますが、わたし個人としては、それをおおいに歓迎しますよ。ハセッシェはじつにおもしろい町です。ずっと逗留なさい」もてなし好きらしい調子で彼はすすめる。

マックスがせきこんで、もう一度、どうか急いでくれと訴える。局長はのろのろと引き出しの鍵をあけると、漫然となかをかきまわしながら、なおも長逗留することとの妥当性をわたしたちに説いて聞かせる。

へんだな、あのたいせつな封筒が見つからないぞ、と彼は言う。それが届いたのは記憶しているし、「いつかあのハワージャが受け取りにくるはずだ」そう自分に言い聞かせたのも確かだ。だから、そのときのために、安全な場所にしまったはずなのだが、はて、それがどこだったのやら。局員のひとりが救援に駆けつけ、捜索が続行される。最後にやっと問題の封筒が掘りだされ、現金を手に入れるためのいつもの面倒な手続きが踏まれる。前回同様、現金はバザールから調達してこなくてはならない。

しかもなお、雨は依然として降りつづいている！　ようやくわたしたちは望むものを手に入れる。万一途中で一晩か二晩、野宿するはめになった場合に備えて、マックスはパンとチョコレートを買いこむ。そしてわたしたちはふたたび〈メリー〉に乗りこみ、全速力で走りだす。最初のワーディはうまくのりきるが、ふたつめのワーディまでくると、不吉な光景が目にとびこんでくる。郵便バスが立ち往生しているのだ。そしてバスの後ろには、長い車の列。

全員がワーディのなかに降りたっている。掘ったり、板を並べたり、大声で励ましあったり、まことににぎやかだ。

マックスが絶望的に言う。「今夜はここで泊まることになりそうだな」

これは愉快な見通しではない。これまで砂漠に停めた車のなかで夜を過ごしたことは何度もあるが、一度として楽しかったことはない。目がさめるころには、全身がこわばり、冷えきっていて、節々が痛くてたまらないほどだ。

しかしながら、きょうばかりはわたしたちもツイている。バスがうなりをあげながらどうにかぬかるみを脱出し、他の車もあとにつづく。わたしたちが最後だが、危機一髪のところだ。ワーディの水位は急速に上昇しはじめている。

それからアミューダーに帰るまでの道、これがまた悪夢に等しい。いわばひとつの長い連続的な滑走。チェーンを巻いているのにもかかわらず、すくなくとも二度、〈メリー〉はくるっとまわって、もとのハセッシェのほうを向いてしまう。車によるこの連続的な滑走には、ある種の不思議な感覚がつきまとう。大地はもはや大地ではなくなり、幻想的な悪夢のごとき様相を帯びはじめる。

暗くなってから、やっとわたしたちが帰り着くと、一家全員が歓声をあげながら、角灯をかざして駆けだしてくる。

わたしはよろよろと〈メリー〉から降りたち、わたしたちの部屋のドアまですべってゆく。まともに歩くことはむずかしい。泥に奇妙な特性があって、大きな平たいホットケーキさながらに足にへばりつき、重くて足が持ちあがらないほどだ。

どうやらだれもわたしたちが帰ってくるとは期待していなかったらしく、祝福の言葉と、「エル・ハムドゥ・リッラー」とが、にぎやかに入り乱れる。

足にへばりついたホットケーキには、わたしもつい笑ってしまう。それにはまさしく夢のなかでの感覚に似たものがある。

ハムーディも笑う。そしてマックスに言う。「ハートゥーンがついていてくれると助かりますねえ。ハートゥーンにかかると、なんだって笑い話になっちまうんだから」

すべての手配が完了する。ここへ漕ぎつけるまでには、マックスと、シークと、この地方を担当するフランス公安局の代表である軍の将校と、この三者による厳粛な会合が必要だった。土地の使用料、補償金、各当事者に課せられる義務、すべてが明確に文書として残される。シークは、自分のものはすべてマックスのものだ、そう言うかと思えば、その口の下から、金貨でおよそ一千ポンド、それが自分の受け取る額としてはふさわしいと思うが、などと言いだす。

ようやく引き揚げるころには、シークもはなはだしく落胆している。明らかにそれまでは、一夜にして大富豪になったかのような夢想にとらえられていたのだろう。それでも、協約書のなかの一箇条が彼の慰めとなる。その条項とは、発掘隊が宿舎として建設する予定の家は、発掘が終了したあかつきには、シークに帰属する、というものだ。目が輝き、ヘンナで染めた威風堂々たるあごひげが、わが意を得たといわんばかりにふるえる。

「それでもあれはりっぱな男ですな《セ・トゥ・ド・メム・アン・ブラーヴ・オム》！」と、シークがようやく立ち去ってしまうと、フランス軍大尉が言う。そして肩をすくめてみせる。「あの男だってほかの連中同様に素《イル・ナ・パ・ル・スー・コム・ト》寒貧なんですから《ウ・セ・ジャン・ラ》！」

アミューダーの家を借りるための交渉のほうは、もうすこし厄介だ。その家がじつは、わたしたちの考えたように一軒の家ではなく、なんと六軒の家に分かれているらしいという事実——これはごく最近、明らかになったばかりなのだが——それが事を面倒にしている。しかもその六軒に、なんと十一家族もが住んでいるのだから、問題は紛糾するばかり。例のアルメニア人司祭はたんに、各所帯主のスポークスマン役でしかないのだとか。

それでもようやく最終的な合意に達する。ある一定の期日までに、〃ぜんぶの家〃を空け、内部には二度にわたって石灰塗装をほどこすこと。

これで懸案はすべて解決する。あとは、海岸地方までの帰りの便を確保することだけ。二台の車は、ラース・エル・エインおよびジェラーブルス経由でアレッポに向かう予定だが、距離はおよそ二百マイル、しかも旅程の前半では、多くのワーディを渡渉しなくてはならない。とはいえ、運さえよければ二日で到着できるだろう。さて、ハートゥーンはいかがなされる？

ハートゥーンは、恥ずかしながらワゴンリを選ぶ。というわけで、タクシーがとある小さな見知らぬ駅へわたしを送り届けてくれ、やがてそこへ、もくもくと煙を吐く巨大な機関車に牽引されて、大きく、尊大ぶった青い寝台車がやってくる。チョコレート色の制服を着た車掌がひとり、車輛から身をのりだしている。マダムの手荷物が手わたされ、つづいてマダム本人が、線路上から高いステップへと、苦心のすえにひっぱりあげられる。

「列車に決めたのは正解だったと思うよ。雨が降ってきたから」と、マックスが言う。双方ともに、「じゃあアレッポで会いましょう！」と叫ぶ。そして列車が動きだす。

わたしは車掌のあとから通路を歩いてゆく。彼がわたしのコンパートメントの扉をさっとあけはなつ。すでに寝台が用意されている。

ここからはふたたび文明世界だ。〝ル・キャンピング〟は終わった。車掌がわたしのパスポートを預かり、ミネラルウォーターを運んできてくれて、言う。「アレッポには明朝六時に到着の予定です。ではお休みなさい《ボン・ニュイ》、マダム」

まるでパリからリヴィエラへ向かうところみたいだ！

それにしても、不思議な感じがする、ワゴンリにこんなところで出あえるとは——周囲になにもない、世界の果てとも思えるこの辺地で……

アレッポ！

商店！　お風呂！　髪をシャンプーしてもらう！　友達に会う！

三日後、マックスとマックとが泥まみれになって、途中で撃ちとめた山ほどの野鴨を積んで到着するころには、わたしは早くも〝歓楽の巷〟に慣れたものの優越感をふりまきながら、ふたりを迎える。

どうやら途中でずいぶんあぶない目にもあったらしい。悪天候のためだ。わたしは楽な道を選んだことに、あらためて満足する。

給料を渡したとき、コックはまたしてもドライバーとしての推薦状を要求したようだ。偽証はしたくないので、マックスはまずその前に、コックに〈メリー〉を運転して中庭をひとまわりしてみせるように命じた。

勇んで運転席にとびのったアイサは、エンジンをかけ、ギアをリバースに入れ、そのままどすんとばかりに中庭をかこむ塀に激突して、塀にかなり大きな穴ぼこをあけた。これではとても運転手としての保証はしてやれない、そうマックスが言うと、アイサはひどく傷ついた。結局、できあがった証明書には、アイサが三カ月にわたってわが隊のコックを務め、車についても有益な助力をした旨がしたためられた。

かくして、ふたたびベイルートへ、そしてマックとの別れ。わたしたち夫婦はエジプトで冬を過ごし、マックはパレスチナへと向かう。

第四章　チャガール・バザールでの最初のシーズン

春になって、わたしたち夫婦はベイルートへともどる。埠頭《ふとう》で最初に目にとびこんできたのがマック、ただし、変貌したマックだ。

なんと、顔じゅうで笑っている！　もはやまちがいない──わたしたちに再会したのを喜んでいるのだ！　いまのいままで、はたしてマックがわたしたちを好いていてくれるのかどうか、ついぞ確信は得られなかった。あのいんぎんかつ無表情な仮面の下に、彼のあらゆる感情は隠されてしまっていた。ところがいまや、これが彼にとっては親しい友との再会であること、それがはっきりしたのだ。これがどれほど心温まるものであったか、とても口では言えない。これ以降、わたしもマックにたいして気兼ねはしなくなる。彼にむかって軽口をたたき、わたしたちと最後に別れたとき以来、いまでも毎日、格子縞の毛布にすわって、日記をつけているのか、と訊いたりする。

「もちろんですよ」と、マックはちょっぴり驚いた顔で答える。

ベイルートからアレッポへ。そして例によって、貯蔵食料を買い入れたり、その他さまざまな用件がかたづけられる。〈メリー〉の運転手が雇い入れられる。このたびは、埠頭で見つけてきた〝安上がり〟な男ではなく、背の高い、憂い顔をしたアルメニア人で、とにかく正直さと能力の点では文字どおりの折り紙つきだ。前に一度、ドイツ人技術者の下で働いていたこともあるとかで、初対面で受けた印象にかぎって言えば、いちばんの欠点はその声にある。ともするとかんだかく、鼻にかかった声になりがちで、それが聞くものの神経にさわるのだ。とはいえあの、駱駝並みのアブドゥッラーにくらべれば、たしかにずっとましではある。アリスティードについては、できれば今回も同行してもらいたいと思い、問いあわせてみたところ、いまや彼は押しも押されもせぬ〝国家公務員〟であるとの情報がもたらされる。デール・エズ・ゾールで、市の撒水車を運転しているのだそうな！

運命的な一日がやってき、わが隊は二手に分かれてアミューダーへと出発する。先発はハムーディとマックで、一足先に〈メリー〉（一別以来、少々けばけばしいブルーの塗装をほどこされたため、いまは名誉ある王族の称号を剥奪されて、〈ブルー・メリー〉と呼ばれている〉で乗りこみ、隊の受け入れ準備がすっかりととのっていることを確認する。マックスとわたしとは、悠々と列車でカーミシュリーへ向かい、そこで一日かけてフランス軍当局とのあいだに必要な折衝をすませる。カーミシュリーからアミュードーへむけて出発するのは、四時ごろとなる。

ところが到着してみると、すべてが計画どおりには運んでいないことがはっきりする。ひどく混乱した雰囲気で、声高な非難やら苦情やらがとびかっている。ハムーディは取り乱して、気もそぞろだし、マックは禁欲的なむっつり顔。

まもなく事情が明らかになる。

わたしたちの借りた家は、協定どおりならもう一週間も前に空けられ、清掃され、石灰塗装もすんでいなくてはならないところなのだが、きのう、ハムーディとマックとが到着したときには、塗装がすんでいるどころか、おそろしく汚いままで、しかもまだ、前のアルメニア人の住人が七家族もいすわっていたとか！

それからの二十四時間で、できるかぎりの手は打たれた。けれども結果はとうていわたしたちを元気づけてくれるところまでは行かない。

ハムーディは、いまではすっかりわたしたちのやりかたに慣れ、ハートゥーンの安楽こそが他のなによりも優先する、という基本原則をしっかり心得ているから、とにかく、一部屋だけは確保して、アルメニア人やら家畜やらを出てゆかせ、大急ぎで壁に石灰塗装をほどこさせることに全力を尽くした。部屋には二台の折り畳みベッドが、わたしたち夫婦のために据えられた。しかし、残りの部屋は、いまなお混沌たる状態にあり、わたしの思うに、ゆうべはハムーディもマックも、とうてい快適とは言えぬ一夜を過ごしたにちがいない。

とはいえ、これもうじきかたづきますからね、とハムーディは持ち前の愛嬌たっぷりな、ひとをそらさぬ笑顔で保証する。

現在とびかっている非難やら論争やらは、アルメニア人の数家族と、彼らのスポークスマンだった例の司祭とのあいだのもので、さいわいわたしたちの関知するところではないし、口論はどこかよそでやってくれというマックスの一言で、彼らも追いたてられることになる。

女たち、子供たち、鶏たち、猫たち、犬たち――みんなすすり泣いたり、嘆いたり、悲鳴をあげたり、わめいたり、毒づいたり、神に祈ったり、笑ったり、にゃあにゃあ、こっこっ、わんわん、とまあたいへんな騒ぎだが――それがそろってのろのろと、なにかファンタスティックなオペラのフィナーレよろしく、中庭から去ってゆく。

わたしたちの見たところ、どうやらだれもがほかのだれかをだましてきたらしい！

財産問題での混乱はまさに決定的で、兄弟同士、姉妹同士、義姉妹同士、従兄弟や孫同士、錯綜した利害関係が相互の怒りを呼び、その複雑さはとても理解できない。

ところが、この混乱のさなかで、隊のコック（新たに雇ったディミートリという男）だけは、ひとり冷静に夕食の準備をつづけている。わたしたちは食卓につき、おいしい食事にありついたあと、それぞれ疲れきって寝所にひきとる。

寝所へ――だが休息するどころではない！　弁解するわけではないが、このわたし、けっして人一倍の鼠嫌いだったことはない。たまに寝室に一匹か二匹の鼠が出入りするくらいなら、いたって平然としているし、あるときなど、常習的な侵入者の一匹に親愛の情すら覚えて、エルシーという愛称を（といっても、鼠の性別について確たる知識があったわけではないが）つけていたこともあるくらいだ。

しかるに、アミューダーの家での最初の一夜は、このわたしにも、とうてい忘れられぬ経験となる。

部屋の明かりが消されるやいなや、鼠どもが大挙して――まちがいなく何百匹といたはずだ――壁の穴や床の隙間からあらわれる。彼らは陽気にわたしたちのベッドの上を走りまわり、しかも走りまわりながらきいきい鳴く。鼠が顔の上を横切り、鼠が髪をひっぱる――鼠が、鼠が、鼠が……

わたしは懐中電灯をつける。髪の毛が逆だつ！　壁面全体が奇妙な薄茶色の、もぞもぞ這いまわる、ゴキブリ然とした生物でびっしりおおわれている！　一匹の鼠がわたしのベッドの裾のところにすわりこみ、長いひげの手入れをしている！

どちらを見ても、おぞましく這いまわる生き物だらけ！

マックスがなにやら慰めらしき言葉をつぶやく。

気にせずに寝てればいいんだ、そう彼は言う。眠ってしまえば、その連中に悩まされることもなくなる。

ごりっぱなご託宣だが、それにもとづいて行動するのはむずかしい。それにはまず眠らなくてはならないが、鼠どもがこちらの体の上全面を運動場にして、元気に体操したり、野外スポーツに励んだりしているありさまでは、眠るのはほとんど不可能である。あるいはすくなくとも、わたしには不可能だ。マックスにはそれが平気でできるらしいが！

肌が粟だつのを、わたしはなんとかこらえようとする。ちょっとのあいだうとうとするが、小さな足で顔面を駆け抜けられ、たちまち目がさめる。我慢しきれず明かりをつけると、ゴキブリどもはさっきよりも数がふえているし、おまけに大きな黒い蜘蛛が一匹、天井からわたしの真上にぶらさがってきている！

こうして夜はふけてゆく。そしてついに夜中の二時ごろには、恥ずかしながらわたしはヒステリーを起こし、マックスをたたき起こして、いきまく。朝になったらすぐにもカーミシュリーへ向かい、汽車を待って、まっすぐアレッポへ帰る！ そしてアレッポからまっすぐにイギリスへ帰る！ こんな生活には我慢できない！ とても我慢できない。いますぐうちへ帰る！

いかにも手慣れたやりかたで、マックスは事態の収拾にあたる。起きあがるなり、ドアをあけ、ハムーディを呼ぶ。

五分後には、わたしたちのベッドは寝室から中庭へとひっぱりだされる。ちょっとのあいだわたしは、そこに横たわって、平和に星のまたたく空を見あげる。夜気は涼しく、かぐわしい。わたしは眠りに落ちる。マックスも、これはわたしの気のせいかもしれないが、ほっと安堵の吐息を漏らし、これまた眠りに落ちる。

まさかほんとうにアレッポへ帰るつもりじゃないんだろう？ あくる朝、マックスが心配そうに訊く。

夜中にヒステリーを起こしたことを思いだして、わたしはちょっと顔を赤らめる。そして言う。いいえ、断じて帰ったりはしないわ。でもね、これだけは言っとくけど、これからも寝るのはずっと中庭でにさせてもらいますからね！

だいじょうぶ、じきになにもかもかたづくから、とハムーディが慰め顔で言う。壁の穴や隙間は、いま石膏でふさいでいるところだし、さらにその上に石灰塗装がほどこされるだろう。のみならず、猫を借りてくることにもなっている。スーパーキャットだ。とびきりプロフェッショナルな猫。

わたしはマックにたずねる。あなたとハムーディとが到着した夜だけど、どんなふうだったの？　やっぱりいろんなものが夜じゅう顔の上を駆けまわったりしたのかしら。

「そのようですね」と、マックは例によって落ち着きはらって答える。「もっともぼくは眠ってましたから」

なんてすばらしいマック！

夕食のときに猫がやってくる。この猫のことは、一生忘れられないだろう！　ハムーディが言っていたとおり、とびきりプロフェッショナルな猫で、どういう仕事のために自分が連れてこられたか、それをよく心得ていて、さっそく、真の専門家ならではのやりかたでそれにとりかかる。

わたしたちが食事をしているあいだ、猫は輸送用荷箱のひとつを選んで、そのかげで待ち伏せる。わたしたちがしゃべったり、動きまわったり、あまりに大きな物音をたてたりすると、そのつど猫はわたしたちにいらだたしげな目を向ける。

その目はこう語っている。「ぜひお願いしたいのですが、どうかお静かに。あなたの協力が得られないで、どうしてわたしが本来の任務にとりかかれるでしょう」

猫の顔つきがあまりにけわしいので、わたしたちはただちにその指示にしたがう。しゃべるときはささやき声で、皿やグラスの音もなるべくたてぬように。

夕食のあいだに五たび、鼠があらわれて床を横切り、そして猫は五たび躍りかかる。あとは、あっというまだ。西洋の猫のように、ふざけて獲物をもてあそぶようなことはまったくない。ただあっさりと獲物の首を食いちぎり、ばりばりとたいらげたあとは、すぐさま残りの胴体にとりかかる。まことにビジネスライクで、少々薄気味悪いほどだ。

猫はわたしたちのもとで五日間を過ごす。五日が過ぎると、鼠はぜんぜん姿を見せなくなる。そこで猫は返されるが、以後も鼠は二度とあらわれない。それ以前も以後も、それほどのプロフェッショナルな猫をわたしはほかに知らない。その猫は人間にはまったく関心を示さず、ミルクをねだることも、人間の食べ物をほしがることもなかった。沈着冷静、科学的、感情に左右されない。最高に〝猫道〟に秀でた猫!

かくて、わたしたちはその家に落ち着く。壁には石灰塗料が塗られ、窓框《まどがまち》やドアも塗りなおされ、四人の息子をひきつれた老大工が中庭に住みついて、注文されるままにわたしたちの家具をこしらえている。

「テーブルだ」マックスが言う。「そう、なによりもテーブルだ！　テーブルならいくらあったって多すぎるってことはないからな」

わたしはたんすがほしいと訴え、マックスは思いやりぶかく、掛け釘のついた衣裳だんすをあつらえてくれる。

そのあと大工たちは、さらにたくさんのテーブルをつくる。発掘した土器片をひろげるためのテーブル、マックのための製図台、食卓、わたしのタイプライターを載せるテーブル……

マックがタオルかけの図面をひいてくれたので、大工たちはそれにもとづいて製作にかかる。完成すると、老大工が誇らしげにそれをわたしの部屋へ運んでくる。どこやらマックの図面とはちがっているようだが、大工がそれを据えたときに、その理由がわかる。とてつもなく大きな〝足〟がついているのだ。渦巻き形の巨大な彫刻をほどこした足。その足がわがもの顔につきでているので、タオルをかけようとするたびに、きまってこちらはそれにつまずくはめになる。

わたしはマックスにわけを訊いてみてくれと頼む。どうして与えられたデザインを踏襲せず、こんな足をつけたのか、と。

老大工は威厳をもってわたしたちを見かえす。

「どうしてこんなふうにつくったかというと、ぜひ美しいものでなければ、そう思ったからですよ。わしの手がけるものは、なんでも美しいものであってほしいですからね」

かかる芸術家の叫びには、だれしも反駁するすべを持たない。わたしはうなだれてひきさがり、残るシーズンちゅう、たえずその醜怪な足につまずくことに甘んじる。

戸外を見れば、中庭の向こうの隅で、数人の石工がわたしのために泥煉瓦《れんが》を積んだトイレをつくっている。

その夜の夕食の席で、わたしはマックに、建築技師として最初に手がけた仕事はどういうものか、とたずねる。

「これが最初ですよ、実地の仕事を手がけるのは」彼は答える。「つまり、奥さんのトイレです」

彼は陰気に溜め息をつき、わたしは強い同情にかられる。いずれマックが回想記をものするときがきたら、最初の仕事がトイレというのは、あまり恰好がよくはないだろう。青雲の志をいだいた若き建築家、その志を実現する最初の場が、雇い主の妻のための泥煉瓦のトイレでは、あまりにも気の毒というものだ！

　きょう、駐屯軍のル・ボワトー大尉と、フランス人の尼さんがふたり、お茶に招かれてくる。わたしたちは村で三人を迎え、それから家へ案内する。きてみると、玄関先にいかにも誇らしげに鎮座ましましているもの、それは老大工のいちばん新しい芸術作品――わたしのトイレの便座である！

　いまや家は組織としての形態をそなえはじめている。最初の夜にわたしたちが寝た部屋、そこはいまでも夜になるとゴキブリが跳梁《ちょうりょう》するが、そこがいまは製図室になっている。マックはここで人間関係にわずらわされず、独自に製図に励むことができる。いずれにせよ彼は、ゴキブリにはまったく不感症のようだ。

　その隣りが食堂。さらにその先がアンティーカ・ルーム、つまり古器物室で、ここに発掘品が収納され、土器の修復や、古器物の整理、分類、ラベルづけ、などの作業が行なわれる（室内はテーブルだらけだ！）。それにつづいて、小さなオフィス兼居間があり、わたしのタイプライターがここに置かれているほか、何脚かのデッキチェアもある。司祭の住まいだったところには、寝室が三つあり、どの部屋も鼠の侵入（あの猫のおかげで）や、ゴキブリの侵入（たびたび石灰塗料を塗ったおかげで？）はまぬがれているが、悲しいかな、蚤の侵入はまぬがれられない！

蚤にはこのあともさんざん悩まされることになる。蚤はありあまるほどの活動力を持っているばかりか、どうやらその生命力は奇跡的に保護されているらしい。キーティングやフリットをはじめ、ありとあらゆる殺虫剤を浴びせられながら、むしろそれを養分にして繁殖している気配すらある。ベッドにコールタール性の油を塗ってみても、かえってそれに刺激されて、いっそう活発な運動会をくりひろげるだけ。問題なのは、蚤にたくさん刺されることではない、そうわたしはマックに説明して聞かせる。彼らの疲れを知らない運動力、ひとのおなかのまわりで、けっして終わらない跳躍レースを果てもなくくりかえす彼らのエネルギー、それがひとをへとへとにさせるのだ。ウエストのまわりで、蚤がぐるぐる夜間競技をつづけているかぎり、けっして眠ることはできない。

蚤に関しては、わたしよりもマックスのほうが被害が大きい。ある日、マックスのパジャマのベルトから、わたしが見つけて、退治した蚤の数、なんと百七匹！　こいつらは弱っている、そうマックスは言う。わたしにつかまるのは、あぶれた蚤だけではないのか——つまり、マックス本人の体に棲みつくことのできない弱いやつ。わたしの蚤は、二級の、劣等生の蚤、高いジャンプには不適格なやつなのだ！

マックには、どうやら、蚤はぜんぜんたからないらしい。これはすこぶる不公平に思える。彼らは運動場としての彼を好まないようである。

いまや生活は一定の習慣にそった日課に落ち着く。毎朝、マックスは未明に起きだし、墳丘へと出かけてゆく。たいがいわたしも同行するが、ちょくちょく家に残って、ほかの仕事をすることもある。たとえば、土器その他の発掘品の修復、ラベル貼り、ときにはタイプライターでわたし本来の職業にいそしむこともある。マックも週のうち二日は家に残って、製図室での仕事に追われている。

発掘現場へ出かけると、わたしには一日が長く感じられるが、お天気さえよければ、それもけっして長すぎるということはない。日が高くなるまではけっこう寒いが、あとはとても気持ちのよい一日がつづく。いたるところに、草花が芽を出している。ほとんどは小さな赤いアネモネ——というのはわたしのまちがった呼び名(ほんとうの名は、たしか、〝ハナキンポウゲ〟とか)。

作業員の中心となっているのは、マックスがハムーディの生まれ故郷の町、ジェラーブルスから連れてきたものたちだ。ハムーディのふたりの息子たちも、ウルでの今シーズンの発掘を終え、こちらに合流している。兄がヤーヤといい、大きく歯を見せて快活に笑うところなど、ひとなつっこい犬を思わせる。弟のアラウィはとてもハンサムで、たぶん兄弟のうちでは、彼のほうが頭もいいだろう。ところがこれがひどく短気で、ときとして喧嘩のもとになる。兄弟の従兄弟で、ずっと年長のアーブド・エス・サラームは、ハムーディとおなじく現場監督の地位にある。ハムーディ自身は、ここでのわたしたちの発掘が軌道に乗るのを見とどけたら、自宅にもどることになっている。

ジェラーブルスからきたよそものたちの手で発掘が開始されると、土地の男たちも急いで作業員に応募してくる。シークの村の男たちは、すでに働きはじめているが、いまや近隣の村からも男たちが三々五々集まってくる。クルド人もいれば、国境を越えてくるトルコ人もいる。少数ながらイェジッド族もいる。悪魔崇拝者だと言われているが、見た目はごく温和な、憂い顔の男たちであり、ほかの種族からカモにされやすいところもある。

ここでのシステムはいたって単純だ。男たちはいくつかの班に分けられ、組織される。前にいくらかでも考古学発掘の経験のあるもの、および知的で、のみこみの速そうなものが選ばれ、つるはしを持つピックマンとなる。賃金の高は、成人も少年も子供もすべて同額だが、それに加えて、中近東のひとびとにはきわめてたいせつな〝バクシーシ〟というものがある。いわば少額の心付けで、各自の発見した遺物ひとつごとにそれが支払われる。

遺物を発見するチャンスがいちばん多いのは、むろん各班のピックマンである。現場の線引きがなされ、担当の区画が決まると、ピックマンがまずそこにつるはしを入れる。それにつづくのが、鋤を持ったスペードマンだ。彼が鋤で土をすくい、バスケットに入れると、それを三、四人の〝バスケットボーイ〟が、指定された残土捨て場まで運ぶ。バスケットの土をあけるついでに、彼らはすばやく土をさらい、ピックマンやスペードマンの見落とした遺物を探す。鋭い目をそなえているのは、往々にして幼い少年であるから、ちょっとした小さな護符とかビーズなどが、結構な報酬を彼らにもたらしてくれる。見つけたものは、ぼろぼろの衣服の襞にでも隠しておき、一日の終わりに、とりだしてみせる。ときとして、ある品物を見てくれとマックスのところへ持ちこんでくることもある。そして彼の、「……とっておけ」とか、「シャルフ（処分しろ）」とかいった返事次第で、その品の運命は決まる。これは小さな品物――護符、土器片、ビーズなどの場合だけだ。たくさんの壺がかたまって置かれている場所とか、埋葬された遺骨とか、あるいは泥煉瓦の壁などが発見された場合には、地区担当の現場監督がマックスを呼びにき、それにふさわしい注意を払って作業が進められる。マックスまたはマックが、慎重にその壺の集団――または短剣、あるいはなににせよそこで見つかったもの――の周囲をナイフでなぞり、かきだした土を押しのけ、こぼれおちた土は息で吹きはらう。

そのあと、土中からとりだす前に、まず写真が撮影され、ノートにおおざっぱなスケッチがなされる。

建物の遺構が見つかった場合も、その輪郭をなぞって浮かびあがらせる仕事は、専門家を必要とするデリケートな作業だ。普通は現場監督が自らつるはしを握り、泥煉瓦の輪郭を丹念になぞる。とはいえ、未経験であっても頭のいいピックマンなら、すぐさま泥煉瓦の輪郭をなぞるこつをのみこんでしまい、いくらもたたぬうちに、掘りながら自信ありげに、「こいつは泥煉瓦《ハーザ・リブン》だぞ」などと言うのが聞かれるようになる。

全体として、もっとも頭のいいのはアルメニア人の作業員だ。欠点といえば、挑発的な態度をとること。しょっちゅうクルド人やアラブ人を刺激して、かっとさせる癖がある。いずれにしても、喧嘩はほとんどたえまがない。作業員たちはそろって血の気が多く、しかも全員がその怒りを表現するための手段をたずさえている。大きなナイフ、棍棒、一種のメース（先端に鉤のついた棍棒。鎧兜を打ち砕くのに用いた）や、ノッブケリー（頭に瘤のついた棍棒）。頭がかち割られ、怒りに逆上した男どもが、激しく取っ組みあっては、また力ずくでひきはなされる。かたわらではマックスが、発掘現場でのルールを声高に宣言している。喧嘩をしたものからは、例外なく罰金をとりたてるぞ！「争い事は休み時間のうちにかたづけろ。作業ちゅうの喧嘩口論は許さない。この現場では、わたしがみんなの父親だ。父親の言うことは守られねばならん！　争いの理由についても、わたしはいっさい聞く耳は持たん。いちいち聞いていては、ほかの仕事ができなくなってしまうからな。喧嘩は片方だけではできないんだから、必ず両成敗にする」

男たちはおとなしく耳を傾け、首をうなずかせる。「まったくだ。ハワージャはおれたちの父親なんだ！　喧嘩は禁止。さもないと、なにか貴重なもの、高価なものが、こわれるおそれがある」

にもかかわらず、やっぱり喧嘩は起こる。常習的に喧嘩をするものは、解雇される。念のために言っておくと、解雇といっても永久追放を意味するものではない。期間はときとして一日か二日間だけ。完全にクビになった場合でも、たいがいは次回の給料日が過ぎるころには姿をあらわし、つぎの交替のときからまた使ってくれと要求する。

給料日は、十日ほどたって、多少の実験を経たのちに固定される。一部の作業員はかなり遠方からきているので、各自、食料を持参している。この食料（一袋の穀粉と、何個かの玉ねぎ）は、通常、十日で食べつくされ、その男は、食料がなくなったので、家へ帰りたいと言いだす。わたしたちにとっての最大の不利益は、男たちが規則的に働いてくれないことだ。給料を手にすると、彼らはその場で辞めてしまう。「金は手にはいった。これ以上は働く必要なんかない。おれは家へ帰るぞ」それが二週間ほどたって、金を使い果たすと、ふたたびあらわれて、また使ってくれと頼む。ひとつの班として、まとまって働くことに慣れた男たちのほうが、そのつど新たな組み合わせをつくるのよりははるかに能率的だから、これはわたしたちの見地からすれば困ったことではある。

フランス軍は、これまでこの問題に独自の方法で対処してきた。以前、鉄道の建設にあたって、この問題でさんざん手を焼いたため、つねに給料の半額を遅配にすることで作業員の定着をはかってきたのだ。こうすれば、残りの給料ほしさに、ひきつづき働いてくれるだろうというわけである。マックスにもぜひこの方式を採用するようにと中尉はすすめるが、協議の結果、わたしたちはそうしないことにした。マックスの見地からは、本質的にアンフェアに思えたからだ。作業員はすでに給料の分だけ働いているのだから、全額を受け取る資格がある。というわけでわたしたちは、恒常的に作業員が入れ替わるという事態に堪えるしかない。賃金台帳なども、しょっちゅう書き替えたり、変更を加えたりすることを強いられるので、それだけ事務処理は煩雑になる。

さて、発掘現場に朝の六時半に到着したとすると、八時半ごろ、朝食のための休憩が宣せられる。わたしたちは墳丘のてっぺんにすわって、固茹での卵と、アラブ式の薄くて平たいパンを食べ、運転手のミシェルが淹れてくれた熱いお茶を琺瑯《ほうろう》びきのマグで飲む。日ざしはようやく心地よい暖かさになり、朝日の投げかける陰影によって、あたりの光景は息をのむほどの美しさになる。北方には青くかすむトルコの山々、そして周囲一面に、わずかに芽を出したばかりの緋色や黄色の花々。空気はすばらしくかぐわしい。生きていてよかった、つくづくそう思いたくなるのはこういうときだ。現場監督たちは快活に歯を見せて笑い、牛を追う子供たちが通りかかって、内気そうにわたしたちを見つめる。身にまとっているものは信じられないほどのぼろだが、笑うと歯が真っ白にきらめく。なんとしあわせそうに見えるのだろう、そうわたしは思う。それに彼らの生活の、なんと楽しそうなことよ。家畜を追って山野を逍遥し、ときどきは腰をおろして、唄を歌ったりする。まるで古いおとぎ話のようだ。

ちょうどこの時間、ヨーロッパの国々のいわゆる幸福な子供たちは、学校へ行く支度をしているころだろう。やわらかな朝の空気と別れて、窮屈な教室にはいり、かたい腰かけにすわって、一所けんめいにアルファベットの文字を覚え、先生の話を聞き、ぎごちない手つきで書き取りをする。わたしはふと、こんな想像にとらわれる。いまから百年ほど未来には、みんなあきれたような口ぶりで、「まさかと思うでしょうけど、当時は小さな子供たちを無理やり学校へ行かせて、日に何時間も机にすわらせておいたんですってよ！　考えるだけでぞっとするじゃない！　小さな子供たちをよ！」などと言いあうのではないだろうか。

こんな未来の空想から、はっと現実に立ちかえったわたしは、ひたいに刺青《いれずみ》をしたひとりの小さな女の子にほほえみかけると、固茹で卵をさしだす。

女の子はおびえたように首を横にふり、急いで歩きだす。わたしは無作法を働いてしまったことをさとる。

現場監督がそれぞれ笛を吹き鳴らす。作業再開の時間だ。わたしはぶらぶらと墳丘にそって歩きまわりながら、あちこちで足を止めて、その区画の発掘作業をながめる。ひとはいつでも、なにかすばらしい遺物が掘りだされる現場に立ちあいたい、そう願っているものだ。むろんのこと、そういうことはけっして起こらない！　二十分ばかりも、ひらけば小さな腰掛けにもなる愛用のステッキにもたれて、ムハンマド・ハッサンの率いる現場作業を期待の目でながめていたあげくに、やおらアイサ・ダーウードの持ち場へと移動する。ところが、あとで知らされるのは、わたしがお神輿《みこし》をあげたそのすぐあとに、その日随一のすばらしい発掘品――美しい彫刻のある土器の壺――が、ムハンマドの持ち場から発見されたという事実なのだ。

わたしにはべつの仕事もある。バスケットボーイたちを監視する役だ。というのも、少年たちのなかには怠け者もいて、土を捨てたあと、すぐには現場へもどらない。ぬくぬくと日ざしを浴びてすわりこみ、無為に土をいじりまわすだけで、十五分も過ごすことがある。もっと不届きなのになると、気持ちよさそうに土捨て場に身を丸めて横になり、昼寝を楽しむものさえいる。

週の終わりになると、スパイの達人という役割を果たすべく、わたしはそれまでに発見したことを報告する。

「バスケットボーイのうちでも、ひとりめだって小柄な子がいるでしょ？　黄色いターバンを巻いた子だけど、あの子は第一級ね。けっして時間を無駄にしないわ。それにひきかえ、サラー・ハッサンはいつも土捨て場で昼寝ばかりして、わたしだったらクビにするわね。アブドゥル・アジーズもちょっぴり怠け者だし、あのぼろぼろの青い上着を着た子、あの子もそうよ」

マックスは、サラー・ハッサンについては同感だが、アブドゥル・アジーズは非常に目がよく、どんなものもけっして見のがさない、と言う。

午前ちゅう、とくにマックスが見まわりにくる時間になると、そのときだけ見せかけの勤勉さが発揮されることがある。だれもががむしゃらに、「ヤッラー！」と掛け声をかけ、叫び、歌い、はねまわる。バスケットボーイたちも、息を切らせて土捨て場とのあいだを走りまわり、からになったバスケットを宙に投げあげては、奇声を発したり、笑ったりする。ところがすこしたつと、みるみるその勢いがしぼみだして、すべての動きは、それ以前よりもさらに緩慢になってしまう。

現場監督たちは、ひっきりなしに、「ヤッラー！」と激励の声をかけたり、皮肉っぽい決まり文句を連発したりするが、どうやらこれは、あまりにたびたびくりかえされるため、ほとんど意味を失ってしまっているようだ。

「おまえたちはみんなばあさん並みだぞ！　なんだその動きは？　どう見たって男じゃないな！　なんてのろのろしてやがるんだ！　ばてた牛よりたちが悪いや！」等々。

わたしはぶらぶらとその現場から歩み去り、墳丘の向こう側へとまわる。北方はるかに青い山並みを望みながら、花のなかに腰をおろして、わたしは心地よくうとうとする。

遠くから、一団の女たちがわたしのほうへやってくる。色鮮やかな身なりから見て、クルドの女たちだろう。せっせと草の根を掘りおこし、葉を摘んでいる。

女たちは一直線にわたしのほうをめざしてくる。まもなく彼女たちはわたしをとりかこんで車座になる。

クルドの女たちは、陽気で、きりっとした目鼻だち、好んで明るい色を身につける。頭には鮮やかなオレンジ色のターバン、服は緑や紫や黄色など。つねに背筋をしゃんとのばし、頭を高くもたげて、後ろに反りかえるような姿勢を保っているので、いつ見ても誇り高く見える。肌はブロンズ色、目鼻だちはととのい、頰は赤く、たいがい目は青い。

いっぽう、クルドの男たちはみんな、むかし幼いころにわが家の子供部屋にかかっていた、キッチナー将軍の色刷り写真に驚くほど酷似している。赤銅色の顔、大きな褐色の八字ひげ、真っ青な目。猛々しく、武人らしい容貌だ。

この地方には、クルドの村とアラブの村とがほぼ同数存在する。どちらも似たような暮らしをし、おなじ宗教に属しているが、それでいて、クルドの女とアラブの女とを見まちがえることはけっしてない。アラブの女は、例外なく控えめで、内気であり、話しかけると、目をそらす。こちらを見るとしても、遠くからだけだし、ほほえむとしても、はにかみがちで、顔も半分がたそらしたままだ。たいがいは黒か、黒っぽい服装をし、ぜったいに女性のほうから男性に近づいて、話しかけることはない。それにひきかえ、クルドの女たちは、男性と対等か、対等以上であることを疑っていない。どんどん家から出てきて、どんな男にも冗談を言い、愛嬌たっぷりに世間話をする。平気で夫をとっちめたりもする。ジェラーブルスからきた男たちなど、クルド人に慣れていないせいもあって、彼女らのそういう態度には仰天したものだ。

「ちゃんとした女が亭主にむかって、あんな口をきくのなんて聞いたこともない！」と、そのひとりが叫ぶ。「じっさいおれなんて、目のやり場に困っちまったぜ」

けさ、わたしをとりかこんだクルドの女たちは、あからさまな好奇の目でじろじろわたしを観察しながら、たがいに卑猥な批評をしあう。態度はとても親しげで、わたしにうなずきかけ、笑いかけ、質問をしかけ、それから溜め息をついて、指でくちびるをたたきながら、首を横にふる。

明らかに、「残念ねえ、おたがい言葉が通じないなんて！」そう言っているのだ。そのうち、そばへきてわたしのスカートの襞をつまんだり、興味ありげに布地をしげしげとながめたり、わたしの袖をひっぱってみたりする。それから、墳丘のほうをゆびさしてなにか言う。わたしはハワージャの女か、そう訊いているのだ。わたしがうなずくと、彼女らはさらになにかを問いかけ、答えが得られないとさとって、けらけら笑う。きっとわたしの〝子供たち〟のことや、〝流産の回数やそのようす〟といったことを、すっかり知りたがっているのだろう。

さらに彼女らは、いま摘んでいるハーブや草などをどう利用するか、わたしに説明して聞かせようとする。だが悲しいかな、うまく通じない。

またしても、わっとにぎやかな笑い声がはじける。女たちは立ちあがると、ほほえみ、うなずいて、たがいに談笑しながら去ってゆく。その姿はまるで、華麗な色彩の、大きな花の群れのようだ……

彼女らは泥の小屋に住み、財産といっては、いくつかの鍋くらいのものだろう。だがそれでいて、彼女らの快活さも笑いも、けっして強制されたものではない。彼女らは人生を楽しいものと――ラブレーふうの野卑で滑稽な意味あいで、味わいぶかいものと見なしている。彼女らはきりっとして美しく、多血質で、陽気だ。

さっきの小さなアラブの少女が牛を追って通りかかる。彼女は恥ずかしそうにわたしを見てほほえみ、それから急いで目をそらす。

遠くで現場監督の笛の音が響く。休憩だ。十二時半――一時間の昼休み。

わたしはひきかえして、マックスやマックのところへ行く。ふたりはミシェルがディミートリの持たせてくれたお弁当をひろげるのを待っている。わたしたちは薄く切ったコールドマトンを食べ、また固茹で卵を食べ、アラブのパンとチーズとを食べる。マックスとマックとは、この土地でできた山羊乳のチーズ――においがきつく、色は薄鼠色、おまけにいくらか毛もまじっている。わたしはそれを敬遠して、多少は洗練された合成のグリュイエール――銀紙につつまれ、丸いボール紙の箱にはいっている。マックスはそれを軽蔑の目でながめる。最後にオレンジと、琺瑯びきのマグに入れた熱いお茶が出る。

昼食後、わたしたちは宿舎の建設現場を見にゆく。

現場は村やシークの家からは百ヤードほど離れた、墳丘の東南側の一角にある。もう全体の区画割りはすんでいて、わたしはそれを見まわしながら、各部屋がずいぶん狭すぎはしないかとマックに疑問を呈する。彼はおかしそうな顔をして、それは周囲の広い空間との対照からくる錯覚だと説明する。建物は中心に大きなドームを持ち、広い居間兼仕事場が中央に、左右にふたつずつ部屋が並ぶ予定だ。調理場をかこむ一郭は別棟となる。主屋《おもや》には、今後、発掘作業が長びいて、部屋が手狭になった場合には、いくらでも建て増しをすることができる。

宿舎からちょっと離れたところには、新しい井戸も掘ることになっている。いつまでもシークの井戸にばかり頼ってはいられないからだ。マックスがその位置を決め、ふたたび発掘現場へともどってゆく。

わたしはしばらくそこに残り、マックの仕事ぶりを見学する。彼の与える指示は、すべて身ぶりと、首をふること、そして口笛を吹くこととで伝達される――要するに、言葉以外のあらゆる方法で。

四時ごろになると、マックスが各班を巡回して、作業員各自のバクシーシの額を決めてゆく。彼がある班にやってくると、班の男たちは仕事をやめ、ざっと一列に並んで、めいめいその日の掘り出し物をさしだす。バスケットボーイのなかでも、いちばん企業心旺盛な少年などは、自分の獲物を唾できれいに磨きたてている。

分厚いノートをひらいて、マックスは仕事にとりかかる。

「カスマーギ（ピックマン）は？」

「ハッサン・ムハンマド」

ハッサン・ムハンマドはなにを手に入れただろうか？　大きな割れた壺の半分、たくさんの土器片、骨製のナイフ、一、二片の銅板の切れ端。

マックスはそのコレクションを丹念に調べて、くずは容赦なく投げ捨てる——たいがいは、当のピックマンが最大の期待をかけていたものだ。残された骨製の器具などは、ミシェルのかかえている小箱のひとつに入れられ、ビーズはべつの小箱に入れられる。また、土器片は小さな少年のかついでいる大きなバスケットのひとつに入れられる。

それからマックスはその評価額を告げる。二ペンス半とか、四ペンスとか、まあ相応の額を口にし、それをノートに書きこむ。ハッサン・ムハンマドもその額をくりかえし、それを頭のなかの大容量の記憶装置にしまいこむ。

週の終わりには、算術で大忙しの一日が待っている。各自が日ごとに獲得した金額が合計され、毎日の日給の高と合算されると、いよいよその総額が支払われることになる。支払いを受ける男たちは、たいがい自分の受け取るべき金額を正確に心得ている。ときとして、「これじゃ足りません。あと二ペンスもらえるはずです」などと言いだすこともあるし、かと思うと、「これじゃ多すぎます。四ペンスもらいすぎですよ」などと言うこともちょくちょくある。こうした誤りはしばしば、たがいの名前が似かよっていることから生じる。おなじダーウード・ムハンマドが三人か四人もいる、などということは往々にしてあるから、それぞれがさらに、ダーウード・ムハンマド・イブラヒームだの、ダーウード・ムハンマド・スーリマンだのといった名前で区別されねばならない。

マックスはつぎの男に歩み寄る。

「名前は？」

「アーマッド・ムハンマド」

アーマッド・ムハンマドは、あまりたいしたものは持っていない。厳密に言うと、こちらのほしいようなものはなにひとつないのだが、たとえわずかでも励みはなくてはならないから、マックスは二、三の土器片を選びだし、それをバスケットにほうりこんで、すこしばかりの評価額を口にするのである。

つぎはバスケットボーイたちの番になる。イブラヒーム・ダーウードは、一見してこれはと思わせるものを持っている。だがあいにくそれは、彫刻のあるアラブ式のパイプの、その軸のほんのかけらだけだ。ところがそのあと、小柄なアブドゥル・ジェハールが進みでて、自信なげにちっぽけなビーズをいくつかと、もうひとつの品物をさしだす。マックスは、一目見るなりそれをひったくる。円筒形の印章──まったく損傷がなく、時代もじゅうぶん古い。これこそは本物の掘り出し物だ。かくして小さなアブドゥルは賞賛され、彼の名のもとに五フランが加算される。興奮のざわめきがひろがる。

これら作業員たちは、いずれも根っからの賭博師根性をそなえている。だから、彼らにとってこの発掘仕事の最大の魅力は、明らかにその不確実性にあるらしい。たしかに、ある特定の班だけに運がついてまわる、そういうことがよくあるのには驚かされる。ときおり、新しい現場が切りひらかれることになったりすると、マックスが言う。「イブラヒームの班には、この外まわりの壁を担当してもらおう。彼の班は、このところずいぶんたくさんの掘り出し物にぶつかってるからな。それにひきかえ、レイニー・ジョージは、気の毒に、あまりつきに恵まれていない。彼にはもっと有望な現場をあてがってやるとしよう」

ところが、こはいかに！　イブラヒームの担当区画は、古代の町の最貧民窟に属する住戸群なのだが、なんと、掘りはじめるとすぐに貯納室が見つかり、そこから黄金のイヤリングのぎっしり詰まった土器の壺が出土するのだ。おそらくこの家の娘の嫁入り財産でもあろう。かくして、イブラヒームのバクシーシの額はうなぎのぼり、いっぽう、レイニー・ジョージは、掘り出し物のたっぷりあるはずの有望な墓地を担当しながら、不可解にも、ごく貧弱な埋葬品にしか当たらないのだ。

バクシーシの額が決まった男たちは、ふたたび現場にもどり、あまり身のはいらない作業を再開する。マックスのほうは、最後の班が終わるまで、巡回をつづける。

それがすむころには、はや日没三十分前となっている。笛が鳴り、だれもが、「終わりだ！　終わりだ！」と叫んで、バスケットを宙に投げあげる。それから大声で笑いさざめきながら、まっしぐらに墳丘を駆けおりてゆく。

こうしてまた一日が終わる。二、三マイル離れた村からきている男たちは、めいめい歩いて家路をたどる。それぞれバスケットや箱におさめられたその日の発掘品は、丘から運びおろされ、注意ぶかく〈メリー〉に積みこまれる。自宅がわたしたちの通り道にあたる何人かの男たちは、〈メリー〉の屋根によじのぼる。わたしたちは家をさして出発する。かくしてまた一日が暮れてゆく。

不思議な偶然の一致で、わたしたちが新しい井戸を掘りはじめた場所は、かつて古代にもやはり井戸のあった、そのおなじ地点だったということが判明する。この結果、数日後にマックスが墳丘から降りてきてみると、数人のいかめしいあごひげの長老たちが待ち構えているのに出くわすこととなる。

長老たちは、それぞれ何マイルも離れた村からやってきた旨を説明する。村はいずれもっと多くの水を必要としている。ハワージャは、隠れた井戸のありかがわかると聞いている。かつてローマ人たちの使っていた井戸のありかが。もしも自分たちの村へきて、そのありかを示してくれるなら、未来永劫、深く感謝されることになろう。

マックスは、われわれがかつて井戸の存在したその場所に行きあたったのは、純然たる偶然の所産にすぎない、そう説明する。

いかめしい長老たちはいんぎんにほほえむが、しかし、信じてはくれない。

「ハワージャ、あなたは偉大な知恵をお持ちだ。そのことは広く知れわたっている。古代の秘密も、あなたにとってはひらかれた書物のようなもの。どこに都市があったか、どこに井戸があったか、あなたにわからないことはなにひとつない。だからこそ、掘るべき正しい地点をわれわれに教えてほしいのだ。むろん、じゅうぶんにお礼はする」

マックスがどのように弁じてみても、信じてはもらえない。それどころか、なんとか手の内を明かすまいとしている奇術師のような目で見られる。知っているのだよ、このご仁は、なのに言おうとしない、そう長老たちはささやきあう。

あとでマックスは憂鬱そうに言う。「いっそあんないまいましいローマ時代の井戸なんか、掘りあてなきゃよかったよ。おかげでやたら揉め事の種ばかり持ちこまれる」

いよいよ作業員たちに給料を支払う段になると、またぞろごたごたが持ちあがる。この国での公式な通貨は、いちおうフランス・フランということになっているのだが、いまわたしたちのいるこの地方では、長らくトルコのメジディが通用してきたので、保守的な住民は、それ以外の通貨では満足しない。バザールでも、銀行では扱わないこの通貨がもっぱら使われる。だからわが隊の作業員も、メジディ以外の通貨で給料を受け取るのを、そのつど拒否することになる。

そういう次第で、銀行から公式通貨を受け取ると、さっそくミシェルがバザールへ使いにやられ、それを地元の〝正貨《エフェクティフ》〟である非合法なお金にとりかえてくる。

メジディは大きくて、重いコインである。ミシェルはそれをかついでよろよろともどってくる。いくつもの袋に詰められ、文字どおりざくざくとあるそれが、テーブルにぶちまけられる。コインはどれもひどく汚れて、にんにくのにおいがぷんぷんしている。

給料日の前日には、わたしたちは総出でこのメジディを数え、悪夢のごとき一夜を過ごす。強いにおいに、ほとんど窒息しそうになりながら！

ミシェルは多くの意味でかけがえのない男である。正直で、時間に正確で、とびきりものがたい。読み書きこそできないが、暗算だけでおそろしく込み入った計算ができ、たとえば買い物に行かされても、ときとして三十項目にも及ぶ品目をまちがいなく買いととのえてくるばかりか、ひとつひとつの価格を正確にそらんじ、釣り銭もぴたりとそろえてもどしてくる。会計事務に関するかぎり、ミシェルが誤りを犯したことは一度もない。

だがその反面、彼は極端に横柄で、とりわけイスラム教徒には極端な喧嘩腰で接し、おまけにひどく頑固なうえ、あいにくなことに、機械にかけては無器用なことこのうえない。「フォルカ（えいくそ）！」そう彼が言い、その目が異様に輝く。と、そのすぐあとに、不吉なぼきっという音が聞こえてくるのだ。

それよりもさらに恐ろしいのが、彼の経済観念である。腐りかけたバナナとか、干からびたオレンジなどを性懲りもなく買ってきては、これではだめだと言われて、悔しがる。「もうすこしましなのはなかったの？」「いやありましたよ。でも高かったもんで。こっちのほうが経済的ですから」

すばらしい言葉だ、〝エコノミーア（経済的）〟とは！　まさに安物買いの銭失い、わたしたちにとってははるかに高くつくのに。

ついでに言うと、ミシェルの信奉する三つめのスローガンは、〝サウィ・プローバ（なんでもやってみろ）〟である。

それを彼はありとあらゆる声音や口調で言う。期待するように、なだめるように、熱心に、自信ありげに、そしてときには絶望的に。

まあたいがいは、不幸な結果に終わるけれど。

洗濯を頼んでいる女たちは、わたしのコットンのドレスを届けてくるのが、話にならないくらいに遅い。そこでわたしは思いきってあの、〈帝国建設者の妻〉然とした、シャンタンのスーツを身につける。これまでは、それを着る勇気が出なかったのだ。

マックスがじろりとわたしの服装を見る。

「なんだい、そりゃ？」

これは着心地がよくて、涼しいのだ、とわたしははぐらかす。

「そんなもの着るのはやめてくれ。さっさと着替えてこいよ」マックスは言う。

「なぜいけないの？　わざわざ買ってきたのに」

「ひどいよ、ぞっとする。まるで、いちばんたちの悪い〝メムサーヒブ〟みたいな感じだ。たったいまプーナから帰朝してまいりましたばかりざあますの、ってさ」

そういう印象を与えるということは、うすうす気づいていないでもなかった。わたしはしぶしぶそれを認める。

マックスが声を励まして言う。「例のグリーンがかったバフ色の、テル・ハラフの連《ラン》続菱形紋《ニング・ロゼンジ》のついたやつにしたまえ」

「言うに事欠いて、わたしの服に土器の文様なんかあてはめるの、やめてちょうだい」わたしは不機嫌に言う。「あの服、色はライム・グリーンよ！　それにランニング・ロゼンジだなんて、ずいぶん汚らしい感じ――まるで子供が半分なめかけて、村のお店のカウンターに置きっぱなしにしてったなにかみたい（ランニングは〝溶けかけた〟の意味。ロゼンジは、菱形につくられた咳どめの飴）。土器の文様に、どうしてそんなにいやらしい表現が思いつけるのか、とても考えられないわ！」

「きみもずいぶん妙な想像力が発達してるんだねえ」マックスが言う。「それに、ランニング・ロゼンジってのは、最高に魅力的なテル・ハラフ独特の文様だぜ」

その文様を彼が手もとの紙切れに書いてみせるので、わたしも、それくらいのことならぜんぶ心得ている、たしかに最高に魅力的な文様だわ、そう言ってやる。おぞましいのは、文様そのものではなく、その呼称なのだ、と。

マックスは憮然としてわたしを見、そっと首をふる。

あるとき、ハンジールの村を通りかかると、以下のような会話が聞こえる。

「だれだね、あれは?」

「発掘をやってる外国人だよ」

ひとりの老人が重々しくわたしたちを観察する。

そして溜め息をつく。「なんてりっぱななりをしてるんだろう。さぞかし金がたんまりあるんだろうて」

とたんに老婆がひとり、マックスにすがりつく。

「ハワージャ! お慈悲です、せがれのためにとりなしてやっておくんなさい。ダマスカスに連れていかれたんですよ——監獄に。せがれはいい子です、なんにも悪いことはしちゃいません——なにひとつ。誓ってほんとです!」

「ほう、だったらどうして監獄に入れられたんだね?」

「無実の罪ですよ。不法なんです。あたしのためにせがれを助けてやってください」

「しかしね、おばさん、息子さんはなにをやったんだね?」

「なんにもしちゃいません。神様の前で誓います。神様の前で。ほんとです! なんにもしちゃいません——ひとをひとり殺しただけなんです!」

またしても新たな厄介事が持ちあがる。ジェラーブルスからきた作業員のうち、何人かが病気で寝こんだのだ。彼らはチャガール・バザールのテントで暮らしていて、寝こんだのは三人だけだが、問題は、ほかの仲間がだれひとりそばに寄りつこうとしないことだ。病人に食べ物や水を運んでやるものがだれもいない。

こんなふうに病人を避けるというのは、まことに奇妙なことではある。とはいえ、奇妙というなら、ここのように人命の価値が重んじられない社会においては、すべてが奇妙だと言ってもよい。

「食べ物を持っていってやらないと、そのうち餓死してしまうぞ」マックスが言う。

仲間たちは無造作に肩をすくめる。

「インシャッラー、それが神の思し召しなら」

現場監督たちは、不承不承ではあるが、それでも多少は文明社会に慣れていることを認めて、いささかお座なりに手をさしのべる。マックスはそれとなく入院という問題を持ちだす。なんなら自分のほうでフランス軍当局と交渉し、症状の重いふたりだけでも、軍の病院に受け入れてもらう手はずをととのえてもよいが。

ヤーヤもアラウィも、気乗りがしなさそうにかぶりをふる。病院というところでは屈辱的なことが起きるから、入院することで、病人が恥辱をこうむるおそれがある。面目を失うよりは、死ぬほうがまだしもましである。

わたしはてっきり診断ミスとか、あるいは病院側の怠慢とでもいった事件があったのかと考え、「なんなのかしら、その病院で起きた屈辱的なことって？」そうたずねる。

マックスがこの疑問をさらにつっこんで訊く。そのあと、わたしにはついていけない長い問答があり、やがてマックスがふりむいて、説明する。

ある男が入院し、そこで浣腸をされ――

「ええ」わたしは言って、さらにその先を待ち受ける。

それだけだ、とマックスは言う。

「でも、その病人は死んだの？」

「いや。しかし本人の気持ちとしては、死んだほうがましだったろう」

「なんですって？」啞然としてわたしは問いかえす。

つまりそういうことなんだ、そうマックスは言う。その男は、深く悲痛な屈辱感をいだいて村に帰った。それほどに、彼のこうむった恥辱は深かったのだ。それにくらべれば、死んだほうがよっぽどましだったろう。

人命を重んじる西欧式の理念になじんでいるわたしたちには、それとは異なる価値観に適応するのは容易なことではない。ところが東方のひとびとの見地からすれば、それはいたって単純なことなのだ。死というものは必ずやってくる。生まれてくることとおなじに、死は避けがたいことであり、それが早くくるか遅くくるかは、もっぱらアッラーの神の思し召しによる。しかも、こういう考えかた、こういう諦念は、わが現代社会にとりついた病根ともなっているもの——つまり、心の煩いを解消してくれる。ひとが欲望から解放されることはないかもしれないが、不安からは確実に解放されうるのだ。しかも、怠惰はひとの自然な状態であり、快いものだが、働くことは不自然な強制にすぎないのである。

いつぞやペルシアで出あったある老乞食をわたしは思いだす。真っ白なあごひげをたくわえ、風貌にも物腰にも気品と威厳とがあふれていた。わたしたちにむかって手をつきだしながらも、老人の口ぶりは堂々としていた。

「あんたの気前のよさをほんのわずか分けてくだされ、りっぱなおかた。このままでは死ぬことさえできんのじゃないかと、それが心配でなりませんのじゃ」

ふたりの病人の容態は、いよいよ深刻になってくる。マックスはカーミシュリーへおもむき、フランス軍の司令官に相談を持ちかける。軍の将校たちはみんな親切で、協力的である。マックスは軍医を紹介され、軍医が発掘現場まで出向いてきて、病人を診察してくれる。

軍医は病人が重態だというわたしたちの懸念を確認する。病人のひとりは、ここへくる前からかなり健康を害していたらしく、回復の見込みはほとんどない、と軍医は言う。ともあれ、ふたりともすぐに入院させたほうがよいということになり、病人たちは、説得されて入院を承諾すると、ただちに車で運ばれてゆく。

フランス軍軍医は、さらに親切にもわたしたちにとびきり強力な緩下剤《かんげざい》をいくらか分けてくれる。彼に言わせると、馬でさえも動かせるという保証つきだそうな！

これはまさしくおおいに必要なものだ。なにしろ作業員たちは、しょっちゅうマックスのところへやってきては、便秘の症状について真に迫った訴えをするし、しかも普通の通じ薬では、ぜんぜん効き目がないらしい。

病人のひとりは、不幸にして病院で死亡する。もうひとりは、めきめきと回復に向かっている。ひとりが死亡したというニュースは、二日後にわたしたちのところにも伝わり、すでに埋葬がすんだことも知らされる。

アラウィがしかつめらしい顔でわたしたちの前にあらわれる。

問題はわたしたちの評判にかかわることで……

そう言うのを聞いて、わたしはすこしく気がめいる。〝評判〟という言葉が出ると、必ず出費が伴うものと決まっているからだ。

アラウィはつづける。例の病人だが、彼は故郷を遠く離れた異境の地で死んだ。そのうえ、その地に埋葬された。となると、ジェラーブルスでは、わたしたちの評判におおいに傷がつくだろう。

しかしわれわれとしても、ひとが死ぬのを止めるわけにはいかないしな、とマックスが言う。あの男は、ここへきたときすでに病気だったのだし、われわれもできるだけの手は尽くしたんだ。

それはどうでもいい、アラウィはあっさりとその言葉を押しかえす。死はたいした問題ではない。あの男が死んだことをとやかく言っているのではなく、埋葬を問題にしているのだ。

だってそうでしょう、あの男の身内の立場はどうなります？　あの男の家族は？　彼が異境の地に葬られたからには、身内のものも故郷を捨てて、墓のある土地へ移らなけりゃならない。死んでも故郷へは帰れず、故郷に埋葬してもらうこともできないというのは、当人にとっては非常な恥辱になりますからね。

そう言われても、いまさらどうしようもない、そうマックスは言う。あの男はすでに埋葬されてしまったのだ。アラウィの言いたいのは――つまり、悲嘆に暮れる遺族に弔慰金でも贈るべきだということかね？

むろん弔慰金が出れば喜ばれるだろう。しかし、アラウィがほんとうに言いたいのは、遺体を発掘することだ。

「なんだって？　埋葬したものをまた掘りだせというのか？」

「さようで、ハワージャ。遺体をジェラーブルスに送りかえすんです。そうすれば、なにもかも面目を損なわずにかたがつきますし、ハワージャの評判に傷がつくこともないでしょう」

はたしてそんなことが可能だかどうだかわからない、そうマックスは言う。自分にはとても実際的な処置だとは思えないが。

それでも、結局はまたカーミシュリーへ出かけてゆき、フランス軍当局に相談を持ちかける。先方は明らかにわたしたちを、気でも狂ったかという目で見る。

意外にも、そのことがかえってマックスを硬化させ、いよいよ決意をかたくさせる。おっしゃるとおりだ、と彼は認める。ばかげていることはわかっている。しかし、可能なのかどうなのか、それをうけたまわりたい。

軍医は肩をすくめる。しかし、さよう、それは可能である！　むろん、書類が必要になろう——山ほどの書類が。「それと証紙も《エ・デ・タンブル》。たくさんの証紙が《ボクウ・ド・タンブル》」

「承知のうえです」そうマックスは言う。「それは避けられんことですから！」

事態が動きはじめる。近くジェラーブルスへ帰るというタクシー運転手があらわれ、遺体（しかるべく殺菌された）を運ぶ役目を二つ返事でひきうける。作業員のひとりで、故人の従兄弟にあたるという男が、付き添いとして同乗する。いっさいが手配される。

まずは遺体の発掘。つづいて、たくさんの書類がサインされ、証紙が貼られる。軍医が巨大なホルマリンのスプレーで武装して、遺体の搬出に立ちあう。遺体を棺におさめる。ここでまたホルマリン。棺が密封され、タクシーの運転手がそれをほいほいと車に積みこむ。

「オーラ！」彼は叫ぶ。「いよいよ楽しい旅を始めるとしようか！　ただし運転は慎重にいかなくちゃな――きょうだいが途中でころがりおちでもしたらたいへんだから！」

なにやら、いっさいの進行がどこか狂躁的な滑稽味を帯びてきているようだ。おそらくその気分の点でこれに匹敵するのは、よく知られたアイルランドのお通夜《ウェイク》ぐらいのものだろう。タクシーが動きだすと、運転手と故人の従兄弟とが、そろってせいいっぱいの声をはりあげて歌いだす。そのようすを見れば、これが彼ら双方にとって、すばらしい出来事であるらしいのは確かだ。ふたりは完全に楽しんでいる。

マックスがほっと安堵の吐息を漏らす。すでに書類は最後の証紙を貼られ、最後の手数料も支払われた。そのうえで、必要な書式一式（厖大な束だが）は、タクシー運転手に託されている。

「やれやれ、やっと終わったか！」マックスが言う。

だがやんぬるかな、それで終わりではない。いまは亡きアブドゥッラー・ハーミッドの故郷への凱旋は、何事もなければ、ひとつのロマンティックな冒険談で終わっていただろう。ところがそこで齟齬《そご》が生じた。そのため、いっときは彼の遺体も、ついに眠ることができずに終わるのではないか、そう思われる仕儀となるのである。

　遺体はつつがなくジェラーブルスに到着した。それはしかるべき悲嘆のうちに迎えられたが、そこにはまた、多少の誇らしさもまじっていたはずだ。それほどにその凱旋は威風堂々としていたのである。盛大な通夜が営まれた――いや、じつのところ、それはひとつのお祭りでさえあった。それから、タクシー運転手はアッラーの神に呼びかけつつ、本来の目的地であるアレッポへと向かった。彼が去ったあとのことである、問題のすこぶる重要な〝書類〟が、ぜんぶ彼とともに去ってしまったことが明らかになるのは。

　あとは目もあてられぬ大混乱。必要な書類がなければ、せっかくの遺体も埋葬することができない。となると、もう一度カーミシュリーへ送りかえすべきだろうか？　この点について、白熱した議論が闘わされる。あちこちへ伝言が送られる――カーミシュリーのフランス軍当局へ、わたしたちのもとへ、タクシー運転手のすこぶるあやふやなアレッポのアドレスへ。すべてはアラブ式ののんびりしたやりかたでだ。そしてそのかんずっと、気の毒なアブドゥッラー・ハーミッドは、埋葬されぬままに放置されている。ホルマリンの効果って、どのくらい保つものかしら。わたしはやきもきしてマックスにそうたずねる。新たにもう一組の書類が（〝レ・タンブル〟もすべてとりそろえたうえで）作成され、ジェラーブルスへ送られる。と、そこへ、遺体はいまにも鉄道でカーミシュリーへ送りかえされようとしている、との知らせがもたらされる。大あわてで電報があちらとこちらとをとびかう。

とつぜん、すべてがきれいにかたづく。タクシー運転手が書類をふりかざし、ジェラーブルスに舞いもどってきたのだ。

「えらい忘れ物をしちまってよ！」と、彼は叫ぶ。葬儀が厳粛に、かつとどこおりなく営まれる。アラウィは、これでわたしたちの評判にも傷がつかずにすむ、と保証する。フランス軍当局は、いまだにわたしたちを頭がおかしいと見ている。現場の作業員たちは、わたしたちのやりかたにしかつめらしく合格点をつける。ミシェルは憤激する――なんという経済観念《エコノミーア》のなさ！　腹いせに彼は、早朝から窓の下でやかましくトゥッティをたたきつづけ、無理やりやめさせられるまで、いっかなやめようとしない。

〝トゥッティ〟とは、石油缶を使った工事、およびそれの利用全般にたいする総称である。ここシリアでは、石油缶がなければ夜も日も明けない。それがなかったらどうなるか、考えるだけでもぞっとするほどだ。女たちは石油缶で井戸から水を運んでくる。石油缶は切り分けられて、ハンマーでたたきのばされ、屋根葺き材として、あるいは家の修理材として利用される。

ミシェルが急に信頼感にあふれてわたしたちに打ち明けたところによると、上から下までぜんぶトゥッティでできている家を建てること、それが彼の夢なのだそうな。「きっときれいですよ。すばらしくきれいです」と、彼は切々たるあこがれをこめて言うのである。

第五章　シーズンの終わり

チャガール・バザールがすこぶる有望だとわかってきたので、最後の一カ月の援軍として、Bがロンドンからやってくる。

Bとマックとがいっしょのところを見るのは、まことに興味ぶかい。あまりにもふたりが対照的だからだ。Bは明らかに社交的人間であり、マックは非社交的。ふたりはけっこううまくやっているが、それでもたがいにとまどったような、不可解な動物でも見るような目で、相手を見ている。

連れだってカーミシュリーへ出かけるという日、とつぜんBが懸念を表明する。

「一日じゅうマックをひとりきりにしとくなんて、あまり感心しないんじゃないかな。なんならぼくがいっしょに残ったほうがいいかも」

「マックはひとりでいるのが好きなのよ」わたしはBに保証する。

Bは懐疑的だ。さっさと製図室へ出かけてゆく。

「なあおい、マック。ぼくがいっしょに残ってやろうか。一日じゅうひとりっきりじゃ、さぞかし退屈だろう」

鳩が豆鉄砲を食らったような表情がマックの面をよぎる。

「いや、ぜんぜん。むしろそれを楽しみにしてたくらいなんだ」

カーミシュリーへ向かう途中、わだちだらけの道をがくがくはねあがりながら進む車のなかで、Bが言いだす。「変わったやつですよ、あいつは。きのうの日没、覚えてるでしょう? そりゃあきれいだった! で、屋上へ見にいったわけ。するとそこにマックがいた。たしかにこっちも少々はしゃぎすぎてたきらいはあるけど、あのマックのやつときたら、それこそ一言も発しない。話しかけても返事さえしないんだから。そのくせ、夕日を見に屋上へきてたってことはまちがいないんだ」

「そうね、夕方にはいつでも屋上にあがってるのよ」

「だったら、へんだと思いませんか。きれいならきれいだと、一言ぐらい言ったってよさそうなものなのに」

わたしはその場の情景を思い描く。マックがいくらか放心した面持ちで、超然とすわりこんでいるそのかたわらで、Bがあれこれと熱っぽく話しかけている。

おそらくマックはそのあとで、いつものようにきちんと整頓された部屋にこもり、格子縞の毛布にすわって、日記をつけることだろう……

「つまりね、だれだってあのようすを……」Bはなおも性懲りもなく言いかけるが、そこで中断させられる。というのも、運転手のミシェルがいきなり悪魔的な勢いで斜めに道路を横切るなり、思いきりアクセルを踏みつけて、一団のアラブ人につっかかってゆくからだ。

その一団――驢馬を連れたふたりの老婆とひとりの男とは、悲鳴をあげて逃げまどう。マックスはそれを見て思わずかっとなり、荒々しくミシェルをどなりつける。いったいなんのつもりなんだ！　もうすこしであの連中を轢き殺すところだったぞ！　どうやらそれこそが、多少なりともミシェルの意図したことだったらしい。

「轢いたからって、どうだっていうんです？」そう言って、ハンドルから手を高く離し、しばし車を逸走させる。「やつらはイスラム教徒ですぜ。そうでしょう？」

本人の見地からすれば、これはキリスト教徒としてのやむにやまれぬ心情から発した訴えらしいが、それを吐露してしまうと、あとはまたむっつりと黙りこむ。その殉教者めいた沈黙からは、理解されざるものの悲哀が強くにおってくるようだ。彼の背中はこう語っている――いったい全体この連中は、ほんとにクリスチャンなのかね？　こんなに弱腰で優柔不断なクリスチャンなんて、見たこともないぜ！

マックスがここできっぱりとルールを申しわたす。今後はいかなることがあろうと、ぜったいにイスラム教徒殺しを企てることは許さない。

ミシェルは不満そうに口のなかでつぶやく――

「イスラム教徒なんて、いっそみんな死んじまえばせいせいするのに！」

いつもカーミシュリーへ出かけてゆくと、まず銀行へ行き、ムッシュー・ヤンナコスの店で買い物をすませ、フランス軍当局に儀礼的な訪問をするのが決まりだが、きょうはそのほかにBの私用も加わっている。つまり、本人を追いかけてイギリスから送られてきた、パジャマ二着入りの小包を受け取るという用件である。

すでに、該当する小包が到着して、郵便局に留め置かれているという正式な通知が届いているので、したがってわたしたちは郵便局へおもむく。

局長の姿は見あたらないが、下役の、外斜視特有の白目がちの目をした男が、さっそく局長を呼びにゆく。あくびをしながらあらわれた局長はと見れば、なんと、けばけばしい縞のパジャマ姿。深いまどろみからたたき起こされてきたのは明らかなのに、例によって丁重かつ愛嬌たっぷり、順ぐりに一同と握手をかわしたすえに、発掘の進捗状況をたずねる。金貨でも掘りあてましたかな？　いかがです、ごいっしょにコーヒーでも？ かくして、儀礼的な前置きがひとまずすんだところで、やおらわたしたちは郵便物へと話を持ってゆく。いまでは、わたしたち宛ての書信は、アミューダーの郵便局気付で送られてくるが、あいにくこの方式は、あまり円滑に運んでいるとは言えない。アミューダーの郵便局長はかなりの年配で、外国郵便を一律に高価で貴重なものと見なしているため、しばしばそれを鍵のかかった金庫にしまいこんでしまい、結果として受取人に渡し忘れるというわけだ。

けれども、Bの小包だけは、ここカーミシュリーに留め置かれていて、さっそくいまそれを受け取るための交渉が始まる。

「はあ、たしかにそれに該当する小包はきておりますよ」と、局長は言う。「お国のロンドンから発送されたものです。ああ、ロンドンはすばらしい都会でしょうなあ！　一度でいいからこの目で見てみたいものです！　名宛て人はムッシュー・Bになっとりますがね」ほう、こちらがその新任の隊員、ムッシュー・B？ 彼はあらためてBと握手をかわし、愛想よくお世辞を言う。BもアラビアⅡ語でひとをそらさぬ丁重な挨拶を返す。

このささやかな幕間劇のあと、ふたたびわたしたちは小包のことに話をもどす。はあ、たしかにここにありましたよ、そう局長は言う。まさしくこの局のなかにね！ ですがいまはもうありません。税関の管理下に移されました。ムッシュー・Bは、小包というものが通関を必要とすることを認識される必要があります。

しかしあれは、個人的に着用される衣類だが、とBは言う。

局長は答える。「いかにも。いかにも。しかしそれでも税関の問題なのです」

「すると、税関へ行かなくちゃならないってことですか？」

「そうするのが正しい手順でしょうな」局長はうなずく。「ただし、きょう出向かれても無駄足になりますよ。きょうは水曜日で、水曜日には税関はしまってますから」

「では、あしたなら？」

「そう、あしたなら税関はひらいています」

「すみません」Bがマックスをかえりみて言う。「どうやら小包を受け取るために、あしたまた出向いてこなくちゃならんようです」

そこで局長が口をはさむ。いかにもムッシュー・Bはあしたまた出向いてこなくてはならないだろうが、たとえそうしたとしても、すぐに小包を受け取ることはできないだろう。

「それはまた、どうして？」Bがなじる。

「なぜならば、通関に伴う正式な手続きがすんだあと、小包はふたたび郵便局を通じて送られねばならんからです」

「というと、もう一度ここへこなくちゃならんということ？」

「そのとおり。しかしあすじゅうはそれも不可能です。あすは郵便局が休みですから」

局長は勝ち誇ったように言う。

わたしたちは問題を細部まで綿密に煮つめてゆくが、どの段階でも、ことごとに官僚が勝利をおさめる。要するに、一週間のうち、税関と郵便局がともにひらいている曜日というのはないようなのだ！

さっそくわたしたちは気の毒なBをつるしあげにかかる。いったいまたなにを血迷って、そのいまいましいパジャマとやらを荷物に入れてこず、わざわざあとから郵送するような愚劣な真似をしたのか。

「なぜなら」と、彼は自己の立場を弁護して、「それらがすこぶる特別なパジャマだからですよ」

「なるほどそうだろうさ」マックスが言う。「いまそれがどれほどの厄介事を持ちこもうとしてるかを考えると、よっぽど特別な品でもなきゃ、割が合わんよ。隊のトラックは、毎日、現場との往復に使われてるんだ。郵便車としてカーミシュリーに日参するのが役目じゃないんだからな」

わたしたちはなんとか局長を口説きおとして、いまこの場でBに、郵便局の書類一式に署名させてもらおうとする。だが局長は頑として首を縦にふらない。郵便局での正式手続きは、つねに通関のあとで行なわれるものと決まっているのだ。というわけで、一敗地にまみれたわたしたちは、すごすごと郵便局をあとにし、局長はおそらくまたベッドにでももどったことだろう。

ミシェルが意気揚々と近づいてきて、オレンジ交渉ですごく有利な取り引きをした、と報告する。オレンジ二百個をとびきりお買い得の値段で買ったというのだ。例によって彼は、それでさんざん叱責される。二百個ものオレンジを、どうすれば傷まないうちに食べきれると思っているのか——傷まないうち、とはつまり、すでに傷んでいなければ、の話だが。

たしかにその一部は、ほんのわずか傷みかけている、そうミシェルは白状する。だがなにしろ値段がすごく安いし、しかも二百個買えば大幅に割り引きになる。マックスはそれらを検分することを承知するが、一目見るや、即座にこれはだめだと引導を渡す。大多数は、すでに青かびにおおわれているのである！

ミシェルは悲しげに、「エコノミーア！」とつぶやく。結局のところ、これでもオレンジはオレンジなのだから。しぶしぶ出ていった彼は、かわりに何羽かのお買い得の鶏をさげてもどってくる。いつものようにさかさにして、足をくくってある。ほかにもいくつかお買い得の、あるいはお買い得でない買い物をすませて、一行は帰途につく。
わたしがマックによい一日だったかとたずねると、彼は、「すばらしかったですよ！」と、まぎれもない熱っぽさで答える。

不思議そうにそんなマックを見つめながら、Bは存在しない椅子に腰をおろそうとする。こうしてマックの完全無欠な一日は、いやがうえにも楽しい一幕で終わることになる。そんなにもよく笑ったひとを、わたしはほかに知らない！　夕食のさいちゅうにも、まだマックはときどき思いだしたように笑いだす。なにがそれほどまでにマックのユーモアのセンスをくすぐるのか、それを知ってさえいたならば、もっと前にいくらでもこちらでお膳だてして、彼を喜ばせてやることができたものを！

Bは依然として社交的であろうと困難な努力をつづける。マックスが発掘現場へ出かけ、ほかの三人が家に残っているときなど、Bは途方に暮れたようにふらふらうちのなかを歩きまわる。まず製図室へ行って、マックに話しかけるが、はかばかしい返事が得られないと、今度はしょんぼりとわたしのいるオフィスにやってくる。わたしはそこでタイプライターの前にすわり、血も凍る殺人事件の細部と取っ組んでいるさいちゅうだ。

「ああ」Bは言う。「忙しいみたいですね？」

「ええ」わたしはそっけなく答える。

「執筆ですか？」と、B。

「ええ」さらにそっけなく。

「考えてたんですがね」と、Bは気をひくように、「ここへラベルや発掘品を持ちこんできちゃいけませんかね？　邪魔にはならないと思うんだけど」

この場は心を鬼にしなくてはならない。わたしははっきりと宣告する。すぐそばで生きた人間が動きまわり、呼吸し、そしておそらくはぺちゃくちゃしゃべりまくっているかぎりは、わたしが死体と取り組むことはとうてい不可能である、と。

かわいそうに、孤独と沈黙とのうちに作業を進めることを運命づけられて、Bは悄然と立ち去る。わたしは思うのだが、もしもBがいつか本を書くことがあるとして、彼はラジオやらレコードやらがすぐ間近で鳴り響き、おなじ室内では何組かの会話が同時進行している、そんなときにこそ、ノリにノッて、いちばん筆がはかどるにちがいない。

とはいえ、来客があると、それが現場であれ、家のほうであれ、たちまちBの本領が発揮される。

修道尼たち、フランス軍の将校たち、訪ねてきた考古学者たち、観光客たち――相手がだれであろうと、Bはすすんで応対をひきうけ、みごとな手腕を見せる。

「おや、車が停まって、だれか降りてきますよ。ぼくが下へ行って、だれだか見てきましょうか?」

「ええ、ぜひお願いするわ!」

そしてまもなく、その場に必要なありとあらゆる言語を駆使してしゃべりまくっているBに案内されて、一行が到着する。こういう場合のBの値打ちたるや、よくわたしたちも彼にそう言うのだが、まさしく千金の重みがある。

「その点マックは、とうていぼくの敵じゃありませんね?」Bはにやにやマックに笑いかけながら言う。

「そうよ、マックはぜんぜんだめ。努力しようとすらしないんですもの」わたしはきびしく言う。

マックはひっそりと、持ち前の穏やかな、超然たる微笑を浮かべる……

このマックにも弱点があることを、やがてわたしたちは知ることになる。その弱点とは、馬——大文字で書かれた〈馬〉だ。

Bのパジャマ問題は、彼が車でカーミシュリーへ出かけ、途中、墳丘でマックを降ろしてゆく、というかたちで処理される。昼にはいったん家へ帰りたいのだが、とマックが言いだすと、そんなら帰りは馬に乗ってきてはどうか、とアラウィがすすめる。シークが馬を何頭か所有しているそうな。聞いたとたんに、マックの顔が輝く。穏やかなよそよそしさがどこかへ吹っ飛び、かわって、意欲満々の表情があらわれる。

それからというもの、ほんのわずかな口実さえあれば、マックは馬に乗って帰ってくるようになる。

「ハワージャ・マックだけど」と、アラウィが言う。「彼氏、ぜんぜん口をきかない。口笛を吹くだけ。標柱係の子供に左へ行かせたければ、口笛を吹く。石工を呼びたければ、口笛を吹く。いまじゃ馬にむかって口笛を吹く！」

Bのパジャマ問題は、依然として解決されない。税関は八ポンドという法外な関税をふっかける。Bは、そのパジャマの価額が一着わずかに二ポンドである旨を指摘して、それを支払うことを拒絶する。ここにおいて、いやがうえにもややこしい問題が惹起《じゃっき》される。それならこの小包をどうせよというのか、そう税関は詰問する。結局、彼らはそれを郵便局に返すが、局長はそれをBにひきわたそうとはせず、さりとて小包がこの国から出てゆくのを許すつもりもない。わたしたちはその問題を論じあうためにカーミシュリーへ日参し、数日をむなしく費やす。ついには銀行支配人までがひっぱりだされ、おなじくフランス公安局も乗りだささざるを得なくなる。たまたま銀行支配人を訪ねてきていたマロン派教会の高位聖職者も、一臂《いっぴ》の力を貸す。長い紫色の衣に、巨大な十字架、大きなまげに結った髪といういでたちで、まことに神々しく、印象的だ！　不運な局長は、いまだにパジャマ姿のままだが、おそらくぜんぜん眠ってはいないのだろう。事は急速に国際問題に発展しつつある。

ところが、突如として、なにもかもきれいさっぱりとかたがつく。アミューダーの税関係官が、自ら小包をかかえてわが家へやってくるのだ。ごたごたはすべて解決した。関税として三十シリング、ほかに、「印紙代が十二フランと五十《ドゥーズ・フラン・サンカーント・プール・レ・タンブル》、それに煙草《エ・デ・シガレット》を少々、それでいかが《ネ・ス・パ》？」（大急ぎで彼の手に煙草が数箱、押しつけられる）「ではどうぞ《ヴォワラ》、ムッシュー！」係官は晴れやかにほほえみ、Bも晴れやかにほほえみ、ほかのみんなも晴れやかにほほえむ。そしてわたしたちはいっせいにBをとりまき、彼が小包をひらくのを見まもる。

その中身を誇らしげにさしあげてみせながら、Bは〈白の騎士〉よろしく、これは自分の特別な発明であると説明する（『鏡の国のアリス』第八章。〈白の騎士〉はアリスに、いろいろなくふうを示してみせながら、「こりゃみどもが発明」を連発する。なおこの言葉は第八章の章題にもなっている）。

「蚊よけですよ。これがあれば蚊帳いらずというわけ」

マックスがすかさず、この地方ではいまだかつて蚊など見たこともないと指摘する。

「いやいや、蚊は当然いますよ」Bは言う。「周知の事実です。溜まり水がありますからね！」

わたしの目はついマックのほうをうかがう。

「このあたりには溜まり水なんてないわよ。もしあれば、当然マックが見つけてるはずですもの」

だがBは勝ち誇ったように、それがあるんですよ、とのたまう。アミューダーの町のすぐ北に、水の澱んだ池があります。

マックスとわたしはくりかえし、いままで蚊など見たこともなければ、聞いたこともないと主張する。Bは耳も貸さず、ますます詳しく自分の発明を説明しにかかる。パジャマは洗濯のきく白いシルク製で、全体がひとつにつながっている。すっぽりと頭をおおうフードがつき、袖の先はミトン状に縫いとじてある。これで前のファスナーをひきあげれば、蚊の攻勢にさらされるのは目と鼻だけになるわけだ。

「そうして鼻から息を吸ったり吐いたりする。そうすれば蚊は完全にしめだせるという寸法です」Bは意気揚々と言いおさめる。

マックスが冷ややかに、ここにはぜったいに蚊などいないとくりかえす。

Bはそこでわたしたちに言う。まあ見てらっしゃい、そのうちみなさんがマラリアで高熱に苦しむことにでもなったら、そのときこそ、ぼくのアイディアを採用しとけばよかった、そう思うようになりますから。

マックがいきなり声をあげて笑いだす。みんながいぶかしげに彼を見る。

「なに、思いだしただけさ、きみがあるはずもない椅子に腰かけたときのことをね」そう言い捨てるとマックは、なおも楽しげにくつくつ笑いながら立ち去る。

その夜、一同熟睡ちゅうに、突如、すさまじい騒ぎが勃発する。強盗団でも襲ってきたのかと、わたしたちは大あわてではねおき、食堂へ駆けつける。見れば、白い頭巾をかぶったお化けが、なにやらわめきちらしながら、狂ったようにはねまわり、走りまわっている。

「なんてこった、Bじゃないか！　おい、どうしたんだ？」マックスが叫ぶ。

ちょっとのあいだ、みんなはてっきりBの気がへんになったと思いこむ。

だがそのうち、徐々に事情がのみこめてくる。

いかなる手段でか、一匹の鼠が彼の蚊よけパジャマにもぐりこんだのだ！　おまけにファスナーがひっかかった！

明るくなるころに、やっとみんなは笑いやむ。

さほどおかしがっていないのは、ひとり本人のBだけだ……

気温はだんだん高くなっている。ありとあらゆる新種の花が咲きだす。わたしは植物学者ではないから、それらの名前を知らないし、じつのところ、知りたいとも思わない（なにかの名称を知ったところで、それがどんな歓びにつながるというのだろう？）。ともあれそこには、小型のルピナスや小さな野生の百合に似た青い花、藤紫の花がある。金盞花《きんせんか》に似た金色の花もあれば、清楚な色合いの繊細な穂状花序《すいじょうかじょ》も見える。墳丘全体が、絵の具箱をひっくりかえしたような色彩の氾濫だ。ここはまさしく〝肥沃なステップ〟なのである。わたしはアンティーカ・ルームへ行き、適当な形をした壺をいくつか借りる。マックがそれらをスケッチしようと探しまわるが、むなしく引き揚げる。それらは花であふれている。

宿舎はいまや急速に形をととのえつつある。木の仮枠が建てられ、それに泥煉瓦が貼りつけられてゆく。結果はすばらしいものになりそうだ。わたしはマックとともに墳丘に立ってそれをながめながら、彼に賛辞を呈する。

「これは、わたしのトイレよりはよほどりっぱだわ」

成功した建築技師はうなずく。それでも作業員の質については、辛辣な苦情を並べる。

彼に言わせると、まったく精密さという観念を欠いているのだそうな。たしかにそれはないわね、とわたしも相槌を打つ。マックはなおも苦々しげな口調で、それを説いても彼らはただ笑いとばすだけで、精密さなど眼中にない、と言う。わたしは急いで馬のことに話題を切りかえる。マックは機嫌を直す。

気候が暑くなるにつれて、作業員たちもいよいよ血の気が多くなる。マックスは傷害の加害者にたいする罰金を増額し、ついには、やむにやまれぬ決断に達する。毎朝、仕事を始める前に、各自携行している武器を提出すること。この決定は不人気だが、それでも男たちはしぶしぶ同意する。マックスの目の前で、棍棒やメース、見るからに凶器然とした長いナイフ、そういったものがミシェルに手わたされ、ミシェルはそれを〈メリー〉にしまい、鍵をかける。夕方になると、ふたたびそれらが持ち主に返される。時間は無駄になるし、手数もかかるが、すくなくともこれで、重大な傷害沙汰とは縁が切れるわけだ。

ひとりのイェジッド族の作業員がやってきて、飲み水がないために力が出ない、と訴える。飲み水がなくては、とても働けない。

「しかし、水ならいくらでもあるだろう。なぜ飲まないのかね？」

「あの水は飲めませんですよ。井戸の水だし、けさ、シークの息子があの井戸にレタスをほうりこんだそうですから」

イェジッド族は宗教的戒律から、レタスのことを口に出したり、それに汚染されたものに触れたりするのを、いっさい禁じられている。レタスにはシャイタン（悪魔）が住みついていると信じられているからだ。

マックスが言う。「なるほど、だれかがおまえにでたらめを教えたようだな。というのは、ついけさがた、わたしはカーミシュリーでシークの息子に出あってるし、そのとき彼は、もう二日も前からこの町にきていると言ってた。その井戸の話は、きっとだれかがおまえをかつごうとして、出まかせを言ったんだ」

ここにおいて、作業員一同に召集がかけられ、〈騒擾《そうじょう》取締令〉が読みあげられる。今後は何人《なんぴと》たりともイェジッド族の作業員に嘘をついたり、彼らを迫害したりしてはならない。「いいかね、この発掘現場では、全員が兄弟なのだ」

陽気な目をしたひとりのイスラム教徒が進みでる。

「ハワージャ、あんたはキリストの教えを信じておいでだし、おれたちはムハンマドの教えを信じてる。しかし、どっちもシャイタン（サタン）を敵としてることはおなじだ。だから、そのシャイタンを崇拝して、そいつが復活するのを信じるやからなど、迫害してやるのがおれたちの務めじゃないかね？」

「だったら、これからはその務めを果たすのに、一回につき五フランずつかかることを覚悟するんだな」マックスが言いはなつ。

このあとしばらくは、イェジッド族からの訴えは跡を絶つ。

イェジッド族というのは、風変わりな、ことのほかおとなしいひとびとで、彼らの悪魔崇拝は、どちらかというと贖罪の性質を帯びている。のみならず、彼らの信ずるところによると、この世界は神によってシャイタンの手にゆだねられたのであり、シャイタンの世のあとには、イエスの世がくるとされている。イエスは預言者として認識されているが、まだ完全な力を持つにはいたっていないのだ。シャイタンの名は、けっして口に出してはならないし、それに音の似た言葉を口にするのも禁物である。

彼らの聖地であるシーク・ハディは、モースル近くの、クルド人の多く住む丘陵地帯にあり、その付近を発掘したとき、わたしたち夫婦はそこを訪れてみた。世界広しといえども、おそらくここほど美しい、ここほど平和な里はないだろう。そこへ行くには、オークや柘榴《ざくろ》の茂みを縫って、山の清流づたいに、曲がりくねった道をどこまでものぼってゆかねばならない。空気はさわやかで、新鮮かつ清澄である。道のりの最後の数マイルは、歩くか、あるいは馬に乗るしかない。このあたりの人心はまことに純粋なので、クリスチャンの女性も、裸で清流にはいって水浴びができると言われている。

やがて、唐突に、山道の向こうに白い聖堂の尖塔があらわれる。聖域では、すべてが静かで、やさしく、安らいでいる。樹木が茂り、中庭があり、水が流れる。穏やかな顔つきをした管理人が茶菓をふるまってくれ、参詣《さんけい》人は完全な平和のうちにお茶をする。内陣にはいると、聖堂への入り口があり、その右手に、一匹の大きな黒い蛇が彫りこまれている。この蛇は神聖な生き物である。というのも、イェジッド族の信ずるところによれば、かつて〈ノアの方舟〉がジェブエル・シンジャールの山に乗りあげ、舟底に穴があいた。するとこの蛇が自らとぐろを巻いて、その体で穴をふさいだため、〈方舟〉は無事に進むことができたというのである。

やがてわたしたちは靴を脱ぎ、聖堂のなかへ案内される。そのさい気をつけなければいけないのは、敷居はまたいで越えること。敷居を踏むことは、かたく禁じられている。おなじく、足の裏を見せることも禁じられているが、地べたにあぐらをかいてすわるとなると、足の裏を見せないというのは少々むずかしい。

聖堂の内部は、暗く、ひんやりして、ちょろちょろと水が流れている。〈聖なる泉〉と呼ばれ、地下でメッカに通じていると言われている。祭りの時期になると、この聖堂のなかに〈孔雀像〉が運びだされる。孔雀はシャイタンの代理として選ばれたが、それは孔雀という言葉が、禁じられた名前ともっともかけはなれているからだという。ともあれそれは、〈暁の女神〉の息子たる〈明けの明星〉、またの名を堕天使ルシファー。それがイェジッド族の信仰の対象たる〈孔雀天使〉なのだ。

堂内から出たわたしたちは、中庭にすわって、そこのひんやりした静けさと安らかさにひたる。ふたりとも、この山中の聖域を離れて、現世の混迷のなかへともどってゆくのが、まことに心残りでならない……

シーク・ハディこそは、わたしの生涯忘れられない場所だ。また、そのときわたしの魂をとらえた、完全な安らぎと満たされた思い、それらも忘れることはないだろう……

一度、ミールと呼ばれるイェジッド族の族長が、イラクでわたしたちの発掘現場を訪ねてきたことがある。全身黒ずくめの服装をした、背の高い、憂い顔の男だった。ミールというのは、族長であると同時に、宗教上の最高指導者でもあるのだが、このとき訪ねてきたミールは、地元の風説によると、伯母にあたるシーク・ハディ聖堂のハートゥーン、ならびに生みの母によって、完全に〝操縦されて〟いると言われていた。母親というのは、押し出しのりっぱな、野心的な女で、自ら権勢をふるうため、息子であるミールを常時、麻薬漬けにしているとのうわさだった。

また、べつのとき、ジェブエル・シンジャールを通ったついでに、わたしたちはシンジャールに住むイェジッド族のシークを訪れたこともある。ハモ・シェーロといい、当時九十歳になると言われた、非常に高齢の人物だった。一九一四年から一八年にかけての大戦当時、多数のアルメニア人が難民となってトルコから脱出したが、彼らはこのシンジャールで避難所を与えられ、命を永らえることができたのである。

休みの日をめぐって、またしても激しい衝突が起こる。給料日の翌日はいつも休日となるのだが、イスラム教徒の作業員は、この現場で働いているのはキリスト教徒よりイスラム教徒のほうが数が多いのだから、金曜日こそが休日として選ばれるべきだと主張する。いっぽうアルメニア人は、どっちにしろ、日曜日に働くことを拒絶し、この発掘はキリスト教徒の主宰するものなのだから、当然、日曜日が休日に定められるべきだと言いつのる。

わたしたちは職権をもって、休日はいつも火曜日とする旨を布告する。火曜日は、わたしたちの知るかぎりにおいて、とくにどの宗教の祭日でもないからである。

夜になると、現場監督たちがよくわたしたちの家を訪ねてき、いっしょにコーヒーを飲んだり、現場で持ちあがるさまざまな問題や揉め事について報告したりする。

今宵はアーブド・エス・サラームがとりわけ雄弁である。声を高めて、熱っぽく長広舌をふるいつづけるのだが、わたしには一言も理解できない。それでも、注意ぶかく耳を傾けているうちに、なにしろあまりにもドラマティックな調子なので、つい好奇心がかきたてられる。そこで、アーブド・エス・サラームが一息ついたあいまに、マックスにいったいなんの話かとたずねてみる。

マックスの返事は、たった一言――「便秘」

わたしが興味を持っていることを感じとってか、アーブド・エス・サラームは今度はわたしのほうに向きなおり、いっそう雄弁に、かつ事細かに、滔々と自分の状態についてまくしたてはじめる。

マックスが通訳する。「イーノ（制酸剤）も、ビーチャム（緩下剤）も、薬草の通じ薬も、ひまし油も、ぜんぶためしてみた。いま話しているのは、それらを飲んで、それぞれどんな気分になったか、そしてまた、いかにそのどれもが望ましい結果を生まなかったかということだ」

ここは明らかに、例のフランス軍軍医の、馬をも動かすという薬の出番である。

マックスは、驚くほど多量の薬を処方する。アーブド・エス・サラームは希望にあふれて立ち去り、わたしたちは彼のためにめでたい結果を祈願する。

いまではわたしもけっこう忙しい。土器の修復にくわえて、写真の仕事がある。そのために〝暗室〟がわたしに割り当てられるが、これがなんというか、中世の〝拷問室〟

に一脈相通ずるしろものなのだ。

なかにはいると、すわることもできなければ、立つこともできない！　四つん這いになって這いこんだあとは、ひざまずき、うつむいたきりで乾板の現像にかかる。やっと外に出るころには、発生する熱気と、立つことのできない窮屈さとで、ほとんど息も絶えだえ。だから、その苦労をたっぷり尾鰭《おひれ》をつけて吹聴することでせめてもの慰めとするのだが、あいにく聴き手たちは、あまり身を入れて傾聴してはくれない。彼らの関心は、もっぱらネガそのものにあり、技術者にはないのだ。

それでもマックスはときどき思いだしたように、温かく、そつのない言葉をかけてくれる。「きみはほんとにすばらしいと思うよ」と、いくらかうわのそらといったようすで。

ついに宿舎が完成する。墳丘のてっぺんから見ると、日に焼け焦げた周囲の大地を背景に、大きな白いドームをそそりたたせて、まことに神々しい趣だ。内部も非常に心地よい。ドームがひろびろした感じを与え、しかもひんやりしている。片側に並ぶふたつの部屋は、最初がアンティーカ・ルーム、その先にマックスとわたしとの寝室。もう片方は、まず製図室、つづいてBとマックとの共有の寝室。今年はほんの一、二週間をここで過ごすだけで終わるだろう。すでに収穫期がきていて、作業員たちは毎日のように現場を離れて、刈り入れに出かけてゆく。花も姿を消してしまった。一夜にして消えたのだが、それというのは、丘を越えてやってくるベドゥインが、ゆっくりと南へ移動してゆきながら、褐色のテントをいたるところに張り、放牧の家畜に思うさま草を食べさせるからだ。

わたしたちは、来年またここへ、このわが家へともどってくることになるだろう。原野のまんなかにぽつんと建ったこのドームのある家、これはすでに、〝わが家〟として感じられるようになっている。

雪白の衣の裾をひるがえしてやってきたシークが、小さな陽気な目をきらきらさせて、いつくしむように建物のまわりを一巡する。いずれはこれが自分のものとして継承される、そう思うと、早くもそれだけ威信が高まったような気がするのだろう。

ふたたびイギリスの地を見るのはすばらしい。親しい友や、緑の芝生や、高い木々に再会できるのはすばらしい。けれども、来年またここへもどってこられる、これもまたすばらしいことだ。

マックがスケッチをしている。墳丘のスケッチだ。かなり様式化された風景画だが、それでもわたしはすっかり気に入ってしまう。

画面には人影はまったく見あたらない。ただ曲線とパターンのみ。わたしははじめてこのマックが、たんに建築技師であるだけでなく、芸術家でもあることをさとる。そして彼に、わたしの新しい本のカバーをデザインしてくれるように頼む。

Bがあらわれて、椅子がぜんぶ荷造りされてしまったとこぼす。これではぜんぜん腰をおろすことができない。

「いまさらなんのためにすわることがあるんだ？　すわってるひまに、やることはたっぷりあるんだぞ」マックスが言う。

彼が出てゆくと、Bが恨めしそうにわたしに言う。

「まったく、あなたのご亭主はなんと精力的なんだろう！」

さて、はたしてだれがそれを信じるだろうか、そうわたしは思う。イングランドの夏の午後のひととき、マックスがすわってうつらうつらしているところを、ほんの一日でも見たことがあれば……

わたしはなつかしいデヴォンのことを考えはじめる。その赤い岩、青い海……やはり帰れるのはすばらしい。そこではわたしの娘が待っている。犬が待っている。ボウルになみなみと入れたデヴォンシャー・クリームが、林檎が、お風呂が待っている……わたしは恍惚として溜め息をつく。

第六章　二度目のチャガール・バザール

この年の発掘品がなかなか有望だったので、わたしたちはもう一シーズン、発掘を続行することになる。

今年はチームの構成もいくらか変わってくるはずだ。

マックは、パレスチナにいるべつの発掘隊に加わるが、シーズンの最後の数週間は、わたしたちのほうに合流したいと希望している。

彼のかわりに、べつの建築技師が加わることになるだろう。さらに、臨時のスタッフもひとり——〝大佐〟である。マックスは、チャガールの発掘とあわせて、テル・ブラークの発掘もある程度は進めたいと希望しているので、大佐がきてくれれば、自分がいっぽうの指揮をとり、大佐にはもういっぽうの現場をまかせることができるわけだ。

マックスと大佐、新顔の建築技師の三人は、いっしょに現地へ出発することになっていて、わたしは二週間ほど遅れて追いかける予定である。

出発の二週間ばかり前、新任の建築技師が電話してきて、マックスを頼むと言う。あいにく留守なのだが、技師がばかに心もとなさそうな口ぶりなので、なにかわたしにできることなら、とたずねてみる。

彼は言う。「じつは旅行の手配のことなんですがね。いまクック社にきてるんですが、マックスから聞かされてる場所までの寝台券を予約しようとしたところ、クック社では、そんな場所、聞いたこともないって言うんです」

わたしは彼に保証する。

「旅行社って、よくそう言うのよ。わたしたちの行くような土地、めったに出かけるひともいないもんだから、当然、旅行社でも聞いたことがないわけ」

「どうやら、ぼくがほんとに行きたがってるのは、モースルじゃないかと思ってるみたいな口ぶりなんですがね」

「そうじゃないわ、あいにく」

だがそこで、ふいに思いあたることがある。

「あなた、カーミシュリーまでとおっしゃって？　それともニシビーンまでと？」

「カーミシュリーですよ、もちろん！　そうなんでしょう、土地の名は？」

「たしかに土地の名はそうなんだけど、駅の名はニシビーンなの。国境のトルコ側にあって、カーミシュリーはシリア側なのよ」

「なるほど、それで合点がいった！　ところでマックスは、なにかとくに持っていくものがあるとは言いませんでしたよね？」

「と思うわ。ところで鉛筆はたくさんお持ちになった？」

「鉛筆？　もちろん」とはいえ、その声音はいくらか意外そうだ。

「きっと鉛筆がどっさり必要になると思うのよ」わたしは言う。

だがあいにく、この言葉の不吉な意味を完全には認識できぬまま、相手は電話を切る。

イスタンブールまでのわたしの旅は平穏裡に終わり、関税の対象となる規定量すれすれのわたしの靴たちも、無事にトルコの税関を通過する！

ハイデル・パシャで列車に乗ってみると、ひとりの大柄なトルコ女性と同室であることがわかる。彼女はすでに六個のスーツケースと、妙な形のバスケット二個、縞の袋をいくつか、それにさまざまな食料品の包みを持ちこんでいる。それにわたしがふたつのスーツケースと帽子箱とを加えると、コンパートメントのなかは、文字どおり足の踏み場もなくなる。

その女性の見送りに、べつの、いくらかスリムで、活発な女性がきている。彼女はわたしにフランス語で話しかけ、わたしたちはしばしにこやかに言葉をかわす。まあ、アレッポまでおいでになるんですって？　あいにく従姉妹はそこまではまいりませんの。奥様はドイツ語をお話しになります？　従姉妹はわずかですがドイツ語を話します。いえ、残念ながら、ドイツ語は不調法です。ではトルコ語は？　それもだめですの。まあ、残念なこと！　従姉妹はフランス語はぜんぜん話しませんのよ。ではどうしたらよろしいんでしょう？　どうすれば会話をかわせるんでしょう？

あいにく、会話をかわすことは無理らしい、そうわたしは言う。

「まあまあ、なんてお気の毒な！」と、活発な従姉妹は言う。「会話ができれば、おふたりとも退屈しないですみますのに。でもね、よろしいわ、ならば汽車の時間になるまで、いまのうちにせいぜいおしゃべりをしましょう。奥様は結婚してらっしゃいます？――当然ですよね？」わたしは結婚していることを認める。「ではお子さんは？　さぞかし大勢のお子さんをお持ちでしょうね？　ここにいる従姉妹は、たった四人だけですの。もっとも――」と、活発な従姉妹は誇らしげにつけくわえて、「――そのうちの三人までが、男の子ですけどね！」わたしは大英帝国の威信のためにも、このさいわたしが娘ひとりだけで完全に満足しているという事実など、認めるわけにはいかないと思い定める。そこでとっさに臆面もなく嘘をつき、息子をふたり追加する。

「結構ですこと！」従姉妹は晴れやかに笑いながら言う。「ならば、流産は？　流産は何度なさいまして？　ここにいる従姉妹は、五回もしましたのよ。二回は三ヵ月め、二回は五ヵ月めで、もう一回は七ヵ月の早産、死産でした」せっかくの友好的な雰囲気を損ねぬためにも、大急ぎで流産の経験をひねりだすべきかどうか思案しているうちに、慈悲ぶかくも汽笛が鳴りわたり、活発な従姉妹は車輛からとびだして、通路にそって走る。「あとの細かいところは、おふたりで身ぶりででも話しあってくださいね！」と、彼女は金切り声で呼びかける。

これはあまりぞっとしない見通しだが、それでも残されたわたしたちは、たがいにうなずいたり、手真似をしたり、ほほえんだりして、すこぶるなごやかにやってゆく。わたしの道連れは、山のように持ちこんできたとびきりスパイスの利いた食べ物を、気前よくわたしにもふるまってくれ、わたしはお返しに食堂車から持ちかえった林檎をひとつ、彼女に進呈する。

食べ物のバスケットがあけられると、コンパートメントのなかはますます足の踏み場がなくなり、おまけに食べ物のにおいと、麝香のにおいとがきつすぎて、ほとんど息苦しいほど。

夜になると、わたしの道連れは窓がしっかりしまっていることを入念に確かめる。わたしは上段の寝台にひきとり、下の寝台から静かなリズミカルな寝息が聞こえてくるのを待ち構える。

それから、忍びやかに下へすべりおりると、こっそりと窓をほんの一インチばかりひきさげ、ふたたび見とがめられずに上段の寝台にもどる。

朝になり、窓があいているのが発見されると、おおげさな驚愕のパントマイムが演じられる。たくさんの身ぶり手ぶりで、同室のトルコ女性はそれが、けっして自分の責任ではないことを保証しようとする。自分ではたしかにそれをしめたと思っているのだが。そこでこちらも負けじと身ぶりで、これっぽっちも彼女を責めてなどいないことを保証する。そういうことって、よくありがちなことですわ、そうわたしはほのめかす。

やがて彼女の降りる駅に着くと、トルコ女性は丁重なうえにも丁重にわたしに別れを告げる。わたしたちはほほえみあい、うなずきあい、言葉の障壁が妨げとなって、真に重要な生の実態を語りあうまでにはいたらなかったことを、たがいに残念がってみせる。

昼食のとき、わたしは親切なアメリカの老婦人と向かいあわせにすわる。彼女は車窓に目をやり、畑で働いている女たちを感慨ぶかげにながめる。

「気の毒なひとたち！　はたしてわかってるのかしらね、自分たちが自由だってことが！」そう彼女は溜め息まじりに言う。

「自由？」わたしはいささかあっけにとられる。

「ええ、そうですとも。もうあのヴェールをかぶっていないじゃありませんか。ムスターファ・ケマル（ケマル・アタチュルク、トルコの初代大統領。在任一九二三～三八年）が、ああいう習慣はすっかり廃止したんですよ。あのひとたちはもう自由なんです」

わたしは働いている女たちをながめて考えこむ。わたしには、その問題が彼女らにとってなんらかの意味を持っているとは思えない。彼女らの日々は、いまなお苦役の連続であり、はたしてこれまでに、ヴェール――チャドル――をつけるという贅沢を楽しんだことがあったかどうか、はなはだ疑問だとわたしは思う。わたしたちの発掘現場で働く土地の男たち、彼らの妻たちだって、ひとりとしてチャドルなどつけているものはない。

とはいうものの、あえてわたしはその点を論じないことにする。

アメリカの老婦人が乗務員を呼び、お湯を一杯くれないかと言う。「お薬を飲むんだ《ジュ・ヴェ・ブランドル・デ》から《・ルメド》」

乗務員はきょとんとしている。コーヒーをお望みですか？　それともお茶を？　わたしたちは苦心惨憺のすえ、ほしいのはただのお湯だということを納得させる。

「瀉痢《しゃり》塩《えん》（峻下剤）ですけど、ごいっしょにいかが？」と、わたしの新しい友は心安げに言う。まるでカクテルをつきあわないかとでも言っているみたいだ。わたしは礼を述べるが、やはり瀉痢塩は辞退したいと言う。「とても体によろしいんですよ」彼女は熱心にすすめる。わたしはさんざん骨折ったあげくに、どうにか瀉痢塩などという荒療治で、体内の不純物を一掃させられる危地に陥るのを回避する。

食堂車から自分のコンパートメントに引き揚げると、わたしはアーブド・エス・サラームのことを考える。彼の便秘症は、はたして今年はどんなぐあいだろうか！

わたしはアレッポで途中下車する。ここで手に入れてくれとマックスに頼まれているものがいくつかあるからだ。ニシビーン行きのつぎの列車までに、ちょうど空いた日が一日あるので、たまたま誘われたのをきっかけに、車でカラート・シーマーンを訪れる一行に加わることを承諾する。

その一行とは、ひとりの鉱山技師と、もうひとり、ひどく高齢の、ほとんど耳の聞こえない牧師であることが判明する。牧師はどういう理由からか、わたしにはまったく初対面のその鉱山技師を、わたしの夫だと思いこむ。

その小旅行からの帰途、牧師はやさしくわたしの手をさすりながら話しかける。「ご主人はまことに流暢なアラビア語をお話しになりますな、奥さん」

あわてたわたしは、いくらか支離滅裂な返事を叫びたてる——

「ええ、たしかに、でもこのひとは……」

「いやいや、そうですとも、謙遜は無用ですぞ」と、牧師はたしなめる。「ご主人はじつにすばらしいアラビア学者です」

「このひとはわたしの夫ではありません」わたしはどなる。

「どうやら奥さんはぜんぜんアラビア語を話されんようですな」と、牧師は真っ赤になっている技師のほうに向きなおりながら言う。

「いや、ちがいますよ……」技師は大声で言いかける。

「ほう、ちがう？」牧師は言う。「奥さんはアラビア語はご堪能ではないとわしは見ましたがな」そしてにっこりする。「ぜひ教えておあげなさい」

異口同音に、わたしたちふたりは叫ぶ——

「わたしたちは夫婦ではありません！」

とたんに牧師の顔色が一変する。顔つきがきびしくなり、非難がましい表情になる。

「なぜです、なぜ結婚しないのです？」

鉱山技師が観念したようにわたしに言う。「こりゃだめだ、あきらめましたよ」

わたしたちは声をそろえて笑い、牧師の表情がなごむ。

「ははあ、わしをからかっておられたんじゃな」

車がホテルの前に横づけになると、牧師は用心ぶかく降りたちながら、白髯《ひげ》の上に巻きつけた長い襟巻きをはずす。そしてわたしたちふたりに向きなおり、柔和にほほえみかける。

「おふたりに神のご加護を」彼は言う。「末永いおしあわせを祈っておりますぞ」

意気も高らかにニシビーンに到着! 例によって、列車の停まった位置は、ステップから地面まで五フィートもの落差があり、下にはとがった石がごろごろしているというところ。親切にも同乗の客のひとりが先にとびおりて、わたしがくるぶしをくじかずに降りられるよう、石ころをとりのけてくれる。遠くからマックスが近づいてくるのが見える。そばには運転手のミシェルもいる。わたしはミシェルの三つの〈呪文〉を思いだす。〝フォルカ〟、これはばか力を出すときの掛け声(たいがいは悲惨な結果となる)。そして〝サウィ・プローバ〟。最後は〝エコノミーア〟。これはミシェル経済学の一般原則で、そのために以前、砂漠のまんなかで車がガス欠を起こすという悲劇を生んでいる。

ふたりがわたしのところへくるのより前に、制服を着たひとりのトルコ人があらわれ、いかめしくわたしに、「パスポート」と言うなり、それをひったくって、ふたたび列車にとびのる。

　それからいよいよ再会のときがくる。わたしはミシェルのなめし革のような手を握り、彼は、「ボンジュール。お元気ですか？」と言ったあと、わたしのつつがない到着にたいし、アラビア語で、「神を誉めたたえよ」とつけくわえる。そのあいだに、ワゴンリの車掌がわたしのスーツケースを窓から降ろし、さまざまな下役が下でそれらを受け取る。わたしはパスポートのことを口にする。パスポートも、それを持ち去った制服姿のトルコ人も、いまや完全に姿を消している。

〈ブルー・メリー〉が忠実に待機している。ミシェルが後ろのドアをひらくと、見慣れた光景が目にとびこんでくる。窮屈そうに結びあわされた何羽かの鶏。ベンジン数缶。いくつかの粗麻布の山——やがてこれらは人間だと判明する。わたしの手荷物は鶏たちの上にのせられ、男たちとミシェルとは、わたしのパスポートを探しにゆく。もしやミシェルが不用意に〝フォルカ！〟を口にして、国際紛争をひきおこしはせぬかとのおそれから、マックスも彼のあとを追う。二十分ほどして、彼らは意気揚々ともどってくる。

　車が走りだす。きしみ、よろめき、がたつき、路面のくぼみに出あうたびに高くはねあがりながら、それでもわたしたちはやがてトルコ国境を越え、シリアにはいる。五分後には、目下発展途上にある町、カーミシュリーにきている。

最終的に宿舎へ出発できるようになるまでには、まだまだいろんな仕事が残っている。まずわたしたちは〝ハロッズ〟へ行く――つまり、ムッシュー・ヤンナコスの店である。ここでわたしたちは大歓迎を受け、現金箱の奥の椅子をすすめられる。わたしのためにコーヒーが淹れられる。ミシェルは馬を買いつける話をまとめようとしている。テル・ブラークでの発掘が始まったら、この馬に荷車をひかせ、ジャフジャーハ河から水を運ばせようという算段なのだ。ミシェルに言わせると、その馬はすばらしい馬だという。すばらしくエコノミーアな。「どういう点がエコノミーアなんだ？」マックスが疑わしげに訊く。「いい馬なのか？ 大きな馬なのか？ 辛抱づよい馬なのか？」するとミシェルいわく、「いや、もっといいんですよ。いい馬は高くつきますからね。それよりは、さほどよくない馬を安い値段で買うほうがいいです」

さっきトラックから降りてきた粗麻布の山のひとつが、ほかでもない、水運び役をまかされるはずの男だとわかる。本人に言わせると、馬のことはよく心得ているそうな。この男がミシェルといっしょに出かけてゆき、問題の馬について報告することになる。そのかんにわたしたちのほうは、缶詰めのフルーツや、ちょっと怪しげなワイン、マカロニ、瓶入りのプラムや林檎のジャム、その他こまごました珍味の類をムッシュー・ヤンナコスから買い入れる。つづいてわたしたちは郵便局へ行く。おなじみの局長は、ひげも剃らず、依然として汚いパジャマ姿のままだ。パジャマは去年から洗濯されていないか、ずっと着替えられていないように見える。わたしたちは新聞の束を受け取り、一、二通の書状も受け取るが、ほかの三通の受け取りは拒否する。西欧人の書体で、ミスター・トムスンの宛て名が書かれたそれらを、局長は躍起になってわたしたちに押しつけようとするが、わたしたちはさっさと逃げだして、銀行へと向かう。

銀行の建物は石造りで、大きく、涼しく、がらんとして、とびきり平和だ。まんなかにベンチがひとつあり、そこにふたりの兵隊と、目もあやな五色のぼろをまとった老人がひとり、破れた洋服を着た少年がひとりすわっている。みんなのんびりとすわって、宙を見あげ、ときおり唾を吐く。一隅には、薄汚れた毛布をのせた謎めいたベッドがひとつ。わたしたちはカウンターの行員に愛想よく迎えられる。マックスが小切手をとりだし、現金化を頼む。わたしたちは支店長室に請じ入れられる。支店長は大柄、コーヒー色の肌をして、多弁である。このうえないにこやかさでわたしたちを迎え、コーヒーを運ぶようにと言いつける。先ごろ、去年までの支店長にかわって赴任してきたとかで、それがいくらか残念そうだ。それまではイスケンデルンにおりましたが、あそこにはちょっとした生活がありましたから。ところがこの町へきてみたら（両手がいきなり高くはねあがる）、「ブリッジをやるものさえいないんですからな！《オン・ヌ・プー・メム・パ・フェール・アン・ブリッジ》」それから、不当にしいたげられているという思いをますますつのらせたように、「じっさい、ブリッジすら《パ・メム・アン・ト》やろうとしないんですから《ウ・プティ・ブリッジ》」とつけくわえる（注記――〝アン・ブリッジ〟と、〝アン・トゥ・プティ・ブリッジ〟とは、どうちがうのだろう。どちらもおなじく四人のプレイヤーを必要とすると思うのだが）。

三十分が過ぎるが、なおも政治情勢や、カーミシュリーにおける生活の快適さ（もしくはそれの欠如）についての談話がつづく。

「それでもここでは美しい建物をつくりますな《メ・トゥ・ド・メム・オン・フェ・デ・ベル・コンストリュクシオン》」そう彼は認める。どうやら彼自身もそういった新築の建物に住んでいるらしい。電灯もつかないし、衛生設備もない、他のいかなる文明の利器とも縁がない。しかし、すくなくともそれは〝コンストリュクシオン〟である。「石造りの建物ですよ《ユヌ・コンストリュクシオン・アン・ピエール》、わかりますね《ヴー・コンプルネ》？　マダムもチャガール・バザールへ行く途中でごらんになるでしょう」

必ずや注意してそれを探してみよう、そうわたしは約束する。

つぎに、土地のシークたちのことが話題になる。みんな似たようなものですよ、と支店長はのたまう。「ああいう地主たち《デ・プロプリエテール》――これが完全な素寒貧ぞろいでね《メ・キ・ノン・パ・ル・スー》！」つねに借財を背負っているのだとか。

会話のあいまあいまに、出納係が支店長室に出入りして、五組か六組もの書類を持ちこんでくる。マックスはそのつどそれに署名し、〝プール・レ・タンブル〟六十サンチーム、などといった少額の金子を支払う。

コーヒーが運ばれてき、やがて四十分後に、小柄な出納係が残る三組の書類を持ってあらわれ、「あと印紙代として二フラン四十五サンチーム、お願いします《エ・ドゥ・フラン・カラーントサン・サンチーム・プール・レ・タンブル・シル・ヴー・プレ》」と、最後の要求をしたあげくに、これでいっさいの儀式は完了したから、じきに現金をお渡しできるだろう、とほのめかす。「つまり、もしわたしどもの手もとにそれだけの現金があればですが《セ・タ・ディール・シ・ヌー・ザヴォン・ド・ラルジャン・イシ》！」

マックスは冷ややかに指摘する。きょう小切手を現金化したいということは、もう一週間も前から知らせておいたはずだが。

出納係はにこにこしながら肩をすくめる。「ははあ、なるほど。では見てまいりましょう！」さいわい、万事は円滑に運び、まもなく現金が到着し、レ・タンブルが貼付され、わたしたちは引き揚げられるまでになる。行内のベンチには、いまなおおなじ顔ぶれがすわって、ぼんやりと宙を見あげ、唾を吐いている。

わたしたちはハロッズにひきかえす。クルド人の給水係がわたしたちを待っている。彼の報告によると、ミシェルの馬というのは——さよう、あんなのは馬とは呼べませんですよ！　ぜんぜん馬とは呼べません。あれはばあさんです。そう、それですよ、ばあさん！　まあミシェルの〝エコノミーア〟とは、およそこんなものだ。マックスも自らその馬を検分にゆき、わたしはふたたび現金箱の奥の椅子にもどる。

ムッシュー・ヤンナコス・ジュニアが、たどたどしい会話でわたしをもてなす。話題は最近の世界情勢だ。「あなたがたの王様《ヴォトル・ロワ》」彼は言う。「あなたがたの王様《ヴォトル・ロワ》――あなた《ヴー・ザ》がたは新しい王様を持ちます《ヴェ・アン・ヌーヴォー・ロワ》」たしかにわが国では王様が変わった、とわたしも認める。

ムッシュー・ヤンナコス・ジュニアは、彼の言語能力を超える思いを伝えようと、苦心惨憺する。「イギリスの王様《ル・ロワ・ダングルテール》！　偉い王様《グラン・ロワ》――世界でいちばん偉い王様《プリュ・グラン・ロワ・ダン・トウ・モンド》――いなくなる《ア》ね《レ》――こんなふうに《コム・サ》！」彼は雄弁な身ぶりをする。「たったひとりの女性のために《プール・ユヌ・ファム》！」これは彼の理解を絶している。「たったひとりの女性のために《プール・ユヌ・ファム》！」そう、こんなことはとても信じられない。イギリスでは、これほど強く女性に執着する、これほどはなはだしくのめりこむ、ということがありうるのか？　「世界でいちばん偉い王様《ル・プリュ・グラン・ロワ・オ・モンド》が」畏怖に打たれた調子で、彼はくりかえす。

マックスとクルド人とミシェルとがもどってくる。せっかく見つけた馬を信任投票で否決されて、一時はミシェルも落ちこんでいるが、いまは平静をとりもどす。男たちはこれから驢馬を買いつける交渉にゆこうとしている。ミシェルが小声で、驢馬はおそろしく高くつくのに、とぼやく。驢馬はいつだって貴重だ、とクルド人がやりかえす。クルド人とミシェルとは、連れだってある男を探しにゆく。その男のまたいとこの夫にあたる人物が、売ってもよいという驢馬の持ち主を知っているのだとか。

と、だしぬけに、わが家のハウスボーイ、マンスールが姿をあらわす。彼は顔じゅうで笑いながらわたしを歓迎し、温かくわたしの手を握る。彼はすこし知恵が足りないので、食卓をととのえることを教えこむだけでも、去年一シーズンをまるまる費やした。それでもまだときおり、お茶のときにとつぜんフォークを持ちだしてきたりする傾向がある。さらにベッドメーキングともなると、彼の精神能力を最大限に圧迫する。動作はのろく、根気づよく、彼のすることのすべては、どうにか犬に教えこむことに成功した芸当、といった趣がある。

お手数だが、これから彼の母親の家へきて（その母親とは、たまたまわたしたちの洗濯女でもあるのだが）、集めたアンティーカを見てもらえないだろうか。

わたしたちは出かけてゆく。部屋はせいいっぱい磨きたて、飾りたてられている。二時間のあいだにこれで三度、わたしはコーヒーのふるまいにあずかる。アンティーカとやらが持ちだされてくる。小さなローマ時代のガラス瓶がいくつか、ガラスと土器の破片、半端なコイン、そしてまったくのがらくたがどっさり。マックスは全体をふたつに分けたうえ、いっぽうはそのまま押しもどし、もういっぽうにだけ値をつける。そこへひとりの女がはいってくる。明らかに利害関係のある第三者らしいが、見たところ、この売買が成立するのと、彼女が双子を産むのとではどちらが早いか、かなり疑問の余地がありそうだ。体つきから見ると、ひょっとして五つ子かもしれない。マンスールの通訳するのにじっと耳を傾けてから、いかにも残念そうに首をふる。

わたしたちはその家を出て、トラックにもどる。驢馬の買い付け交渉が始まっているので、こちらは水を入れる樽を見にゆく。それを荷車に積み、驢馬にひかせようというのである。行ってみると、またしてもミシェルがトラブルに陥っている。樽を買うのに、寸法を無視していたずらに大きなのを注文したため、それが荷車におさまらないのだ。だいいちこんなのをひかされては、馬だって驢馬だってたまったものではあるまい。

「ですがねえ」と、ミシェルは哀れっぽく訴える。「小さな樽ふたつよりも、大きな樽ひとつのほうが、よっぽどエコノミーアですよ。水だってたくさんはいるし！」そこでミシェルは言い聞かされる。おまえはとんでもないばかだ。今後はどんなことであれ指示されたとおりにやるべし。ミシェルはなおも期するところありげにつぶやく。「サウィ・プローバ？」しかしこの期待もたちまち押しつぶされる。

つぎにわたしたちはシークに会う。毎度おなじみのあのシークだが、ヘンナで染めたもじゃもじゃのひげをなびかせた姿は、ますますもってヘンリー八世に似てきた感じだ。

いつものように白い寛衣をまとい、頭にはエメラルド・グリーンのターバンを巻いている。ことのほか上機嫌なのは、近くバグダッドを訪れる計画があるからだろうが、むろん、パスポートがおりるまでには、例によって何週間もかかるだろう。「ブラザー」と、シークはマックスに呼びかける。「わしのものはなんでもあんたのものですじゃ。あんたのために、今年はぜんぜん種を蒔かなんだから、あの土地は隅から隅まであんたの自由になりますぞ」

わたしの夫は答える。「うれしいことに、そういうあなたの高潔さこそ、あなた自身の利益になって返ってくるのですよ。今年の作物は不作です。今年、種を蒔いたひとは、そのぶん損をするでしょう。あなたの先見の明にお祝いを申しあげなくては」

かくして双方の面目が保たれたところで、ふたりは和気あいあいのうちに別れる。わたしたちは〈ブルー・メリー〉に乗りこむ。ミシェルが馬鈴薯とオレンジの袋をどさりとわたしの帽子箱の上に投げだし、箱を完全にぺしゃんこにする。鶏たちがけたたましく騒ぐ。数人のアラブ人とクルド人とが便乗を懇請し、ふたりだけが許される。ふたりは鶏と馬鈴薯と手荷物とのあいだにもぐりこみ、一行はいよいよチャガール・バザールめざして出発する。

第七章　チャガール・バザールでの生活

〈わたしたちの家〉をまのあたりにして、わたしは途方もない興奮に襲われる。ドームを冠せられて、そこにそびえたっているそれは、さながら尊い聖者に献呈された霊廟かなにかのようだ。

マックスが言うには、シークはことのほかこれがご自慢だとか。たびたび友達を連れてきては、周囲をまわりながら目を細めて建物を鑑賞しているので、マックスはつい、シークが他人にはこれが自分のものだ、わたしたちにはただ貸しているだけだと嘘をつき、それをネタに早くも金儲けに励んでいるのではないか、と邪推したくなるそうな。

ミシェルのいつもの乱暴なブレーキ操作（フォルカ！）とともに、〈メリー〉が家の前に横づけになると、だれもがわたしたちを迎えにとびだしてくる。なつかしい顔、新しい顔がいくつも並んでいる。

コックのディミートリは去年からの留任だ。彼の長い、穏やかな顔には、明らかに母性的なものがうかがえる。花模様のモスリンの長ズボンをはき、満面に笑みをたたえている。わたしの手をとって、ひたいに押しあて、それから誇らしげに、四匹の生まれたばかりの子犬がはいっている木箱を見せる。いまにこの子たちがわが隊の番犬になる、そう彼は言う。ボーイのアリも、やはり去年からの顔ぶれである。今年はどことなく威張っているふうなのは、コックの下働きとして、もうひとり少年が雇われたからだろう。新顔のボーイの名は、フェルヒード。フェルヒードについては、あまり語ることもない。特徴といえば、なんとなく気がかりそうな顔をしていることぐらいだが、これはマックスに言わせると、フェルヒードの慢性的な症状なのだそうだ。

もうひとり、新しいハウスボーイもいる。スーブリといって、長身で、気性が激しく、とびぬけて聡明そうな顔だちをしている。このスーブリがにやっと笑うと、白と金色とがにぎにぎしく入りまじった歯がのぞく。

大佐とバンプスとは、わたしたちのためにお茶を用意させてくれている。大佐は何事も軍隊式のきちょうめんさで処理する。すでに、作業員たちを鍛えなおして、バクシーシの時間には、軍隊式にぴしっと整列するという新しい習慣を植えつけている。ただし男たちのほうではこれを、おおいなるジョークの一種と見なしているが。さらに大佐は、整理整頓のために多くの時間を費やす。マックスがカーミシュリーへ出かける日こそ、大佐にとっては大きなチャンスだ。彼が誇らしげに語るところによると、いまや宿舎は新築同様、隅々まで整理整頓が行きとどいているという。あるべき場所が定まっているものは、すべてその本来の場所にあり、あるべき場所のなかった多くのものは、いまやその場所を与えられた！　あまりにそれが徹底しているので、きっとそのうちに、そこから新たな不都合が持ちあがってくるだろうと思わされる。

バンプスは新任の建築技師である。〝こぶ《バンプス》〟という渾名は、イギリスからの旅の途中、大佐にむかって発した無邪気きわまる発言から生まれた。明けがた、列車がニシビーンに近づくころ、バンプスは車窓のブラインドをあげ、今後、生涯の数カ月間を過ごすことになるはずの土地を、感慨ぶかげに見わたした。

「変わった土地だなあ。いたるところこぶだらけだ！」と、彼は所感を述べる。

「こぶか、これはしたり！」と、大佐は声をあげる。「不敬なやつだ。知らんのかね、きみは？　これらの〝こぶ〟のひとつひとつに、何千年前にもさかのぼる古代都市が埋もれているんだぞ」

という次第で、このとき以降、バンプスというのがわたしたちの新しい同僚の呼び名となる。

ほかにもわたしの対面すべき新顔がいくつか待っている。その第一は、中古のシトロエンで、大佐はこれに〈ポワルー〉と命名している（〝ポワルー〟は第一次大戦でフランス兵を呼んだ渾名。なお〝ポワルー〟は英語読みで、フランス語では〝ポワリュ〟）。

〈ポワルー〉は、すこぶる気まぐれな紳士であることを証明する。どういう理由でか、彼はつねにその不品行を働く相手として、大佐を選びたがる。たとえば、頑としてスタートしようとしないとか、でなければ、およそ不都合な地点でエンコしてしまうとか。

この謎にたいする解答が、徐々にわたしの頭に浮かびあがってくる。そこで、これはすべてあなたのせいよ、と大佐に説明して聞かせる。

「どういう意味だね、わたしのせいだとは？」

「〈ポワルー〉なんて名づけたのがまちがいのもとなのよ。なにしろ隊のトラックのほうは、はじめのうち〈クイーン・メリー〉だったんだから、すくなくともこのシトロエンは、〈エンプレス・ジョゼフィーヌ〉とでもすればよかったんだわ。そうすれば、こんなごたごたに悩まされることはなかったでしょうに」

大佐はご存じのように規律一点張りのひとだから、いずれにしても、もはや遅すぎると答える。〈ポワルー〉は〈ポワルー〉であり、今後とも彼には行儀よくふるまってもらわねばならぬ。そう聞いて、横目で〈ポワルー〉を見やると、なんとなくとりすました態度で大佐を見ているようだ。わたしは確信するが、〈ポワルー〉はいま、軍におけるもっとも由々しい犯罪——すなわち〝反乱〟をたくらんでいるのにちがいない！

つぎに、現場監督たちがわたしを迎えに駆け寄ってくる。ヤーヤは、以前にもましてしあわせな大型犬のように見える。アラウィは例によってすばらしくハンサムに見えるし、老アーブド・エス・サラームは、あいかわらず多弁だ。

わたしはマックスに、アーブド・エス・サラームの便秘についてたずねる。するとマックスの答えていわく——夜はほとんど毎晩、その問題を徹底的に論じあうことにあてられている、と。

つづいてわたしたちはアンティーカ・ルームへ行く。ちょうど最初の十日間の作業が一区切りついたところだが、そのかんにほとんど百個近い粘土板文書が発見されたため、だれもがひどく浮きうきしている。あと一週間もしたら、チャガール・バザールとあわせて、テル・ブラークの発掘をも始めることになるだろう。

こうしてチャガールの家へもどってきてみると、なんだか一度もここを離れたことがなかったような気がする。もっとも、整理整頓にたいする大佐の情熱のおかげで、わたしの知っていたときよりも、はるかにこざっぱりとして見えるが。と言えば、話はどうしてもカマンベールチーズをめぐる悲惨な顚末へと結びつく。

アレッポでマックスが六個のカマンベールチーズを購入した。彼は考えちがいをしていて、カマンベールも普通のダッチチーズ同様、いざ食べるときがくるまでは、貯蔵しておけると思いこんだらしい。一個はわたしの到着するまでに食べられ、残りの五個は、いつものように部屋の整頓をしていた大佐によって、居間の食器戸棚の奥にきちんと積みあげられた。その後、たちまちその上には、製図用紙やタイプ用紙、煙草、ターキッシュ・ディライト（トルコぎゅうひ。砂糖をまぶしたゼリー状の菓子）、などが積み重なり、闇に埋もれたチーズは、ひとしれず齢を重ねていった――だれにも思いだされず、だれの目にもとまらぬまま。だがやんぬるかな、だれにもにおいを嗅ぎつけられず、とはいかなかった。

二週間ほどたつと、全員が鼻をひくひくさせ、めいめい勝手な臆測を並べだす。

「ここには下水なんてないってことを知らなければ、てっきり――」と、マックス。

「それに、いちばん近いガス管までても、二百マイルは離れてるし――」

「だからきっと、鼠の死骸にちがいないと思うんだ」

「すくなくとも一匹は死んでるな！」

屋内で生活することは堪えがたいまでになり、仮想上の腐爛しつつある鼠の死骸をもとめて、徹底的な捜索が行なわれる。するとそこで、はじめてそこで、かつては五個のカマンベールチーズだったねばねばの、悪臭芬々《ふんぷん》たるかたまりが発見されるのだ。それはすでにどろどろの段階を通り越し、かぎりなく流動体に近い状態になっている。

非難がましい視線が大佐に集まり、そのおぞましい残骸はマンスールにゆだねられて、家からできるだけ遠い地点で厳粛に埋葬されることになる。マックスは感情をこめて大佐に言う。これは自分のかねてから気づいていたこと——整理整頓とは、すこぶる誤った理念であるという事実、それを裏づけるものにほかならぬ、と。大佐も負けじと切りかえして、チーズをかたづけるという考え自体は、けっして誤ってはいなかった、責任は、家のなかにカマンベールチーズがあるということすら覚えていられない、うっかりものぞろいの考古学者たちにある。そこでわたしも口を出す。そもそもほんとうのまちがいは、熟成したカマンベールチーズをまとめ買いして、今年の発掘シーズンのあいだ、貯蔵しておこうとしたことにある。バンプスはバンプスで、いずれにしろなんでカマンベールチーズなんてものを買うのか、と言いだす。ぼくはあんなもの、むかしから大嫌いだ！　マンスールは命じられたとおり、その忌まわしい残骸を持ち去り、埋めてくるが、内心では例によってとまどっている。たぶんハワージャはこういうものが好きなんだろう。そのために大枚の金を支払っているくらいだから。だったらなぜ処分するのか。以前よりもこれらの美質がいっそうきわだってきたいまになって？　なににつけても型破りなのが、わが雇い主たちの流儀だが、これこそは明らかにその最たるものだ！

ハーブル河における使用人問題は、イギリスにおけるそれとはいちじるしく異なっている。ここではむしろ使用人たちのほうが、雇い主問題をかかえていると言ってもいい。わたしたちなりの思いつき、偏見、好き嫌い、すべてがまったくとっぴであり、彼ら現地人たちの目には、いかなる論理的なパターンをも踏んでいないように見えるのだ。たとえば、それぞれ色ちがいのふちのついた、すこしずつ地質の異なるさまざまな布が渡され、それぞれ異なる目的のために使えと申しわたされる。なんでそんなにややこしいことをするのだろう？

いったいなぜ、マンスールがブルーのふちのついた布巾を使って、車のラジエーターの泥をふきとったりすると、かんかんに怒ったハートゥーンが家からあらわれ、頭ごなしに非難を浴びせるのだろうか。いちばんきれいに泥が拭えるのがこの布なのに。それからまた、ハートゥーンがたまたま調理場へきて、朝食で使った皿が洗われ、シーツでふかれている現場を発見したからといって、なぜかくも不相応な剣突を食わされるのだろうか。

「でも」と、マンスールは自己の行為を弁護しようと、躍起になって反論する。「べつに洗いたてのシーツを使ってるわけじゃないですよ。汚れたのを使ってるんです！」

不可解にも、これはますます問題を面倒にするだけのようだ。

おなじように、食卓用ナイフ類という文明の発明品も、苦労の多いハウスボーイにとっては、絶えざる頭痛の種となる。

一度ならずわたしは、ひらいた部屋の戸口に立って、マンスールが昼食のために食卓をととのえるという難問に、勇を鼓して立ち向かってゆくのを見まもったことがある。まず最初に、彼はテーブルクロスをひろげる。ひどく真剣にあっちを向け、こっちを向けしたあげくに、どちら向きのほうが芸術的に満足すべき効果をあげているかと、数歩さがって、その結果を確かめる。

彼が絶対的に好感を示すのは、きまってクロスの長いほうがテーブルを横切るかたちで置かれている場合だから、したがって、テーブルの両側にはたっぷりと布がたれさがり、逆の向き、つまりテーブルの首座と末座には、一インチか二インチ、むきだしの木がのぞいているという結果になる。よし、とばかりにひとつうなずくと、つづいて彼は、ひたいに皺を寄せながら、いくらか虫の食った平たいかごをのぞきこむ。このかごはベイルートで安く購入したもので、各種のナイフ、フォーク類がこれに入れてある。

さて、いよいよ難問ちゅうの難問だ。慎重に、ことごとに頭を悩ませているようすを動作の端々に示しながら、マンスールは、カップと受け皿一組ごとに一本のフォークをその上に置いてゆき、つづいてナイフを一本ずつ、それぞれの皿の左側に並べる。それからまた後ろにさがって、首をいっぽうにかしげ、出来栄えを確認する。彼は首をふり、溜め息をつく。なにかが彼に、この配置がまちがっていると教えているらしい。さらに、なにかが彼にこうささやいているようでもある。たとえシーズンの終わりまでかかっても、おまえはぜったいにこの三位一体のおもちゃ——ナイフ、フォーク、スプーンの、さまざまな組み合わせの背後にある原則はマスターしきれないだろう。いちばん簡単な食事であるお茶のときですら、たった一本のフォークの置き場所が、おまえのやりかたでは気に入ってもらえないのだから。なんらかのはかりしれない理由から、ハートゥーンたちはきまってナイフを要求する。わざわざナイフで切る必要のある食べ物など、どこにも出ているわけではないのに！　まったく意味をなさない。

深い溜め息をつきつき、マンスールはその複雑な作業をつづける。きょうは、すくなくとも、みんなを喜ばせようという意欲だけはじゅうぶんだ。彼はまた出来栄えをながめ、つぎに、それぞれの皿の右側にフォークを二本、席ひとつおきにスプーンまたはナイフを加えてゆく。ほうっと吐息をつきながら、定められた位置に皿を並べてゆき、なにか目に見えぬごみでもないかと、かがみこんで、勢いよく息を吹きかける。それからやっと、途方もない精神的重圧によろめきつつ部屋を出ると、コックに食卓の用意ができたから、オムレツをオーブンから出してもよい、と告げにゆく。オムレツは過去二十分間、冷めないようにそこにとどめおかれ、いまやこんがりと焼きが入れられて、革のようにかたくなっている。

ここでいよいよボーイのフェルヒードが、わたしたちを呼びにやらされる。彼はいかにも気がかりそうな顔であらわれる。なにか重大な破局でも告げにきたみたいだから、彼の用事がたんに、食事の支度ができたことを告げるだけだとわかると、思わずほっとするくらいだ。

今夜の献立は、ディミートリが最高級と見なすあらゆるごちそうの総ざらえだ。最初はオードブルから始まる。濃厚なマヨネーズをたっぷり塗った固茹で卵、サーディン、冷たい莢豌豆《さやえんどう》、アンチョビー。つぎにディミートリの特別料理――マトンの肩(?)肉に、米やレーズン、スパイスなどを詰めこんだもの。これはすこぶる謎めいたしろものである。木綿糸でかがった長い傷口があり、それをまず切開しなくてはならない。切開してしまえば、詰め物はいくらでも自由に手にはいるが、肉そのものにはいっこうにお目にかかれない。ところがコースの終わりごろになって、だれかがなにげなく継ぎ目をひっくりかえすと、とつぜんマトンが顔を見せる！　この料理のあとは、缶詰めの洋梨が出る。というのも、ディミートリの知っている唯一のデザート菓子は、つくるのを禁じられているからだ。わたしたちがみんなそれを嫌っているためで、その名は――キャラメル・カスタード。甘いもののあと、大佐が誇らしげに、自分がディミートリに食後の口直しをひとつ教えてやった、とのたまう。

皿がまわされる。それにのっているのは、たっぷりと熱い脂にまみれた細切りのアラブのパン。かすかにチーズの味がする。これではあまり口直しにはならない、と全員が異口同音に大佐に言う。

つぎに、ターキッシュ・ディライトや、ダマスカスで買ってきたおいしい果物の砂糖漬けがテーブルに置かれる。と、それを見はからったように、シークが夜の表敬訪問と称して、姿を見せる。わたしたちがチャガールを発掘すると決めたことで、シークの立場はがらりと変わった。絶望的な破産状態から、いつ黄金の雨が降ってくるかもしれない、にわか分限者となったのだ。現場監督たちのうわさによると、シークはこの立場を背景に、新たにイェジッド族の美しい花嫁を迎えたうえ、さらに信用が増した結果として、借財の額をも飛躍的にふやしたとのことだ。ともあれいまは、ことのほかご機嫌である。いつものことだが、わたしたちのところへくるのに完全武装であらわれ、無造作に肩からはずしたライフルを部屋の隅へほうりだすと、先ごろ手に入れたばかりの自動拳銃の長所を滔々とまくしたてる。

「ほら」そう言いながら彼は、銃口をまっすぐに大佐に向ける。「メカニズムはこんなふうに簡単で、すこぶるよくできておる。指をこう引き金にかけて――な？――すると、つぎからつぎへ弾がとびだしてくるという仕掛けじゃ」

大佐がひきつった声で、そのピストルは装塡されているのかとたずねる。むろん装塡されておるとも、とシークはいかにも心外そうに答える。装塡されてないピストルが、いったいなんの役に立つのかね？

大佐はもとより元軍人として、装塡された銃器を向けられれば相応の恐怖感を持つのは当然だから、急いで席を変える。いっぽうマックスは、その新しいおもちゃからシークの気をそらそうと、彼にターキッシュ・ディライトをすすめる。シークは大口をあけてほおばり、満足げに指をなめながら、満面に笑みをたたえてわたしたちを見まわす。

わたしが《タイムズ》紙のクロスワードパズルに取り組んでいるのを認めると、シークは言う。「ほほう、あんたのハートゥーンは字を読みなさるのか。書くこともおできかな？」

それもできる、とマックスが言う。

「ふむ、博学なハートゥーンじゃて」と、シークは感嘆のてい。「おまけに、女どもに薬も与えとられるんじゃろう？　そういうことなら、いつか晩にでも妻たちをここへこさせて、日ごろ悩まされておる病気のことなど相談させるのもいいかもしれんな」

マックスは答えて、シークの妻たちの訪問はおおいに歓迎するけれども、あいにくわがハートゥーンは、あまりアラビア語を解さない、と言う。

「なに、なんとかなるさ――なんとかなる」シークは快活に言ってのける。

マックスは、シークのバグダッド行きの予定はどうなったかとたずねる。

「まだ決まらんのじゃよ」シークは言う。「いろいろと面倒があってな――形式的なことだが」

わたしたちは申しあわせたように、その面倒とは財政上のことではないかという、うがった観測をする。なんでもうわさによれば、シークはすでに、村の作業員たちからリベートとして巻きあげた手間賃の上前のみならず、わたしたちから受け取った補償金まで、すっかり使い果たしてしまったとか。

「〈エル・バロン〉の時代には……」と、シークが言いかける。

けれども、金貨による前払い金のことが話題になる寸前に、マックスがすかさずその機先を制して、すでにシークの受け取った六十シリア・ポンドにたいする正式な領収書、それはどうなっているかとたずねる。「政府がそれを要求すると思うんでね」

すぐさまシークは、あわよくばここでお金をせびろうという考えを放棄し、じつは親しい友人で、身内でもある男をひとり、外に待たせてあるのだが、と言いだす。目を悪くしているので、すまないが外で見てやってもらえないだろうか。

わたしたちは外の闇のなかへ出てゆき、懐中電灯の助けを借りて、その男の目を見る。とうていわたしたちの手には負えないことは明らかだ。目というより、見るもむごたらしいぐちゃぐちゃのかたまり。こういうのは医者に見せなくてはいけない、とマックスが言い、それもなるべく早く、とつけくわえる。

シークはうなずく。友人は近くアレッポへ行く予定だが、彼のためにドクター・アルトゥニアン宛ての紹介状を書いてもらえないだろうか。マックスは承諾し、すぐその場で書きはじめながら、目をあげてたずねる。「あの男はあなたの身内だと言ったね？」

「いかにも」

「で、名は？」なおも書きすすめながらマックスは訊く。

「名かね？」いくらか虚を衝かれたようにシークは言う。「さて、知らんな。訊いてこよう」

シークはもう一度、夜の闇のなかへ出てゆく。やがてもどってきて言うことには、身内の男の名は、ムハンマド・ハッサンである、と。

「ムハンマド・ハッサンね」マックスがそう言いながら、それを書きしるす。

「いや、待てよ。あんたが訊いてなさるのは、彼のパスポートの名かね？　パスポートの名なら、ダーウード・スーリマンだが」シークが言う。

マックスはいぶかしげに顔をあげ、あの男のほんとうの名は、なんなのだとたずねる。

「なんとでも好きなように呼んでくれればいいんじゃよ」シークはおおまかに言う。

紹介状が渡されると、シークはふたたび戦争にでも出かけるような身支度をととのえ、わたしたち全員に神の恩寵があるようにと祈ってから、なにやらいわくありげな連れの男とともに、闇のかなたへと去ってゆく。

大佐とバンプスとが、退位されたエドワード八世とシンプソン夫人のことを論じはじめる。ここから話題は婚姻関係全般に関する問題へと移り、それがさらにどういうつながりからか、ごく自然に自殺という話題へと移ってゆく。

ここにおいて、わたしは座をはずし、寝室にひきとる。

けさは強い風が吹いている。風は時とともにますます強くなり、昼ごろには、事実上の砂嵐と化している。トピーをかぶって墳丘をのぼってきたバンプスは、吹き荒れる風のために帽子の扱いに苦慮しているが、そのうちついに、帽子の紐が喉にからまってしまう。いつも義侠心を発揮するミシェルが、さっそく救援に駆けつける。

「フォルカ！」そう言ってミシェルは、力まかせに紐をひっぱる。

じわじわと喉を絞めあげられて、バンプスの顔が紫色に変わる。

「ボクゥ・フォルカ！」ミシェルが陽気に言い、ますます強くひっぱる。とうとうバンプスの顔はどすぐろくなるが、あやういところで、やっと窒息から救われる。

作業を終えたあと、血の気の多いアラウィと大工のセルキースとのあいだに、激しい口論が持ちあがる。例によって、この争いもこれという理由もなく始まるが、それがいつしか流血沙汰寸前にまで発展する。

マックスは否応なしに、彼の自らいうところの〝プレップスクール式ご講義〟を始めざるを得なくなる。このところぼくは、日ごとに校長がはまり役になっていくみたいだ、そう彼はぼやく。なにやらえらそうに、へどの出るような道徳的なお説教が、すらすら口から出てくるんだから！

じっさい、マックスの長広舌はなかなかの聴きものだ。

「おまえたちは、わたしやハワージャ大佐が、あるいは〈柱〉のハワージャが、いつもひとつの考えにまとまってるとでも思うのか？」そう彼は詰め寄る。「わたしたちがけっして仲たがいしないとでも思うのか？　それでもわたしたちは、声を荒らげたり、どなったり、ナイフを抜いたりするかね？　いいか、わたしたちはな、そういうことをぐっと我慢して、ロンドンへ帰るまでは、何事もなかったことにしてるんだ！　ここでは、仕事がすべてに優先するからだ！　いつだって仕事が先なんだ！　わたしたちは自制心を働かせてるんだ!」

アラウィもセルキースもいたく感じ入り、争いは丸くおさまる。そしてふたりのおたがい同士にたいする心温まる丁重さは、どちらが先にドアを通るかというところにまで及び、それは、はたから見てもまことに感動的な光景となる。

隊では自転車が一台、購入される。おそろしく安い日本製の自転車で、これがボーイのアリの自慢の専用車となる。彼はこれで週に二日、カーミシュリーの町へ行き、郵便物をとってくることになる。

早朝、彼はすっかりもったいぶって、大得意で出かけてゆき、お茶の時間ごろに帰ってくる。

ずいぶん遠い道のりではないか、とわたしはあやぶむようにマックスに言う。カーミシュリーまでは四十キロ離れている。頭のなかでざっと換算してみてから、「約二十五マイルよ。おまけに帰りがまた二十五マイル」そうわたしはつぶやき、それから、いまさらのように狼狽してつけくわえる。「あの子にはとても行けっこないわ。遠すぎるわよ」

だがマックスは(冷淡に、とわたしには思える口調で)言う。「へええ、ぼくはそうは思わないがな」

「きっとへとへとになってるわよ」そう言って、わたしは部屋を出、過労でへたばっているはずのアリを探しにゆく。彼の姿はどこにも見えない。

何度も質問をくりかえしたあげくに、ディミートリはやっと、わたしの言っていることを理解する。

「アリですかい？　アリならもう三十分も前にカーミシュリーから帰ってきましたよ。いまどこにいるかって？　また自転車で八キロ先のジェルマイールへ行きました。そこに友達がいるんだそうで」

アリの身を慮ってのわたしの懸念には、これでいきなり冷水が浴びせられる。とりわけ、夕食時間になって、彼が疲労の影も見えない血色のいい顔を輝かせ、給仕の手伝いにあらわれたときには。

マックスが冷やかし顔で、謎めかした言葉をささやきかける。「スイス・ミスを覚えてるかい？」

わたしはスイス・ミスと彼女の生涯について考えはじめる。

スイス・ミスは、わたしたちがモースルに近いアルパチーヤでの最初の発掘のさいに飼っていた、五匹の雑種の子犬の一匹である。五匹はそれぞれ、ウーリー・ボーイ、ブージー、ホワイトファング、トムボーイ、そしてスイス・ミスという名前を享受（もしくは不本意ながら黙従）していた。このうちブージーは、クレーチャーの過食のために幼くして死んだ。クレーチャーとは、この地方のキリスト教徒の分派がイースターに食べるペーストリーの一種で、とくべつにしつこい。これをキリスト教徒の現場監督たちがわたしたちにもお裾分けしてくれたのだが、それがいささか厄介な結果を生んだ。前にもこれが胃にもたれて困った経験があったし、一度は、無邪気な若い女性のゲストが、お茶のときにこれをおなかいっぱい食べたあげく、ひどい消化不良を起こすという騒ぎがあったから、わたしたちはこっそりお余りをブージーに与えた。なにも知らずに日のあたるところへ這いでてきたブージーは、このこってりしたお菓子をがつがつとたいらげ、そしてあっというまに死んだ。まあいってみれば恍惚死であり、おおいにうらやむべきかもしれない。残った四匹のうち、頭株は衆目の一致するところ、スイス・ミスであった。というのも彼女は、〝ハワージャのお気に入り〟だったからだ。日暮れどき、仕事が終わるころになると、彼女はきまってマックスのところへやってくる。そして彼にせっせと蚤をとってもらう。それが終わると、犬たちはスイス・ミスを先頭に、調理場のそばに列をつくる。そして名前が呼ばれると、順番に進みでて、夕食にありつくのである。

とかくするうち、なにかの冒険にさいしてスイス・ミスは脚を骨折し、ひどく弱って、その脚をひきずりつつ帰ってきた。それでも死にはしなかったが、やがてわたしたちがその土地を離れるときがくると、彼女の運命が重くわたしの心にのしかかってきた。いったんわたしたちの庇護を受けられなくなったら、あのように不自由な体で、どうして生きのびてゆけるだろう。このさいとるべき道はただひとつ、彼女を安楽死させてやることだ、そうわたしは主張した。置き去りにして、餓死させてしまうのでは、あまりにもかわいそうだ。けれどもマックスは、どうしてもこれを聞き入れようとしなかった。いとも楽観的に、スイス・ミスなら心配しなくてもだいじょうぶ、そう太鼓判を押した。そうね、ほかの犬たちなら、なんとか自力でやってゆけるかもしれない、とわたしは言った。でも、スイス・ミスは体が不自由なのよ。

議論は白熱し、双方ともだんだんかっかとしてきた。とうとうマックスが勝って、わたしたちは年老いた庭師の手にいくばくかのお金を握らせ、「犬たちの面倒を見てやってね、とりわけスイス・ミスの」そう言い残して立ち去った。だが、庭師が頼んだとおりにしてくれるとは、たいしてあてにもしていなかったから、それからの二年間、スイス・ミスのことはおりにふれてはわたしを悩ませ、わたしはいつも、あのときもうすこしがんばっていればよかった、と自分を責めるのだった。二年たって、つぎにモースルを通りかかったさい、わたしたちはもとの家を見にいってみた。家は空き家になっていて、どこにも生き物の気配はなかった。わたしはそっとマックスにささやいた。「スイス・ミスはどうしたかしらねえ」

と、ふいに、うなり声が聞こえた。上がり口に一匹の犬がすわっていた。ひどく醜い犬だ(子犬のときでさえ、スイス・ミスはけっしてかわいい犬ではなかった)。その犬はのっそり立ちあがり、わたしはそれが脚をひきずっているのに気づいた。スイス・ミスと呼びかけると、それはかすかに尾をふったが、そうしながらも、喉の奥ではなおもうなり声をたてている。と、そのとき、藪かげから一匹の小さな子犬が走りでてきて、母親に駆け寄った。スイス・ミスは、さだめしハンサムなご亭主を見つけたのに相違ない。というのもその子犬は、世にも愛らしいおちびさんだったからだ。母犬と子犬とは、そろって穏やかにわたしたちを見あげていたが、それでいて、元の飼い主だとほんとうにわかっているわけではないのだった。

「ほら」マックスが勝ち誇ったように言う。「彼女はだいじょうぶだって、ぼくが言ったとおりだろう。じっさい、けっこう肥ってるじゃないか。スイス・ミスには頭がある。だからこそ生きのびてきたんだ。あのとき安楽死させてたら、どれだけすばらしい体験を彼女がしそこなうことになったか、まあ考えてみるがいい！」

そのとき以来、わたしがむやみに感傷的な懸念に溺れはじめると、わたしの不満を静めるために、スイス・ミスという言葉が持ちだされるのである。

結局、驢馬の購入はとりやめになり、かわりに馬が――ほんとうの馬、〝ばあさん〟ではない、真にりっぱな馬、馬のなかの王侯ともいうべき馬が買いつけられる。そしてその馬とともに、どうやらそれとは切っても切れない仲らしい、ひとりのチェルケス人もやってくる。

「すばらしい男です！」ミシェルが興奮のあまりうわずった声で賞賛する。「チェルケス人というのは、馬のことならなんだって知ってますからね。彼らは馬のために生きている。馬のために、あの男がどれだけ親身になり、どれだけ細かく気を配っていることか。馬が安楽に暮らせるように、彼はたえず気を遣ってます。それに、なんて礼儀正しいやつなんでしょう！　丁重そのものの態度ですよ――このあたしにたいして！」

いくら吹聴されても、マックスはたいして心を動かされず、まあその男が多少なりと役に立つかどうかは、いずれ時がたてばわかるだろうと指摘する。やがて本人がわたしたちに紹介される。見るからに陽気な態度、そして長靴。わたしにはロシア・バレエの一幕から抜けでてきた人物を連想させる。

きょうは、マリ（ユーフラテス河中流域の西岸にある古代都市。一九三三年に偶然一個の彫刻を発見したことが契機となり、パロが発掘をつづけた）で発掘ちゅうの、フランスの考古学者が訪ねてくる。隊の建築技師もいっしょにくるが、フランス人の建築家によく見られるように、この人物もどこか下級の〝聖者〟といった趣がある。貧弱な、なんとも形容しがたいあごひげをたくわえ、なにかすすめられたときに、「どうも《メルシ》」と控えめな否定調で答えるだけで、あとは一言も口をきかない。ムッシュー・パロは彼が、胃弱に悩んでいるのだと言う。

ひとしきり話がはずんだあと、彼らは帰途につく。わたしたちが彼らの車を褒めると、ムッシュー・パロは悲しげに、「そう《ウイ》、すばらしい車です《セ・テュヌ・ボン・マシーン》。ただスピードが出すぎるの《メ・エル・ヴァ・トロ・》ですよ《ヴィト》。あまりに速すぎる《ボクウ・トロ・ヴィト》」と言い、さらにつけくわえる。「去年なんか《ラネ・デルニエール》、うちの建築《エ・ラ・テュ》技師をふたりも殺した《エ・ドゥー・ド・メ・ザルシテクト》んですから！」

それから彼らは車に乗りこみ、聖者然とした建築技師がハンドルを握る。と、とつぜん車は六十マイルのスピードで埃を巻きあげて走りだし、路面のくぼみやこぶものかは、クルド人の村のなかを右に左にカーブを切りながら走り去る。一瞬ちらりと、またひとりの建築技師が、非運の先輩たちのあとを追って、車の断固たるスピードの生け贄になるのではないか、そんな懸念が頭をかすめる。あのようすでは、責任がつねに車の側にあるのは明らかだ。けっしてアクセルに足をのせている男の側にはない。

　フランス軍は、目下、大演習をくりひろげている。これは大佐を興奮させる。さっそく彼の尚武《しょうぶ》の精神がめざめたわけだ。ところが、彼の熱心な働きかけは、相手側の将校たちからしごく冷淡に受けとめられる。彼らは疑惑の目で大佐をながめる。

　わたしは大佐に、あなたはスパイだと思われてるのよ、と指摘する。

「スパイ？　このわたしが？」ひどく憤慨して、大佐は詰め寄る。「どうしてそんなふうに思われるんだね？」

「とにかく、どう見てもそう疑ってるみたい」

「わたしは二、三の単純な質問をしただけだ。技術的な興味があるからね。ところが、いたって漠然とした返事しか返ってこない」

　気の毒に、大佐にとってはまことに落胆すべき結果となる。ただ専門的な話をしたかっただけなのに、手きびしくはねつけられたのだから。

　軍の演習はわたしたちの作業員にとっても、まったくべつの意味で心配の種だ。あるいかめしいあごひげの男が、マックスのところへやってくる。

「ハワージャ、軍隊《アスカル》はあたしの商売の邪魔をしますかね？」

「いや、そんなことはないさ。発掘にはまったく干渉しないよ、彼らは」

「いや、仕事のことじゃないんで、ハワージャ。あたしの商売のことなんで」

いったいおまえの商売とはなんなのだ、そうマックスはたずねる。すると男は誇らしげに、煙草の密輸入だと答える。

イラク国境を越えて煙草を密輸入する仕事は、ほとんど精密科学の域にまで達しているらしい。ある日、税関の車がある村へあらわれる——すると、翌日には密輸入者がその村へやってくる……税関はもう一度ひきかえして、再度その村の手入れを行なうということはしないのかね、そうマックスが訊く。すると男は非難がましい顔をして、むろんそんなことはしない、と答える。そんなことをしたら、せっかくの秩序がめちゃくちゃになってしまうではないか。それがないからこそ、作業員たちは百本につき二ペンスという安値で、心ゆくまで煙草をふかすことができるのだ。

マックスは何人かの男に、正確なところここでは生活費がどのくらいかかるのか、とただしてみる。遠くの村からきている男たちは、たいがい袋入りの穀粉をたずさえてくる。これはほぼ十日ほど持つ。村のだれかがその粉でパンを焼いてやるらしい。どうやら自分で自分のパンを焼くというのは、体面にかかわるもののようだから。ときには穀粉のほかに玉ねぎや米を持ってくることもあり、たぶんサワーミルクも村で手にはいるだろう。二、三の経費を除けば、各自の生活費は、週にだいたい二ペンスということになる！

いままたトルコ人の作業員がふたりあらわれて、アスカルのことが心配だとマックスに訴える。

「アスカルのせいで、おれたちが困ったことにはなりませんかね、ハワージャ？」

「なぜ彼らのせいでおまえたちが困ったことになるんだね？」

どうやらトルコ人は、国境のこちら側にいる権利がないらしい。けれども、ピックマンのひとりが彼らを安心させる。「なあに、心配することがあるものか。カフィエ（アラブ人が頭にかぶる四角い布）をかぶればいいんだ」

この地方では、帽子をかぶった男は居心地の悪い思いをしなくてはならない。ことごとに、カフィエをかぶったアラブ人やクルド人から後ろ指をさされ、「トルコ野郎！トルコ野郎！」とあざけられる。不運なことに彼は、ムスターファ・ケマルの命令により、西洋ふうの帽子をかぶらなくてはならないのだ。このあたりでは、〝帽子をかぶった頭には、不安が宿っている〟のである。

今夜、夕食を終えようとしていると、心配顔のフェルヒードがはいってきて、絶望的な声音で告げる。いつものシークが夫人たちをひきつれてやってきて、ハートゥーンの助言を請うている、と。

わたしは少々神経質になる。どうやらこのわたし、医学の心得があるというかなりの評判をとっているらしい。これはまったくの買いかぶりだ。クルド人の女たちなら、平気で各自のちょっとした体の悩みを、マックスを通じて逐一わたしに打ち明けるが、アラブの女たちはもっと慎みぶかく、わたしがひとりでいるときにしか相談にこない。だから、そのあとの場面はおおむねパントマイムとなる。頭痛は容易に見てとれるから、アスピリンを渡す。と、うやうやしく押しいただいて受け取る。眼病や、目の炎症などもやはり見ればわかるが、この場合、硼酸の使いかたを説明するのは、ちょっと厄介だ。

「マイ・ハール（お湯）」と、わたしは言う。

「マイ・ハール」患者がくりかえす。

それからわたしは、硼酸をひとつまみ入れるところを、実地にやってみせる。「ミスル・ハーザ（こんなふうに）」

最後に、目を洗うパントマイム。

すると患者はそれへの返事として、大量の水をがぶがぶ飲むパントマイムを演じる。わたしはかぶりをふる。これは外用薬だから、患部にじかに用いなくてはいけない。患者はやや不満そうだ。それでも、翌日に現場監督が報告して言うのには、アーブー・スレイマーンの妻は、ハートゥーンの薬のおかげでおおいに恩恵を受けた、と。なんでも、その薬で目を洗ったあと、さらにそれを一滴残らず飲み干したとか！

いちばんありふれた身ぶり語は、表情たっぷりにおなかをさすってみせることだ。

これには二通りの意味がある。(a)ひどい消化不良。(b)不妊症の訴え。

第一のケースには、重曹が効験あらたかだが、おなじ重曹が第二のケースにおいても、いささか意外な好評を博する。

「ハートゥーンのくれる例の白い粉、あれが去年のシーズンには奇跡的な働きをしましたよ。いまじゃあたし、ふたりも元気な息子に恵まれました――双子です！」

こうした過去の成功例を思いだしてみながらも、いま前途に控えている試練を思うと、やはりいくらかしりごみしたくなる。マックスが持ち前の楽観主義でわたしを励ましてくれる。かねてシークからは、夫人が眼病をわずらっていると聞かされている。どうせ簡単な硼酸のケースに決まってるよ。

シークの妻たちは、いうまでもなく、村の女たちとは異なり、チャドルをつけている。したがって、小さな空き倉庫に明かりを持ちこみ、そこで患者を診なくてはならない。

わたしが不安をおさえて診察室へ行こうとすると、大佐とバンプスとが二、三の卑猥な冗談を言い、わたしの懸念を最大限にかきたててくれる。

外に出てみると、闇のなかに二十人近いひとがかたまっている。シークは陽気な吠えるような声でマックスを歓迎し、ひとりの背の高い、チャドルをつけた人影のほうへ手をふってみせる。

わたしは型どおりの挨拶を述べ、先に立って小さな倉庫へはいってゆく。つづいてぞろぞろとはいってきたのは、ひとりだけではなく、五人もの女だ。そろってひどく興奮していて、声高に笑ったり、しゃべったりしている。

わたしたちの後ろでドアがとざされる。マックスとシークとはドアの外に残って、万一必要な場合には、通訳をしようと待ち構えている。

わたしはあまりにも大勢の女たちにかこまれて、少々あがってしまう。この女たちが、いいぜんぶシークの夫人なのだろうか？　全員が医学的な助言を必要としているのだろうか？

チャドルがとられる。ひとりはまだ若く、背がすらりとして、非常に美しい。たぶんこれが、土地の賃貸料の前払い金でシークが新たに手に入れたという、イェジッド族の花嫁だろう。第一夫人は、はるかに年長で、見た目は四十五歳ぐらいだが、実際は三十ぐらいかもしれない。女たちはみんな宝石を身につけ、クルドふうの華やかで堂々とした容姿だ。

第一夫人が自分の目をゆびさし、顔面をぎゅっとつかんでみせる。悲しいかな、硼酸ですむ症状ではない。目の炎症から、ある種の悪性の敗血症をひきおこしているようだ。わたしは声を高めてマックスに呼びかける。これは敗血症よ。すぐにデール・エズ・ゾールかアレッポのお医者、あるいは病院へ連れていかなくちゃ。そこで適切な注射をしてくれるでしょうから。

マックスがこれをシークに伝えると、シークはその診断におおいに感銘を受けたようすだ。まもなく、マックスが叫びかえしてくる——

「きみのご明察に感嘆久しゅうしてるよ。いまとそっくりおなじことを、すでにバグダッドの医者からも聞かされてるらしい。その医者も、〝注射《デ・ピキュール》〟をしなくちゃいかんと言ったそうだ。おなじことをいまきみからも言われたんで、これから真剣にそれを考慮するとさ。そのうちきっと妻をアレッポへ連れてゆくつもりだ、そう言ってる」

どうせ連れてゆくなら、なるべく早いほうがいい、とわたしは言う。

ではこの夏にでも、でなければせめて秋までには、そうシークは答える。なにもそう急ぐことはあるまい。すべてはアッラーの神の思し召し次第だから。

第二夫人以下の夫人たちだかなんだかは、みんなわたしの周囲に群がって、うっとりしたように衣類にさわってみては、がやがや騒ぎたてている。わたしは患者に痛みどめとしてアスピリンを渡し、お湯で洗眼、うんぬんの処置を教える。しかるに彼女は、自分自身の容態よりも、わたしの外見のほうにはるかに興味をひかれている。わたしは一同にターキッシュ・ディライトをすすめ、わたしたちはみんなして笑ったり、ほほえんだり、たがいの衣服を軽くたたいてみたりする。

それからやっと、未練たっぷりに、夫人たちはチャドルをつけなおし、連れだって出てゆく。わたしはみじめに打ちひしがれた気分で居間へもどる。

シークはほんとうにどこかの病院へ奥さんを連れてゆくと思うか、そうマックスにたずねてみると、たぶん連れてはゆくまい、そうマックスは答える。

きょう、ミシェルがみんなの洗濯物を持ってカーミシュリーへ出かけるので、ついでに山ほどの買い物も頼む。ミシェルは読み書きこそできないが、買う品目を忘れることはぜったいにないし、それぞれの値段も正確に覚えている。いたってきちょうめんで、正直一点張り、それが数々の困った性質を帳消しにしている。ではその困った性質とはどういうものか。以下に箇条書きにしてみよう――

1. かんだかく哀れっぽい裏声。
2. わざわざひとの窓の下でトゥッティをたたきたがる癖。
3. なにかといえば道でイスラム教徒を轢き殺そうとすること。

4．理屈っぽくて論争好きなこと。

きょうは写真の仕事がたくさんあり、わたしは新しい〝暗室〟へ案内される。アミューダーの家の〝拷問室〟にくらべれば、こちらのほうがはるかに改善されていることは論を俟《ま》たない。なにしろ、まっすぐに立つことができるし、テーブルと椅子も置かれている。

ところが、あいにく最近建て増したばかりで、完成したのはわたしの到着する二、三日前だから、泥煉瓦がまだ乾ききらず、妙なきのこが壁から生えてきたり、暑い日にずっととじこもっていると、部屋を出るころには、なかば窒息しかけていたりする。

この部屋の外にすわって、土器を洗い清める手伝いをしている小さな少年に、マックスがチョコレートバーを一本与えた。すると今夜は、その少年が彼を待ち伏せている。

「ハワージャ、お願いです、どうかあの菓子の名前を教えてください。すごくうまくて、おれ、もうバザールの菓子なんて食えません。ぜひまたあれを買いたいんです。たとえ一メジディとられたってかまいません！」

わたしはマックスをからかって、あなたは麻薬常習者をひとりふやしたみたいに感じるべきだ、と言ってやる。明らかにチョコレートには習慣性があるのだから。

いや、ちがうね、とマックスは指摘する。去年だったか、ぼくがチョコレートをひとかけら与えた老人の例だってあるだろう。その老人は丁重にマックスに礼を言うと、チョコレートをゆるやかな衣の襞の奥にしまった。おせっかい焼きのミシェルがそれを見て、食べないのか、うまいぞ、と老人にすすめた。すると老人はあっさり答えた。「これははじめて見るものだ。危険なものかもしれない」と。

きょうは休みなので、わたしたちはテル・ブラークへ行き、そこでの発掘の手配をととのえることにする。墳丘それ自体は、ジャフジャーハ河から一マイルほど離れていて、そのため、まず解決すべき問題は、水の供給ということになる。地元の井戸掘り人に試し掘りをさせてみたが、墳丘近辺の水は塩気が強すぎ、飲用には適さないとわかった。したがって、河から運んでくるしかなく、それゆえ例のチェルケス人と、荷車、水樽ということになった次第だ（そしてむろん、〝ばあさん〟ではない馬と）。ほかに、発掘現場に常住する番人も必要になるだろう。

わたしたち自身はというと、河のほとりのアルメニア人の集落に、家を一軒、借りることになっている。そこの住戸のほとんどは、いまは空き家になっている。ここはひとびとの入植地として、すくなからぬ費用をつぎこんで建設された村なのだが、いまこうして見たかぎりでは、優先すべきことをまず優先する、という原則に欠けるところがあったらしい。家々は（西欧人の目からは、おそらく、みじめな泥煉瓦の掘っ立て小屋としか見えないだろうが）、まさしく気宇壮大な志をもって、必要以上に大きく、念入りに建てられているのにたいし、その働き如何にこの開拓村の灌漑計画のすべて、村の存続のすべてがかかっている揚水車のほうは、いたってちゃちな造りだ。それをきちんとしたものに造りあげるだけの資金が残っていなかったためである。開拓村は、一種の集団農場体制で発足した。道具、家畜、鋤その他の農具などは共有であり、代金は利潤のなかから共同体によって支払われることになっていた。ところが、実際にはどうなったかというと、日がたつうちに荒れ地での生活に嫌気がさし、都会生活にもどりたくなった入植者たちが、ひとり、またひとりと村を捨てて去ってゆき、ついでに、自分の道具や農具を持ち去った。結果として、これらは恒常的に補充されねばならず、残って、まじめに働いている入植者は、彼らにとってはまことに理不尽にも、しだいにかさむ借財を背負うこととなった。揚水車がついに機能を停止すると、開拓村もただの村に逆もどりした――それも、すくなからぬ不満のうずまく村に。

いまわたしたちの借りようとしている家は、なかなか堂々とした建物である。中庭をかこんで、ぐるりと塀をめぐらし、いっぽうの側には、まさかと思うような二階建ての〝塔屋〟さえついている。反対側には、塔に面していくつかの部屋が並び、いずれも中庭への出入り口がついている。大工のセルキースが、目下せっせとドアや窓の木造部を修理ちゅうなので、それが終われば、いくつかの部屋は、いちおうの仮住まいができるまでになるだろう。

ミシェルが墳丘から二マイルほど離れた村へ、新しい番人を迎えにゆかされる。ついでにテントもひとつ調達してくることになる。

セルキースがきて、塔屋の部屋がいちばん住むのに適した状態だと報告する。わたしたちは何段かの階段をあがり、小さな平屋根を横切って、塔屋へはいる。なかには部屋がふたつあり、奥の部屋には折り畳みベッドがふたつほど置けそうだし、手前の部屋は、食事などに使えそうだと意見が一致する。窓には蝶番《ちょうつがい》のついた板がとりつけられ、その板を外へむかって押しあげる仕組みだが、セルキースは板のかわりにガラスを入れると言う。

そこへミシェルがもどってくる。彼の迎えにいった番人というのは、三人の妻と、八人の子供を持ち、おまけに穀粉と米の袋もどっさり、家畜もどっさり持っているという。とてもぜんぶは〈メリー〉では運びきれない。さて、どうしたものだろう？

彼はあらためてシリア・ポンドで三ポンドと、二、三の指示を与えられて出てゆく。運べるだけのものをトラックで運び、あとは自分たちで都合をつけて、驢馬でも雇うようにとの指示だ。

と、だしぬけに例のチェルケス人が、水の樽を積んだ馬車を追ってあらわれる。なにやら歌を口ずさみ、大きな鞭をふりまわしている。馬車は明るい青と黄色に塗られ、樽は青く塗られている。しかもチェルケス人本人は、長靴に、いろどり豊かな服。全体として、ますますもってロシア・バレエの一幕を連想させる雰囲気だ。チェルケス人はやがて馬車から降りたつが、なおも鞭をぴしぴし鳴らし、体を揺すりながら歌を口ずさむのをやめない。どう見ても、ひどく酔っぱらっている！

ああ、またしてもミシェルの〝白鳥〟か！

結局、チェルケス人は解雇され、かわりに、アブドゥル・ハッサンというきまじめな、馬のことならなんでもわかっていると称する、陰気な顔の男が任命される。

わたしたちは帰途につくが、チャガールの手前二マイルのところで、ガス欠になってしまう。マックスが顔を真っ赤にしてミシェルに食ってかかり、激しく罵倒する。

ミシェルは力なく両手をあげ、不当に迫害される無辜《むこ》のひと、とでもいうようなうめき声をもらす。

すべてはわたしたちのためによかれと思ってしたことだ。なんとかガソリンの最後の一滴まで、無駄なく使おうとしたのに。

「このばかが！　いつも口を酸っぱくして言ってるだろう？　ガソリンは必ず満タンにして、さらに予備の缶も用意しておけ、と！」

「予備の缶なんか、のせる余地はなかったですよ。だいいち盗まれるかもしれないし」

「だったらせめて満タンにしておけなかったのか？」

「残ったガソリンでこの車がどこまで走れるか、それを確かめたかったんです」

「この阿呆めが！」

ミシェルはなだめるように、「サウィ・プローバ」と言い、これでますますマックスをいきりたたせ、怒号させる結果になる。マックスのみならず、ほかのみんなも、ミシェルが恬《てん》として恥じるようすもない——いや、それどころか、無実の罪で不当に非難されている男、とでもいった態度を改めないのを見ると、「フォルカ！」と、彼をどやしつけてやりたい衝動にかられる。

マックスはどうにか怒りをおさえるが、それでもまだ気がすまないのか、やっとわかったよ、なぜアルメニア人が皆殺しの憂き目にあったりするのかが、などといきまく。

ようやく家に帰り着くなり、迎えに出たフェルヒードが、〝隠退〟したいと訴える。アリとのあいだに確執が絶えないためだとか。

第八章　チャガールとブラーク

偉大なものにはまた、とかくハンディキャップもつきものだ。わが家のふたりのハウスボーイのうち、スーブリのほうがすぐれていることは議論の余地がない。聡明で、すばしこく、融通がきき、つねに快活そのもの。全体として獰猛そうな雰囲気があることとか、夜はいつも入念に研ぎすました巨大なナイフを枕の下に入れていること、それはまったく別人のこととしか思えない。おなじく、彼が休暇をくれと頼んでくるときは、きまって身内のだれかを訪ねるためであり、その身内はまた例外なく、ダマスカスかどこかで、殺人の罪で獄につながれているということも！　スーブリが真顔で説明するところによると、それらの殺人はすべてやむをえざるものなのだとか。いっさいは面子の問題、もしくは一家の威信の問題なのである。このことは、彼らの刑期がいずれも長くはないという事実によっても証明されている。

スーブリはそういうわけで、使用人としては断然好ましいのだが、マンスールは先輩だからというので、ボーイ長をもって任じている。マックスに言わせると、マンスールはあまりにも鈍いから、不正を働くほどには頭がまわらないとのことだが、たしかにこの条件には合致しているとはいえ、あけすけに言えば、とにかく頭痛の種ではある！おまけにマンスールはボーイ長だから、もっぱらマックスとわたしとの世話をするのにひきかえ、大佐とバンプスとは、わたしたちよりも格下と見なされて、聡明で快活なスーブリの奉仕を受けられる。

ときおり、早朝など、わたしの身内にはむらむらとマンスールにたいする憎しみが湧いてくることさえある！　彼は六度ぐらいノックしたあとで部屋にはいってくる。こちらは何度も、「おはいり」とくりかえしているのに、それがほんとうに自分への返事なのかどうか、いまひとつ自信がないためらしい。はいってきたらはいってきたで、ぜいぜい荒い息をつきながら、ふたつの濃いお茶のはいったカップをあぶなっかしくささげて、ドアのすぐ内側に立ちつくす。

それからのろのろと、なおもいびきのような鼻息をたてながら、足をひきずって部屋を横切り、まずカップのひとつをわたしのベッドのそばの椅子に置くが、そのさい中身の大半を受け皿にこぼしてしまう。彼の動作に伴い、強烈なにおいがただよってくる。せいぜいよく言えば玉ねぎの、悪く言えばにんにくのにおいだが、どっちにしても、朝の五時から嗅がされるのは、あまりうれしいにおいではない。

お茶をこぼしたことで、マンスールの頭には絶望感がふくれあがる。凝然とカップと受け皿を見つめて、いやいやをするように首をふり、それから、おそるおそる人差し指と親指をのばして、それをつついてみる。

わたしは寝ぼけ声でどなりつける。「ほっといてちょうだい！」

マンスールはぎくっとして、なおさら荒い息づかいになり、のろのろと部屋を横切ってマックスのほうへ行くと、いまのパフォーマンスをもう一度くりかえす。まずつづいて彼は、洗面台に注意を向けかえる。琺瑯びきの洗面器をとりあげ、用心ぶかく入り口まで運んでゆくと、中身を外へぶちまける。それからもどってきて、新たに一インチばかり水をそそぎ、一本の指で苦心惨憺してその量を確かめる。ここまでのプロセスに約十分を要する。そこで彼は溜め息をつくと、いったん出ていって、今度はお湯のはいった石油缶を運んでき、それを床に置いてから、またぞろ足をひきずって出てゆく。出しなにドアをしめるのだが、そのしめかたたるや、すぐまたぎいっとあいてきてしまう、といったルーズさ！

そこでわたしは冷たくなったお茶を飲み干し、起きあがって、自ら洗面器を洗い清め、水を捨て、ドアにきちんと掛け金をかける。こうしてやっと一日が始まる。

朝食のあと、いよいよマンスールは〝寝室の整頓〟という大仕事にとりかかる。まず洗面台の周辺をやたら水びたしにしたあと、つぎなる手順は、部屋じゅうに入念かつ組織的にはたきをかけることだ。これは悪いパフォーマンスではないが、それにしても、べらぼうな時間がかかる。

こうして家事の第一段階に満足したところで、マンスールはいったん部屋を出て、箒をとってもどってくると、勢いよく床を掃きはじめる。濛々たる埃が舞いあがって、ほとんど息もできないほどだが、そのなかでマンスールはベッドメーキングにかかる。彼の流儀は、つぎの二種類のどちらかに決まっていて、ひとつは、こちらがベッドにはいるやいなや、足が裾からつきでてしまうというもの、二番めは、夜具の半分もの長さがマットレスの下に折りこまれて、残りの半分はやっとおなかのあたりに届くというもの。これでもわたしは、その他の些細な性癖には目をつむっているつもりだ。たとえば、シーツと毛布とが一枚おきに重ねられているとか、枕カバーが二枚ともひとつの枕にかぶせられているとか。すくなくとも、かかる想像力の飛翔に遭遇するのは、リネン類のとりかえられる日にかぎられているから。

最後に満足げにひとつうなずくと、マンスールはいままでのハードな作業と精神的重圧とにへとへとになって、よろめくように部屋を出てゆく。彼は自分自身と自分の任務とをすこぶる真剣に受けとめていて、その意味では、いちずに良心的である。他の使用人には、こういう彼の態度が深い感銘を与えると見え、コックのディミートリなどは、いたって大まじめにマックスに言う。「スーブリは、なかなか意欲的で、勤勉ですが、あいにくマンスールの持つ知識と経験とが彼には欠けている。なにしろマンスールは、すべての点でハートゥーンの流儀を仕込まれてるんですから！」マックスは、せっかくの秩序を乱すまいとして、やむをえずそれに同意するような声を発するが、それでいて彼もわたしも、スーブリが朗らかに大佐の衣類をふるったり、畳んだりしているのを、ひそかに羨望の目でながめているのである。

一度、わたしはおせっかいにも、家事の手順についてのわたしなりの考えかたをマンスールに植えつけようともしてみたが、これはまちがいだった。かえって彼を混乱させたばかりか、持って生まれた彼の頑固さをひきだす結果になっただけだった。

「ハートゥーンのやりかたは、実際的じゃないですよ」と、彼は哀れっぽくマックスに訴えた。「ハートゥーンは、お茶の葉っぱを床に撒けと言う。けど、お茶の葉っぱは、飲むためにティーポットに入れるものでしょう？　それに、どうして床を掃いたあとからはたきをかける、なんてことができるんです？　まずテーブルにはたきをかけて、埃をみんな床に落とす。床を掃くのはそれからですよ。それがただひとつ理にかなったやりかたってもんです」

なにが理にかなっているかという点では、マンスールはすこぶる強硬である。いつぞや大佐がレーベン（サワーミルク）に入れたいから、とジャムを要求したところ、すぐさまマンスールの顰蹙《ひんしゅく》を買った。

「いけません、そんなのよけいですよ！」

どういうわけかマンスールには、軍隊式伝統の残滓がこびりついている。呼ばれると、間髪を入れず、「はいっ！《プレザン》」と返事をするし、食事の知らせは、昼食でも夕食でも、ただ一語の決まり文句、「ラ・スープ！」ですまされる。

一日のうちで、マンスールが真に本領を発揮するのは、夕食の直前の入浴のときだけだ。ここでは彼自身がいっさいを取り仕切り、したがって自分ではなにひとつ手をくださなくてもよい。彼の指揮官然とした目のもとで、フェルヒードとアリとがキッチンから熱湯のはいった大きな石油缶と、冷水（だいたいは泥水）のはいった石油缶とをえっちらおっちら運んでき、そばにずらりとたらいを並べる。たらいは大きくて円い銅製のもので、ジャムを煮るときの鍋を特大型にしたような感じだ。入浴がすむと、またしてもマンスールの監督のもと、フェルヒードとアリとが銅のたらいをよろよろと運びだし、中身を捨てる。たいがいは正面ドアのすぐ外にぶちまけるので、夕食後にうっかり外に出ると、ぬるぬるの泥に足をとられて、ずってんどうとひっくりかえる仕儀になる。

アリは郵便係に昇格して、自転車をも所有するようになって以来、家事の雑用を卑しむようになっている。おかげで、いつも心配そうな顔をしたフェルヒードだけが仕事を背負いこみ、際限もなく鶏の羽をむしったり、皿洗いという儀式めいた難行をこなしたりしている。儀式だけに、これにはおびただしい洗剤の消費を必要とするが、水のほうはほとんど使われない。

ごくまれに、わたしがディミートリになにか洋風の料理のひとつでも〝やってみせ〟ようと調理場に顔を出すと、たちまちそこでは、最高基準の衛生環境と、全体的な清潔さとが強要されることになる。

どこから見ても完全に清潔としか見えないボウルをわたしが手にとる。と、すぐさまそれはわたしの手からひったくられ、フェルヒードに渡される。

「フェルヒード、ハートゥーンがお使いになる。これをきれいにしろ」

フェルヒードは急いでボウルをつかんで、その内側に黄色い石鹸をせっせと塗りたくると、泡だらけの表面をごしごしと磨いて、わたしに返してよこす。内心わたしは、石鹸のにおいがぷんぷんするスフレなど、とてもおいしいとは言えまいと危惧するが、それでもその気持ちを押し隠し、自分を励まして仕事にとりかかる。

すべてがわたしには極度に神経にこたえる。まず第一に、調理場の気温は常時三十八度ぐらいはあり、しかも、その程度に〝涼しく〟しておくために、開口部といっては、小さな明かりとりの穴がひとつあるだけ。だから、全体の雰囲気は洞窟のなかの蒸し風呂さながら。かててくわえて、わたしをかこむ全員の顔にあらわれた、完全な信頼と賛嘆に満ちた敬意、これがまた、どうにもこちらを落ち着かなくさせる。なにしろ、ディミートリと下働きのフェルヒード、気位の高いアリの三人だけでなく、ハウスボーイのスーブリとマンスール、大工のセルキース、給水係、そのほか、たまたま家のなかで仕事をしていたさまざまな職種の男たちまで、全員がずらりと顔をそろえるのだ。調理場は小さく、ふくれあがった人垣は大きい。それがひしひしとまわりに詰めかけて、賛嘆と敬意とにあふれる目で、わたしの一挙一動を見まもる。わたしはだんだん神経質になり、なにもかもこれではうまくいくまいと確信する。手がふるえて、卵を一個とりおとし、割ってしまうが、周囲の男たちは、わたしに全幅の信頼を寄せているため、まるまる一分間ほど、だれもがそれを儀式の一部だと思いこんでいるくらいだ。

仕事を進めるうちに、わたしはますます頭に血がのぼり、ますます混乱してくる。鍋はどれもわたしがいつも使ってきたものとは形がちがうし、卵の泡だて器には、思いもよらぬ取り外し可能な柄がついている。手にとるものはすべて、形といい寸法といい、奇妙なものばかり……わたしは気をとりなおし、なかばやけっぱちで決意する。たとえどういう結果が出ようとも、断固としてそれが、最初から狙ったとおりの結果だというように見せかけること!

じつのところ、結果はそのときどきで変わる。レモンカードは大成功だったが、バタークッキーはおよそ食べられたものではなく、あとでこっそり埋めなくてはならなかった。バニラスフレは、意外や意外、とてもうまくできあがるが、それにたいしてメリーランドふうチキンは、おそろしくかたくて、だれも歯がたたない(あとで気がついたのだが、原因はおそらく材料のチキンが極度に新しく、なおかつ、信じられぬほど年をとった鶏だったせいだろう)。

とはいうものの、わたしもいまではなにを伝授し、なにをあきらめるべきかを心得ている。概して、できあがったらすぐに食すべき料理は、中近東では試みないほうが無難だ。たとえばオムレツ、スフレ、薄切りポテトのフライ、これらは食卓にのるたっぷり一時間も前につくられ、オーブンに入れたままで〝熟成〟させられるのがつねであり、それについていくら文句を言ってみても、糠《ぬか》に釘である。それにひきかえ、どれだけ手の込んだ料理でも、事前に長い下ごしらえを必要とし、しかも長らく待機させておけるかぎりは、きまってみごとにできあがる。というわけで、スフレやオムレツは残念ながらディミートリのレパートリーから除外されるが、反面、いかな名人シェフでも、これほど規則的に、日ごと夜ごと、こんなにも申し分のないマヨネーズをつくることはできまい。

いまひとつ、献立について言及しておくべきことがある。〝ビフテキ〟という通称でわたしたちにはおなじみの料理のことだ。再三再四、このごちそうが出ると知らされて、一同は胸を躍らせるが、その期待は、目の前に大皿がひとつどーんと出されて、その上に、なにやらかりかりに揚がったちっぽけなすじ肉の切れっ端がのっているのを見たとたんに、はかなく斃死《へいし》する。

そのつど大佐がぼやいて言う。「ビーフの味さえぜんぜんしないじゃないか」

そしてこの表現は、まさしく的を射ている——ここには牛肉などあったためしがないのだ。

この土地で精肉店のかわりをしているのは、ひとつのいたって単純なシステムである。ときおりミシェルがトラックで近隣の村、または部族のところへ出かけてゆく。やがて帰ってきて、〈メリー〉の後ろのドアをあける——と、八頭の羊がころがりでるという仕組みだ。

これらの羊たちは、必要に応じて一頭ずつ殺処分されるが、それについては、わたしをはばかって厳命が出されていて、いかなる事情があろうと、居間の窓の真ん前でそれを行なってはならない、とされている。もうひとつ、フェルヒードが長い鋭利なナイフを片手に、鶏の群れのほうへ近づいてゆくのを見せられること、それにもわたしは抗議する。

この種のハートゥーンの軟弱さは、これまた憐れむべき西洋人の奇矯《ききょう》さの一例として、使用人一同からは大目に見られている。

以前、わたしたちがモースルの近くで発掘に従事していたとき、老現場監督が興奮を隠しきれぬようすで、マックスのところへやってきた。

「あした、ぜひハートゥーンをモースルへ連れてっておあげなさるがいい。すごい見ものですぜ。絞首刑があるんでさ——それも女の！　ハートゥーンはさぞかしお喜びなさるでしょう！　ぜったい見のがす手はありませんや！」

わたしがせっかくの見ものに関心を示さない、いやそれどころか、反発すら示したというので、老現場監督は唖然とした。

「しかし、女なんですぜ、つるされるのは」そう彼は言い張った。「女が絞首刑になるなんて、めったにあることじゃない。クルドの女でね、亭主を三人も毒殺したんです！　まさか——まさかハートゥーンだって、こんな一世一代の見ものを見のがすつもりじゃないでしょうね！」

わたしがきっぱりと処刑場へ出かけてゆくのを拒絶したことで、現場監督の目から見たわたしの評価は、一挙に下落した。彼は憮然として踵を返すと、自分だけでその一世一代の見ものとやらを楽しみにいった。

それとはまたべつの意味ででも、その種のことは思いもよらぬときに襲ってき、ひとにおぞけをふるわせる。鶏や七面鳥の運命には冷淡なわたしたちだが（とりわけ七面鳥ときたら、いつも喉をごろごろいわせていて、まことに不愉快な存在だ）、あるとき、よく肥ったおいしそうな鵞鳥を一羽、手に入れた。幸か不幸か、それはひどくひとなっこい鵞鳥であることがわかった。明らかに、それまで村の家では家族の一員として飼われていたのだろう。買われてきた最初の夜に、それはマックスといっしょにお風呂にはいろうとして、さんざん暴れた。ドアをしめておいても、すぐ押しあけて、くちばしをつっこんでくる。それがまた、いかにも〝ぼく、寂しいんだよ〟と言いたげなのだ。日がたつにつれて、わたしたちはみんな、いたく困り果てた。だれひとりとして、その鵞鳥を殺すようにと指示する気になれないのだ。

とうとう業を煮やしたコックが、自らその役をひきうけた。鵞鳥はこの土地の流儀でこってりと詰め物をほどこされ、とどこおりなく食卓にのぼった。見た目も、においも、いかにもおいしそうだった。だが悲しいかな、だれもがまったく食欲が湧かなかった。それはわたしたちの経験したなかでも、もっともお通夜に近い食事だった。バンプスも一度、それで面目を失ったことがある。ディミートリが誇らしげに子羊の丸焼きを出してきたのだ。頭も、四本の脚も、なにからなにまですっかりそろっているのを。一目見るなり、バンプスは席を立って、まっしぐらに食堂からとびだしていってしまった。

だがまあそれはそれとして、〝ビフテキ〟のことに話をもどそう。一頭の羊が処分され、解体されると、それはだいたいつぎのような順序で食卓にのぼる。まず肩肉、もしくはそれに類した部分――スパイスや米が詰めこまれ、しっかり縫いあわせてある(ディミートリお得意の特別料理だ)。つぎに脚。それから大皿に盛りあわせた、先の大戦ちゅうには〝食べられる臓物〟と呼ばれていたたぐいのもの。つぎが米といっしょに煮こんだシチューの一種。そして最後が、それまで残されてきた羊の〝不名誉な〟部分。もっと上等な料理に含めるのにはあたいしないこの最後の肉を、全体がすっかり縮んで、完全に革のような舌ざわりになってしまうまで、長時間かけてフライにする――こうしてできあがるのが、おなじみ〝ビフテキ〟というわけだ!

墳丘での発掘作業は、満足すべき進展を見せている。その結果、丘の下半分はそっくり先史時代のものと判明した。これまでわたしたちは墳丘の一部を、最上層から下の処女土の層にかけて、〝深い切り込み〟を入れるかたちで掘りすすめてきたが、それによ り、ここにはつぎつぎに住居が築かれ、それが十五層にも重なっていることが判明した。この十五層のうち、下の十層は先史時代のものである。紀元前一五〇〇年を過ぎてからは、その墳丘も放棄されるが、それはおそらく、土地の表面が侵食され、裸地になってしまったためだろう。例によって、ローマとイスラムとの埋葬地の跡もいくらか見られるが、それらはたんに割りこんだだけにすぎない。いたずらにイスラムの作業員たちの感情を刺激しないよう、わたしたちはつねにこれらをローマ時代のものと称しているが、当の本人たちには、あまり祖先を敬うという気持ちはないようだ。「おい、いま掘ってるのはおまえのじいさんだぞ、アブドゥル！」「ばかな、おまえのじいさんだ、ダーウード！」などと、言いたいことを言いあっては、げらげら笑っている。

これまでに、動物の形に彫った興味ぶかい護符が多数出土した。いずれも、かなりよく知られたタイプのものだが、最近になって、いくつかの非常に奇妙な彫像も出はじめている。黒く汚れた小さな熊の像、ライオンの頭、そして最後に、風変わりで原始的な人間の像。マックスははじめからこれらを胡散くさいと思っていたが、人間の像が出るに及んで、はっきり見切りをつけた。作業員のなかに偽造師がいるのだ。「それにしても、ずいぶん器用なやつだよ」と、彼は熊の像をためつすがめつしながら言う。「これなんか、ちょっとした芸術品だ」

探偵が解明にのりだす。偽造品が出るのは、発掘現場の一隅だけにかぎられ、たいがいはふたりの兄弟の、兄か弟かのどちらかによって発見されている。この兄弟は、十キロほど離れたある村からきているが、ある日、まったくべつの現場から、見るからに疑わしい瀝青《れきせい》の〝スプーン〟が出土する。いつものようにバクシーシが与えられ、そのことについてはなにも言及されない。

だが、つぎの給料日がくると、大がかりな摘発が行なわれる。マックスは証拠品を並べてみせ、力のこもった弾劾演説を行なって、これらはいかさまだと非難し、一同の面前でそれを破壊する（もっともあの熊の像だけは、骨董品として保存しておくが）。いかさまを働いた男たちは解雇され、それぞれ声高に無実を訴えながらも、いたって陽気に去ってゆく。

翌日、現場では男たちがくつくつ笑いあっている。

「ハワージャはやっぱりわかってるよ」と、彼らは言いあう。「古い遺物についちゃ、すごい目利きだ。ハワージャの目はごまかせない」

マックスは憮然としている。というのも、できればそれらの偽造品がどのようにつくられたか、正確につきとめてみたいところだからだ。それらのみごとな出来栄えが、マックスの賛嘆の念をかきたてている。

ともあれ、いまやチャガールの現場に立つと、三千年前から五千年前にかけてのこのあたりのようすが、まざまざと目の前に浮かんでくる。先史時代には、ここはすこぶる往来の盛んな隊商ルートとして、ハランとテル・ハラフとを結び、さらにジェブエル・シンジャール経由でイラクからティグリス河流域へ、最後は古代都市ニネヴェへとつながっていたはずだ。いってみれば、網の目のように発達した、巨大な通商センターのひとつだったのである。

ときとしてここでは、人間的なタッチに触れることもできる。たとえば、陶工が自作の壺の底に自分のしるしを刻みこんでいるとか、壁のなかに隠し場所があって、黄金のイヤリングがぎっしり詰まった小さな壺がおさめてあるとか――たぶん、この家の娘の結婚持参金だろう。もうひとつ、もっと近い時代の人間的タッチもある――紀元一六〇〇年ごろの金属製の模造貨幣で、ニュルンベルクのハンス・クラウヴィンケルという名前を刻印したものだ。これがイスラムの墓のなかに残っていて、その当時、この辺境の地とヨーロッパとのあいだに交流があったことを示している。

おおざっぱに見て五千年ほど前のものとして、いくつかの非常にみごとな彫刻入りの壺もある。わたしの目には、真に美しい逸品とも見えるもので、これがすべて手づくりなのだ。

その時代の〈聖母〉像もある。頭にターバンを巻き、大きな乳房をしたグロテスクで原始的な像だが、それでいて、救いと慰めとをあらわしていることはまぎれもない。

ほかに、土器の文様の一種である〝ブクラニウム〟様式の、すこぶる興味ぶかい展開も見られる。はじめは単純な雄牛の頭から出発したのが、しだいに自然の模倣を離れて、より形式的なものになり、ついには、その中間にはさまる各段階を知っていなければ、とうていそこに関連性があるとは思えないまでになる（じつは、ふと気がついて狼狽《ろうばい》したのだが、その文様たるや、わたしがときどき着ているシルクのプリントのドレスの、単純なパターンとそっくりおなじではないか！　ま、いいか。〝ブクラニウム〟の名のほうが、〝ランニング・ロゼンジ〟よりもはるかに聞きよい響きを持っているから）。

いよいよテル・ブラークに最初の鍬を入れる日がやってきた。じつに厳粛な一瞬というべきである。

セルキースとアリとが協力して働いた結果、部屋のうち一室ないし二室が使用可能となっている。給水係、〝ばあさん〟ではないりっぱな馬、そして荷車、水樽——いっさいの準備はととのっている。

大佐とバンプスとはゆうべのうちにブラークへ出発し、向こうで一晩過ごして、明けがたには墳丘へ行っている手はずになっている。

マックスとわたしとは、八時ごろそこに到着する。気の毒に大佐は、ゆうべ一晩、蝙蝠《こうもり》軍団と格闘して、ほとんど眠れなかったらしい。聞けば、塔屋の部屋には、文字どおりうようよと蝙蝠——大佐の激しく忌み嫌うところの動物——が棲《す》みついているとか。バンプスの報告によると、夜中に目をさますつど、大佐がバスタオルを手にして部屋じゅうをとびまわり、蝙蝠軍団に捨て身の突撃をくりかえしていたそうな。

わたしたちはしばらく現場にとどまって、発掘の進行状況を見まもった。

陰気な顔の給水係がわたしのところへやってきて、どうやら深刻な身の上話とも思えることを縷々打ち明けはじめた。マックスが近づいてきたとき、わたしはいったいどういう話なのか、確かめてみてくれと頼んだ。

聞けば、給水係には、ジェラーブルスの近くにひとりの妻と十人の子があるといい、離れていると彼らのことが気になって、仕事も手につかないのだとか。なんとか特別に給金の前渡しをしてもらい、妻子を迎えにやるわけにはいかないだろうか。

わたしも色よい返事をしてやるように口添えする。マックスはいくらか懐疑的だ。女がそばにいると、とかくトラブルのもとになりかねないと言う。

チャガールへもどる途中、わたしたちは大勢の作業員が群れをなして、徒歩で新しい発掘現場へと向かうところに遭遇する。

「エル・ハムドゥ・リッラー！　あすはおれたちにも仕事がありますかね？」彼らは呼びかける。

「あるとも、仕事は必ずある」

彼らはいま一度アッラーの神を誉めたたえ、またてくてくと歩きつづける。

二日間、チャガールの家で何事もなく暮らしたあとは、いよいよわたしたちが前のふたりと交替して、ブラークに泊まりこむ番となる。これまでのところ、そこではとりたてて重要なものはひとつも出ていないが、それでも先行きは有望であり、建物跡その他、いずれも年代的には適合している。

きょうは南から強い風が吹いてくる。風のなかでもいちばんいやな風だ。この風に吹かれると、神経がささくれだち、いらいらしてくる。出発にあたり、わたしたちは最悪の場合を予想して、ゴム長靴と防水外套に身をかため、雨傘まで用意する。セルキースは家の屋根をすっかり修理したと保証するが、これはあまり真に受けないほうがいい。今夜はおそらく、ミシェルの口癖を借りれば、〝サウィ・プローバ〟の一夜となるだろう。

ブラークまでのルートは、まったく道らしい道のない原野を横断してゆくことになる。途中までできたとき、ふたりの作業員が〝仕事〟のあるところをめざして、とぼとぼと歩いてゆくのに追いつく。荷台にいくらか余地があるので、マックスが〈メリー〉を停め、乗ってゆくようにすすめると、彼らはおおいに喜ぶ。彼らのすぐ後ろを、首からちぎれたロープの切れ端をひきずって、一匹の犬が歩いている。

男たちは乗りこみ、ミシェルは車をスタートさせようとする。マックスがあの犬はどうするつもりかとたずねる。犬もいっしょに乗せていってやろう。すると男たちは、あれは自分たちの犬ではないと言う。砂漠のまんなかでどこからともなくあらわれて、あとについてきただけだ、と。

そう言われて、わたしたちはもうすこし仔細に犬を観察する。とくに何種とも言えないが、明らかに西洋種の血をひいている。体形はスカイ・テリア、色合いはシルバーグレイにクリーム色がかったダンディー・ディンモント・テリア、それにケアン・テリアの血も明らかにまざっている。体はとびきり長く、きらきらした琥珀色の目に、こちらはいくらかありふれた薄茶色の鼻。見たところ、尾羽打ち枯らしているようにも、わが身の境遇を嘆いているようにも、おどおどしているようにも見えない。中近東でお目にかかる平均的な犬にしては、まことに珍しいことだ。おとなしくすわりこんで、かすかに尾をふりながら、利発そうな目でわたしたちを観察している。

ついでだから連れていってやろうとマックスが言い、ミシェルに犬をつかまえて車に乗せるように命じる。

ミシェルはたじろぎ、「嚙みつくかもしれませんぜ」と、あやぶむように言う。「そうだ、そうだ」と、ふたりのアラブ人たちも言う。「ぜったいあいつ、おまえさんの肉を食いたがるぜ！　置いてったほうがいいですよ、ハワージャ」

「つかまえて、車に乗せろと言ってるんだ、ばかめが！」マックスがミシェルをどなりつける。

ミシェルはおそるおそる犬に近づく。犬が快活に彼のほうに顔を向ける。

ミシェルは急いでとびすさる。わたしは業を煮やしてとびおりると、犬を抱きあげて、抱いたまま〈メリー〉にもどる。犬のあばら骨が皮膚の下で手に触れる。ブラークに着くと、新来の客は、たっぷり食べさせてやるようにとのお達しとともに、フェルヒードに預けられる。わたしたちは彼女の名についても検討する。結局、ミス・オスタペンコと決まる（ちょうどわたしが、『捕囚トビト』を読んでいたためだ）が、その後はもっぱらバンプスのせいで、ミス・オスタペンコはミス・オスタペンコではなく、〝おい《ハイ》おまえ《ユー》〟という名でしか呼ばれない。ハイユーは、じつに驚くべき性格を持った犬だとわかる。生きることに貪欲で、根っから勇敢無比、なににたいしても、だれにたいしても、けっして恐れを見せない。つねに上機嫌で、気だてがよく、いついかなるときにも、自分の望むことをあくまで押し通そうとかたく決意している。明らかに彼女には、普通は猫の属性とされている〝九生〟がそなわっているようだ。とじこめられれば、必ずなんらかの手段で逃げだす。しめだされれば、必ずはいってくる――あるときなど、泥煉瓦の壁をかじって、二フィートもの大穴をあけてしまったほどだ。食事となると、だれの、どんな食事にも、必ずお相伴しようとする。しかも、おそろしくしつこいので、だれも彼女に逆らいとおすことはできない。彼女は請うのではない――要求するのである。

　わたしは確信しているが、以前にだれかがハイユーを連れだして、首にロープで石をくくりつけ、溺死させようとしたことがあるのにちがいない。しかし、そこがご存じハイユーのこと、生を享受するのに貪欲だから、首のロープを食いちぎり、岸に泳ぎつくと、いとも朗らかに砂漠を横切って歩きだし、持ち前のけっして誤らない本能により、通りかかったふたりの男に目星をつけたのだ。このわたしの説が見当ちがいでない証拠に、呼ばれるとどこへでも必ずついてくるハイユーが、ジャフジャーハ河のそばへだけは、けっして近づこうとしない。土手に足を踏んばって、なんとなく首を左右にふり、さっさとひきかえしてゆく。「いやよ、ごめんだわ」そう彼女は言う。「溺れさせられるのなんて、ごめんよ！　退屈！」

　まことにご同慶のいたりだが、大佐も二夜めにはいくらかましな夜を過ごしたそうな。セルキースが屋根を修理することによって、蝙蝠軍団の大半を撃退したし、さらに大佐自身も、いくらかヒース・ロビンスン的な仕掛け（ヒース・ロビンスンはイギリスの諷刺画家。いたずらに精巧で非実用的な機械装置を描いたので、その種の装置を〝ヒース・ロビンスン〟という）を考案した。大きなたらいに水が張ってあり、最終的には蝙蝠がそのなかに落ち、溺死する仕組みだとか。大佐の説明を聞くと、その装置はおそろしく複雑で、それを仕掛けるだけで、睡眠時間はかなり削られたようだ。

　わたしたちは墳丘にのぼり、風のあたらない物陰を選んで、昼食をとる。それでも、一口ごとに口のなかが砂埃《すなぼこり》でじゃりじゃりする。だれもが元気いっぱいだ。陰気な顔の給水係までが、男たちのために、ジャフジャーハ河とのあいだを往復して、水を供給する作業にそれなりの誇りを示す。馬車で墳丘のふもとまで運んできて、そこからは、水がめに移した水を驢馬で運びあげるのである。その光景全体に、どこか聖書の一場面めいた趣があって、心ひかれるものがある。

一日が終わり、たがいに別れの挨拶をかわすと、大佐とバンプスとは〈メリー〉でチャガールへ帰ってゆき、わたしたちふたりはブラークで二夜の当番を務めることになる。塔屋の部屋は、けっこう魅力的に見える。床にはござが敷かれ、敷物も二枚ばかり。ほかに、水差しと洗面器、テーブル、二脚の椅子、折り畳みベッド二台。タオルやシーツ、毛布、本までそろっている。窓はしっかり縛りつけられ、わたしたちはベッドにいる前に、少々風変わりな食事をしたためる。給仕はフェルヒード、調理はアリの担当だが、メインの料理は、かぎりなく流動体に近いほうれんそうの海に、ところどころ小さな島が浮いているというしろもの。わたしたちの睨んだところでは、この島はまたも〝ビフテキ〟に相違ない！

わたしたちは気持ちよい一夜を過ごす。蝙蝠はたった一匹、出現しただけだし、それもマックスが懐中電灯で誘導して、外へ追いだす。大佐にはいずれ、何百匹もの蝙蝠軍団という彼の体験談は、とんでもない誇張であり、もしや飲酒の影響ではないか、そう言ってやるつもりだ。朝の四時十五分、「お茶です」の声でマックスは起こされ、墳丘へ出かけてゆく。わたしはふたたび眠りに落ちる。六時になると、わたしのお茶が運ばれてき、八時にはマックスが朝食をとりにもどってくる。朝食はえらく豪勢だ。茹で卵にお茶、アラブのパン、ジャムが二瓶、なぜか缶入りのカスタードソース用の穀粉まで！　さらに数分後には、第二のコースが運ばれてくる――スクランブルエッグだ。

「はりきりすぎだよ《トロ・ド・ゼル》」マックスがつぶやく。うかうかしていると、このうえオムレツまで運ばれてきかねないので、至急、姿は見えないアリにたいし、こちらはもうじゅうぶんだと伝言させることにする。フェルヒードは溜め息をつき、伝言をうけたまわって出てゆくが、もどってきたときには、当惑と懸念とが眉間に深い皺を刻んでいる。重大な異変かとわたしたちは身構えるが、なんのことはない、ただこう質問されるだけだ。

「お弁当といっしょに、オレンジも持っていきますか？」

大佐とバンプスとはお昼ごろにやってくる。強風のせいで、バンプスはトピーを飛ばされまいとひどく苦労している。例によってミシェルが、「フォルカ！」を適用しようと駆けつけるが、バンプスは前回の経験で懲《こ》りているので、機敏にその手をのがれる。

普段のわたしたちの昼食は、コールドミートとサラダと決まっているが、はりきったアリには、それだけでは物足りないのか、ほかにも、茄子のフライ――生煮えの、生温かいしろもの――や、冷えて脂がぎとぎとするポテトフライ、小さな円盤形に切って、おそろしくかたく揚げた〝ビフテキ〟などが出てくる。最後はサラダだが、これは何時間も前にドレッシングをかけるところまで完成しているので、いまや全体が冷たい緑色の油の泥沼と化している。

せっかくのアリの善意の努力に水をさすのは気の毒だが、いちおうこのへんで彼の想像力を抑止する必要がある、とマックスが言う。

気がつくと、アーブド・エス・サラームが昼食時間を利用して、作業員たちに長々と道徳的な訓戒をたれている。聞いているだけで、うんざりしてくるような内容だ。

「おまえたちがどれだけ運がいいか、わかってるか？」と、彼は腕をふりまわしながら叫ぶ。「ここにはなんでもそろってるだろう？　なにもかもおまえたちのために考えてあるだろう？　おまえたちは、食べたいものをここへ持ってきて、家の中庭で食べることを許されてる。とてつもない高給がおまえたちには支払われてる。そうだ、各自がなにかを見つけようと見つけまいと、必ず給料は支払われる。なんという寛大さ、なんという高潔さだ！　しかもだ、それで終わりじゃない！　そういった高額の給料に加えて、各自の見つけたものひとつひとつにたいし、別途に金が支払われる。ハワージャは父親のようにおまえたちみんなを見まもっていなさる。おまえたちがおたがいに傷つけあうのさえ、ハワージャはその力で防いでくださってるんだ。もしも病気で熱を出せば、ハワージャが薬をくださる。糞づまりになれば、腸の働きがよくなるように、よく効く薬をくださる！　おまえたちはじつにしあわせな、じつに運のいいやつらだぞ！　まだほかにも、そういう気前のよさはいくらもある。おまえたちは、喉がからからのままで働かされてるかね？　自分の飲み水を自分で工面しなくちゃならないかね？　とんでもない！　大ちがいだ！　そんな義理はどこにもないのに、寛大にもハワージャは、無料でおまえたちに水を運んでくださってる。はるばるジャフジャーハ河からここまで運んでくるんだぞ！　馬のひく車で、すごい費用をかけて運んでくるんだ！　その出費の高を、費用の高を考えてみるがいい。こういうおかたに雇ってもらってるおまえたちは、なんてすばらしく幸運なやつらなんだろう！」

わたしたちはこそこそと逃げだす。そしてマックスは思案顔で言う。よもや男たちのなかから、アーブド・エス・サラームを殺してやろうなんて考える連中は出ないだろうな？　このぼくが彼らの一員だったら、きっとそうしていただろうに。ところがバンプスに言わせると、それは逆だ、男たちはみんな、真顔で熱心に聞いているという。まさしくそのとおり。あちこちでふんふんとうなずきあったり、感心したようにうなったりするのが聞こえる。

「アーブドの言うことは筋が通っている。たしかに水はおれたちのために運ばれてくる。そうだ、これはいかにも寛大さのあらわれだ。アーブドの言うとおり。おれたちは運がいい。賢い男だ、あのアーブド・エス・サラームは」

彼らがこうまで道心堅固なのには、ほとほと閉口する、そうバンプスは言う。けれどもわたしの意見は異なる。わたしは覚えているが、子供のころにはだれしも、この種のまったく教訓的な物語をむさぼるように聞くものだ。アラブ人にはそれに似て、人生への取り組みかたにおいて、単刀直入な素朴さを好むところがある。説教めいた押しつけがましい口をきくアーブド・エス・サラームのほうが、より近代人らしい、殊勝ぶったところのすくないアラウィよりも、全般的に好かれているのもその証拠だ。かててくわえて、アーブド・エス・サラームは、すばらしい踊り手であり、夜になると、男たちはブラークの家の中庭に集まり、アーブドの先導で、長い、複雑な足拍子――というより、実際には一定のパターンに近いが――を踏みながら踊り狂う。ときとしてそれは、夜半をはるかに過ぎるまでつづくことがあり、それでいて、朝の五時にはまた墳丘に勢ぞろいしている。そんな離れ業がどうしてできるのか、まさにひとつのミステリーではある。もっとも、それを言うなら、それぞれに三キロ、五キロ、十キロと離れた村からやってくる男たちが、どうして毎日、ぴったり日の出の時間に現場に到着できるのか、これも謎ではあるけれど。彼らは置き時計も腕時計も持っていないし、家を出る時間は、めいめい日の出の二十分前から一時間以上前までと、立場によって異なっているはずだが、にもかかわらず、ちゃんと定刻には勢ぞろいしている。遅刻もしなければ、早くきすぎもしない。もうひとつ、彼らを見て驚かされるのは、日没半時間前、きょうの作業はこれで終了となると、バスケットを宙に投げあげ、にぎやかに笑いさざめきながら、つるはしをかついで走りだすことだ。そう、走りだすのだ、十キロも離れたわが家にむかって！　日中の休憩時間といえば、朝食のための三十分と、昼休みの一時間だけだし、しかもわたしたちの基準から言うなら、だれもがつねに栄養不良ぎみだというのに。いかにも、彼らの作業ぶりは、いわゆる〝のんびり流〟であることは事実だし、ときたま、突発的な熱にとりつかれたときにだけ、夢中になって掘ったり、駆けまわったりするだけではあるが、それでも、仕事自体はじつに苛酷な肉体労働なのである。なかではピックマンがいちばん楽なほうだろう。割り当てられた区画の、その表面だけをつるはしで突きくずしてしまえば、あとはゆっくりすわりこんで、スペードマンがせっせとバスケットに土を盛っているのを、煙草でも吸いながら見物していればいい。いっぽう、バスケットボーイたちには、ぜんぜん休みはない。自ら寸暇を盗んで休息をとる算段をするしかないのだが、それでも、土捨て場へ行く途中をのろのろ歩いたり、長時間かけてバスケットの土をさらってみたりして、けっこう抜け目なく休みを稼いでいる。

全体として、彼らはすばらしく健康な男たちだと言えるだろう。眼病はずいぶん見かけるし、便秘が彼らの重大関心事だとはいうものの！ さらに、近ごろでは、結核もかなり蔓延《まんえん》しているらしい。西欧文明のもたらした害毒のひとつであるが、それでも彼らの回復力には、これまた驚異的なものがある。たとえば、ある男が喧嘩で頭を割られ、むごたらしい傷口が残ったとする。男はわたしたちに傷の手当てをしたうえ、包帯も巻いてくれるように頼んでくるが、きょうは仕事をやめて帰宅するようにと言われると、びっくりした顔をする。「なんですって、この傷のために、ですか？ 頭なんか痛みもしませんよ！」そしてたしかに二、三日たつと、傷口はすっかりふさがっている。さだめし家へ帰るやいなや、どう考えても非衛生な処置を自分の手でほどこしただろうに。

ある男の場合は、脚に大きな、痛そうな腫れ物ができた。炎症から熱を出していることは明白なので、マックスが彼を帰宅させることにした。

「家にいるあいだの分も、給金はもらえるから心配するな」

男は不服そうに鼻を鳴らして帰っていったが、午後になると、いきなりマックスはその男が現場で働いているところへ行きあわせた。「ここでなにをしてるんだ！ 家に帰れと言ったはずだぞ」

「たしかに帰りましたよ、ハワージャ（距離は八キロもある）。けど、帰ってみると、これが退屈でねえ。女房どもだけで、話し相手がいない！ だからまたもどってきたんで。それにほら、心配はいりません。腫れ物ならもう膿が出ちゃいましたから！」

きょうはわたしたちがチャガールへもどり、ほかのふたりがブラークへやってくる。二日ぶりにわが家へ帰れるのは、すばらしい贅沢のように感じられる。帰ってみると、大佐がそこらじゅうにせっせと注意書きを貼ってまわっていたことがわかる。大半は侮辱的な内容のものだ！ さらに、いつにもまして熱心に家じゅうを整頓してくれたので、必要なものがどこにあるのか、さっぱりわからない。わたしたちは報復を考える。結局、古新聞からシンプソン夫人の写真を切り抜き、それをピンナップとして大佐の部屋に貼っておくことにする！

たくさんの写真を撮影し、現像する仕事があり、そのうえひどく暑い日なので、暗室から出たときには、わたし自身、壁のきのこにでもなったような気がしている。使用人たちは、比較的きれいな水をわたしに供給することに忙殺される。最初はかなりの泥水を漉《こ》して、何度かそれを重ねたところで、最後に脱脂綿を通して容器に受ける。実際に現像に用いられるころには、空中にただよっている砂や埃がわずかにまぎれこんでいるくらいで、まずは満足すべき結果が得られる。

作業員のひとりがマックスのところへやってきて、五日間の休暇がほしいと言う。

「理由は？」

「牢屋にはいらなくちゃならないんで」

きょうは、救援作業という点で記憶すべき日となった。ゆうべ雨が降ったため、けさはまだ地面がぬかるんでいた。十二時ごろ、馬に乗った男がひとり、血相を変えて駆けつけてきた。戦場から勝利の第一報をもたらす伝令とでもいった感じで、どこか憑《つ》かれたような、ただならぬようすだ。実際には、その伝令のもたらしたのは凶報だった。大佐とバンプスとがこちらへむかって出発し、途中で泥沼にはまったというのである。伝令は、その場でただちに鋤を二本持たされて送りかえされ、わたしたちは急遽《きゅうきょ》〈ポワルー〉で救援隊を仕立てる。セルキースを頭に、五人の男が選抜され、それぞれ鋤や余分の板などをかついで、唄を歌いながらしごくにぎやかに出発する。

マックスが後ろから、今度はおまえたちまでが泥沼にはまらないように用心しろよ、と呼びかける。じっさい、まさしくそのとおりのことが起こるのだが、幸か不幸かその現場が、〈メリー〉の立ち往生している地点から二、三百ヤードしか離れていない。トラックの後輪の車軸は完全に泥に埋まり、乗っていた男たちはすっかり疲れきっている。まるまる五時間も、彼女を泥中から掘りだそうと、懸命の作業をつづけてきたのだから。

しかもその疲れを倍加させ、彼らを気も狂わんばかりの怒りにかりたてているのが、ミシェルのひっきりなしに発する善意の勧告と命令である。持ち前のかんだかい、哀れっぽい裏声で発せられるそれは、主として、「フォルカ！」から成っていて、しかも自らはその掛け声もろとも、三つのジャッキをたてつづけに折ってしまう始末。救援隊のタフな男たち（まさしくその屈強さを買われて選ばれた顔ぶれ）が力を貸し、ミシェルよりはいくらか判断よろしきを得たセルキースの誘導もあって、しぶしぶ〈メリー〉は泥中から腰をあげることを承諾する。彼女があまりにだしぬけにそうしたため、周囲の男たちは、頭から足の先まで泥をかぶるはめになる。また、彼女が腰をあげたあとには、あんぐり大きな穴が口をあけ、さっそく大佐によって、〈メリーの墓場〉と命名される。

ブラークでの発掘も最後の段階にはいると、かなりの雨がずっと降りつづき、セルキースの修理した屋根では、その重圧に抗しきれなくなる。のみならず、窓の板が風であおられ、雨まじりの突風が部屋のなかを吹き抜ける。さいわい、いちばんひどい雨はわたしたちの〝休みの日〟に降り、おかげで、仕事を中断させられることこそないものの、かねてから計画していたカウカブ火山への小旅行は、中止のやむなきにいたる。

ついでだが、このことをめぐって、わたしたちはあやうく反乱にあいそうになる。たまたま、十日間つづいた就業日が土曜日に終わり、あしたは仕事がない、ということを一同に伝えるよう命じられたアーブド・エス・サラームが、いつものように一言多すぎて、「あしたは日曜日だ――だから仕事は休みだ！」そう言いはなつというへまをやらかしたのだ。

たちまち一同は騒然となる。なんだと？　われわれ絶対的多数を占める善良なイスラム教徒が、たった二十人ばかりのみじめなアルメニア人のキリスト教徒らのために、侮辱され、犠牲にされなくてはならないのか？　なかでも乱暴者で通るアッバース・アイードという男は、ストライキを組織しようとする。そこでついにマックスがのりだし、もしもこの自分が日曜日を、月曜日を、火曜日を、水曜日を、木曜日を、金曜日を、土曜日を休日にしたいと思えば、その日はいつでも休日になるのだ、と宣言する。また、アッバース・アイードについては、今後二度とこの発掘現場に顔を見せてはならない！　かたやアルメニア人たちは、勝ち誇ってくすくす笑い、いまにも暗殺者の血祭りにでもあげられそうな恨みをかきたてるが、こちらにたいしても、おまえたちは口を慎むようにとの訓戒がなされ、それからやっと給料日の行事が始まる。マックスは〈メリー〉のなかにおさまり、ミシェルがよろよろと家から現金袋を持ちだして（ありがたいことに、もはやメジディ貨ではない！　メジディは非合法化され、いまはシリアの通貨が欠かせなくなっている）、つぎつぎにそれを〈メリー〉の荷台に並べる。マックスの顔が運転席側の窓からのぞき（なんとなく、鉄道駅の出札係といった趣だ）、ミシェルも現金の管理にあたるべく、椅子をトラックのなかに持ちこんですわると、硬貨をいくつかの山に積みあげる。積みあげながら深々と溜め息をつくのは、どれだけ多くの金がイスラム教徒どもに持っていかれることやら、とでも考えているのだろう。

マックスが分厚い帳簿をひらき、いよいよお祭り騒ぎが始まる。名前を呼びあげられると、つぎからつぎへと班ごとに列をつくった男たちが進みでて、各自の受け取るべきものを受け取る。ゆうべは、ひとりひとりの毎日のバクシーシの額を検討し、それを賃金と合算するという、めざましい算術的離れ業が演じられ、それが深更《しんこう》にまで及んだ。〈運命〉の依怙《えこ》贔屓《ひいき》がひときわ明らかになるのが給料日である。あるものは大枚のボーナスを手にし、あるものはほとんどなにももらえない。それでも、にぎやかにジョークや警句がとびかい、〈運命〉に無視されたものも含めて、全員がしごく朗らかだ。背のすらりとした器量よしのクルド女がひとり、いきなりとびだして、いま受け取ったものを数えている夫に駆け寄る。

「いくらもらえたの？　見せておくれ！」平然と彼女は、夫の手から給料の全額をひったくると、そのまま歩み去る。

かかる女らしくない（そして男らしくない）ありさまを見せつけられて、どこか奥床しげな風貌のアラブ人がふたり、ショックを受けたようにそっと面をそむける。

と、いまのクルド女がふたたび泥小屋から顔を出し、つないであった驢馬の縄を解こうとしている夫に、そのやりかたが悪いと金切り声で罵言《ばげん》を浴びせる。ののしられたクルド人は、大柄でハンサムな男だが、憮然として、そっと溜め息をつく。まったく、クルドの亭主たるものの、なんとつらい立場であることよ！

世上のうわさでは、かりに砂漠のまんなかでアラブ人の追い剝ぎに襲われても、相手はこちらを殴打はするが、命まではとらない。しかるに、クルド人の追い剝ぎだと、必ず殺される——それも殺すことの快感のためにのみ！

ひょっとすると、うちで女房の尻に敷かれているぶん、その鬱憤《うっぷん》が外への残忍さとなって噴出するのかもしれない。

二時間かかって、ようやく全員の支払いが終わる。ダーウード・スレイマーンとダーウード・スレイマーン・ムハンマド、この両者のあいだの些細な行きちがいも、双方の納得のゆくように調停される。アブドゥッラーがにこにこしながらもどってきて、計算ちがいで十フラン五十、多くもらいすぎていると言う。かと思うと、小さなマームードが金切り声をはりあげて、四十五サンチームの差額についての支払い側の誤りを指摘する。「ビーズが二個、土器のふちの破片が一個、それに黒曜石のかけらが一個ですよ、ハワージャ。先週の木曜日の分です」すべての主張、それに対抗する主張、いっさい合財が検討され、調整される。だれとだれがつづけて働き、だれが辞めるか、その点についての情報ももとめられる。どうやら、ほとんど全員が辞めることになりそうだ。「けど、また十日ほどたったら——そう、わかりませんよ、ハワージャ」

「そうだな」マックスは言う。「その金を使い果たしたら、というわけだ」

「おっしゃるとおりで、ハワージャ」

にこやかに別れの挨拶がかわされる。その夜は中庭で、歌ったり踊ったりの饗宴がくりひろげられる。


チャガールにもどって、ある晴れた暑い一日。大佐は〈ポワルー〉の不品行について、さいぜんから真っ赤な顔でぶつぶつ当たり散らしている。このところブラークで、〈ポワルー〉に手を焼かされなかった日は、一日たりとないのだとか。そのたびにフェルヒードが呼ばれて、この車はちゃんと動く、どこも悪いところなどないと保証し、自分の手でそれを実証してみせようとする。と、車はたちどころに動きだす。これでますます大佐は恥をかかされた気分になる、というわけだ。

いま、ミシェルが近づいてきて、例のかんだかい声でいわく、この車に必要なのはキャブレターの掃除、ただそれだけだと。なあに、簡単なことですよ、大佐、あたしがやってみせましょう。というところでミシェルは、いつものお得意の芸当にのりだす。口いっぱいにタンクのガソリンを吸いあげ、ひとしきりがらがらとうがいをしてから、最後には嚥下する、というものだ。大佐は冷ややかな嫌悪の表情でながめている。ミシェルはひとつうなずき、楽しげにほほえむと、大佐にむかって説得口調で、「サウィ・プローバ？」と言うと、煙草に火をつけにかかる。わたしたちはみんな息をのんで、ミシエルの喉が火を噴くのを待ち受ける。が、なにも起こらない。

ほかにもさまざまな些細な揉め事が起きる。四人の男が喧嘩ばかりしているかどで解雇される。ヤーヤとアラウィとが兄弟喧嘩をして、たがいに口をきかなくなる。わが家の敷物のひとつが盗まれる。シークはこれを知っていたく憤慨し、さっそくこの件を糾問《きゅうもん》する査問会議をひらく。これをわたしたちは遠くから見物する。白い衣をまとい、長いひげをたくわえた男たちが数人、砂漠のまんなかに車座になって、ひたいを寄せ集めている。マンスールがそれを見やって言うことには、「あんなところに集まってるのは、秘密の相談事をだれにも聞かれたくないからですよ」と。

そのあとの処置がまた、まことに中近東的である。シークがやってきて、もう自分には犯人がわかっているので、それにもとづいて応分の処置をとり、盗まれた敷物も返却されるだろう、と言う。

ところが実際にはどうなったか。どうやらシークはかねてからの宿敵と目される男を六人、鞭打ちの刑に処し、さらに何人かを恐喝したらしい。結局のところ敷物は出てこず、ひとりシークだけがまた金まわりがよくなったと見え、しごくご機嫌のていでのしあるくようになる。

アーブド・エス・サラームがひそかにマックスのところへやってくる。「だれがハワージャの敷物を盗んだか、あたしから言ってあげましょう。シークの義兄の、イェジッド族のシークですよ。すごく悪いやつです。もっとも妹は器量よしですが」

この件を楯にとって、すこしくイェジッド族を痛めつけてやれそうだ、そんな期待の色がアーブド・エス・サラームの目のなかにちらつくが、マックスはきっぱりと彼に、あの敷物はすでに損失として帳簿から抹消した、今後その件についてはいっさいなにもするな、そう言いわたす。さらに、マンスールとスーブリとをきびしく見据えながら、「これからはもっとしっかり目を配っているように。それから、敷物類を外に出して日にあてるのはいいが、出しっぱなしにはしておかないこと」

つぎなる厄介事というのは、税関から査察官がやってきて、ふたりの作業員を逮捕することだ。密輸入品のイラク煙草を吸っていた罪だというが、これは当のふたりにはまことに不運というしかない。実際には、発掘現場にいる二百八十人（現在の作業員数）全員が、こぞって密輸入品のイラク煙草を吸っているのだから。上級の査察官がマックスに面会をもとめてくる。「これは重大な犯罪です。これまではハワージャ、あなたに一目置いて、発掘現場で逮捕を強行することを控えていたのです。身内から縄つきを出したとあっては、あなたの名誉にかかわりますからな」

「ご親切とご配慮のほど、まことにかたじけなく存じます」マックスも答える。「しかしですな、こうなった以上はあの二名を、即刻、賃金は与えずに解雇されるべきでしょう、ハワージャ」

「さて、それはどうですかね。この国の人間にこの国の法律を強制する、ぼくにはそこまですることはできません。ぼくは外国人です。あの男たちはぼくのために働くという契約をし、ぼくはあの男たちに給料を払う契約をした。払うべき給料をさしとめることはできません」

結局、この問題は（当の犯罪者たちの同意を得たうえで）、二名の給料からそれぞれの罰金を天引きして、査察官に渡すというかたちで決着がつく。

「インシャッラー！」二名は肩をすぼめてそうつぶやきながら、仕事にもどってゆく。心やさしいマックスは、その週の彼らのバクシーシに手心を加え、いささか気前のよすぎるボーナスをつけたしてやる。給料日がくると、ふたりは大喜びするが、その恩恵をほどこしてくれたのがマックスだとはつゆ知らず、わが身の幸運はアッラーの神のかぎりない慈悲心のたまものと解釈する。

　わたしたちはまた日帰りでカーミシュリーへ出かける。いまではこれがパリかロンドンへでも行くような、晴れがましい行事になっている。手順は毎回ほとんどおなじだ。最初にハロッズ、ムッシュー・ヤンナコスとのとりとめのない会話、銀行での長たらしいやりとり。ただし今回は、たまたまマロン派教会の最高位聖職者のご来臨があって、座が華やかになる。宝石をちりばめた十字架、贅を凝らした髪型、紫色の衣、きらびやかな盛装である。マックスがわたしをつついて、〝猊下《げいか》〟にきみの椅子をさしあげろとすすめる。わたしはしぶしぶ応じるが、内心、いささか攻撃的なプロテスタントにならざるを得ない（注記──かりに似たような状況でヨーク大主教に出あったら、わたしはたまたま腰かけていたその場でただひとつの椅子を、猊下におすすめするだろうか？　かりにわたしがそうしたとしても、猊下はけっしてお受けにはなるまい！）。だが、こちらの大管長だか大ムフティー（ムフティーはイスラム教の指導者）だかなんだかは、満足げに溜め息を漏らしてどっかとそれに腰をおろすなり、わたしに優渥《ゆうあく》なる一瞥をたまわる。

ミシェルは、いまさら言うまでもあるまいが、またもやわたしたちの癇癪《かんしゃく》を破裂させてくれそうになる。すこぶる〝エコノミーア〟と称して、一連のばかげた買い物をしてくるのだ。さらに、二頭めの馬を買うかどうかを決めようと、マンスールを連れて出てゆくが、このマンスールが突発的な〝馬熱〟にかりたてられたあげく、ちょうどマックスが散髪ちゅうだった地元の理髪店へ、その馬にまたがったまま乗りこんでくる騒ぎ！

「いますぐ出ていけ、このばかめが！」マックスがどなる。

「いい馬ですよ。おとなしいしね！」マンスールが叫びかえす。

と、とたんに馬が後脚で立ちあがり、ふたつの巨大な前脚のひづめに恐れをなした店内のひとびとは、てんでに物陰に難を避けるという騒ぎになる。

マンスールは馬もろとも追いだされ、マックスは席にもどって散髪を終えながら、マンスールに言いたいことを言ってやるのは、すこしだけ先へ延ばすことにする。

わたしたちはフランス軍の兵舎で、司令官とともにとびきりおいしい、凝った昼食をしたためる。ついでに何人かの将校に、たまにはチャガールまで足をのばして、わたしたちを訪ねてきてくれるように言い残し、ふたたびハロッズへもどって、ミシェルの最新の〝経済行為〟の成果を見る。どうやら一雨きそうなので、一同ただちに帰途につくことになる。

馬は購入されることに決まったが、どうせ連れて帰るのなら、自分が乗って帰りたい、そうマンスールが言いだす。

おまえにそんなことをさせたら、けっしてうちへはたどりつけまい、そうマックスが言う。

わたしは名案だと思うと言い、マンスールを乗せてやってくれと頼みこむ。

「こいつのことだ、全身が硬直して、きっとにっちもさっちもいかなくなるぞ」と、マックス。

するとマンスールのいわく、馬に乗れば、けっして硬直したりはしない、と。

とどのつまり、マンスールはあす、馬に乗って帰ってくることが許される。たまたま郵便が一日遅れているので、あすになれば、それを受け取ってくることもできる。

かくしてわたしたちは帰路につく(例によって、窮屈そうな鶏どもや、浮浪者ふうの男たちもいっしょだ)。やがて雨が降りだす。車は奇妙きてれつな滑走をくりかえすものの、それでも道路が通行不能になる前に、どうにか家にたどりつく。

大佐はちょうどブラークからもどってきたところだが、またしても蝙蝠軍団にさんざん悩まされたとのこと。懐中電灯で彼らを洗面器まで誘導する作戦は非常にうまくいったが、悲しいかな、作戦遂行のためにまるまる一晩がつぶれ、ほとんど眠れなかったそうな。わたしたちは冷ややかに、わたしたちのときには、蝙蝠なんか一匹も見かけませんでしたよ、と言ってやる。

作業員のなかにひとりだけ、読み書きに堪能な男がいる。名はユースフ・ハッサンというが、これが発掘隊一といって二とはくだらない怠け者である。わたしが墳丘へ行ってみて、ユースフが実際に体を動かしている現場へ行きあわせたことは、いまだ一度もない。いつの場合も、たったいま受け持ちの区画を掘りおえたところか、それともこれから掘りにかかるところか、さもなければ、一息入れて煙草に火をつけているところ、と相場が決まっている。そのくせ、読み書きができることをいくらか鼻にかけていて、ある日、退屈しのぎにしたことが、手もとの煙草の空き箱に、「サーレー・ビッローはジャフジャーハ河で溺れ死んだ」と書いて、仲間に見せること。だれもがこの学識と知恵とのひけらかしに感服して、座はおおいに盛りあがる。

さて、その空き箱は、からになったパンの袋のなかにまぎれこみ、穀粉の袋に押しこまれて、やがて袋ごと、袋の本籍地たるハンジールの村へともどる。ここでだれかが箱に書かれた文字に気づく。それは物知りの長老のところへ持ちこまれ、長老がそれを読む。あっというまにニュースはサーレー・ビッローの郷里、ジェルマイールの村にまで伝わる。結果として、つぎの水曜日になると、おびただしい弔問客が、男たちや、すすり泣いている女たちや、号泣している子供たちの別を問わず、群れをなしてテル・ブラークへと押しかけてくる。

「ああ、ああ！　サーレー・ビッローが死んだ！　みんなに愛されたあの男が、ジャフジャーハ河で溺れ死んだ！　われわれは彼の遺体を引き取りにきた！　渡してくれ！」

ところが、真っ先に彼らの目にはいるのが、ほかでもないサーレー・ビッロー本人。陽気に唾を吐きながら、割り当てられた地面を掘りかえしている。一同あっけにとられるところへ、事情が説明され、たちまち怒り心頭に発したサーレー・ビッローが、つるはしでユースフ・ハッサンに殴りかかる。双方から、加勢がひとりずつ飛び入りする。大佐が割ってはいり、やめろと命令し（これは言うだけ無駄だが）、いったいどういうことなのか、糾明《きゆうめい》しにかかる。

それから、マックスによって査問会議がひらかれ、刑が申しわたされる。

サーレー・ビッローは、一日間という期限つきで追放。理由は、(a)喧嘩したこと、(b)やめろと言われたのに喧嘩をやめなかったこと。ユースフ・ハッサンは、歩いてジェルマイールへおもむき（距離は四十キロ）、このすこぶる縁起の悪い悪戯について、一部始終を説明し、謝罪すること。あわせて、二日分の給料を罰金として徴収する。

しかし、この事件のほんとうの教訓というのは——と、マックスはあとでわたしたち内輪のものだけに、そっと指摘する——読んだり書いたりすることが、きわめて危険な力を持ってるってことさ！

悪天候のため、三日間にわたりカーミシュリーに足留めを食っていたマンスールが、だしぬけにもどってくる。半死半生で馬の背にしがみついているていたらくで、しばし立ちあがることすらできぬのはまだしも、もうひとつ、よけいな災いまで背負いこんでくる。カーミシュリーで、大きなおいしい魚を一匹、買いこんだのはいいが、やむをえずそこで日を過ごすうちに、すっかり傷んでしまったというわけだ。しかも、なにを思ってか、それをわざわざ持ちかえってくるとは！　大急ぎで魚は埋葬され、マンスールはうめきつつベッドにひきとって、以後三日間、姿を見せない。おかげでわたしたち夫婦は、そのかん利発なスーブリのサーヴィスをめいっぱい享受する。

とうとうカウカブへの小旅行が実現する。フェルヒードは、何事も一意専心、ひたむきに取り組みたがるほうだから、今度も〝現地の地理に詳しいから〟と、自らガイドを買って出る。一行は、いくらかあぶなっかしい橋を通ってジャフジャーハ河の対岸へ渡り、以後はフェルヒードの悲壮なリーダーシップに身をゆだねる。

道中、フェルヒードが責任感からほとんど息も絶えだえになっているのを除けば、一行の士気はさほど悪くない。めざすカウカブがつねに前方に見えていることも、一同の励みになっている。とはいえ、そこまで行くあいだの石ころだらけの道、これがけっこうすごい。とりわけ、めざす死火山に近づくにつれ、悪路はますますひどくなる。

出発前には、一家のなかでさまざまなきしみが表面化し、かなり緊迫した雰囲気となっていた。小さな石鹸のかけらをめぐって、全使用人を興奮させる激しい争いも起こった。現場監督たちは冷ややかに、われわれはこの小旅行には行きたくないと言いだすが、大佐が同行を強要する。監督たちは左右に分かれて反対側から〈メリー〉に乗りこみ、背中合わせにすわって、おたがい視線も合わさない。セルキースは荷台の後ろに鶏みたいにうずくまり、一言も口をきこうとしない。いったいだれがだれと仲たがいしているのか、わたしたちには見当もつかない。とはいえ、カウカブの斜面をのぼりきるころには、いっさいの軋轢《あつれき》は忘れられている。それまでわたしたちはその登山について、一面の花の絨毯を踏みしめて、ゆるやかな斜面を頂上まで歩いてゆけばよいと思いこんでいたのだが、いざ斜面の下に立ってみると、傾斜はほとんど垂直の壁のよう、足もとはすべりやすい真っ黒な噴石。ミシェルとフェルヒードは、スタート前にきっぱり登頂を拒否するが、ほかのみんなはひとまず挑戦する。わたしは早々に撤退して、ほかのひとたちがすべったり、ころんだり、息を切らせたりしてよじのぼる光景を、楽しみながら拝見することにする。アーブド・エス・サラームなどは、最初から最後まで、ほとんど四つん這いのままでのぼりきる。

その山にはひとまわり小さな火口もあって、そのふちで一行は昼食をとる。ここには花がおびただしく咲き乱れ、まことにすばらしいひとときとなる。周囲には、息をのむような光景がひろがり、ジェブエル・シンジャールの山々も、程遠からぬところに見えている。その全き安らけさは、陶然とするほどすばらしい。幸福感が大きなうねりとなって身内を揺さぶり、わたしはいまさらのように、どれほどこの土地を愛しているか、ここの暮らしがどれほど完璧で、満足すべきものであるかを実感する……

第九章　マックの到着

　そろそろシーズンも終わりに近づき、マックの合流するときがやってくる。わたしたちはみんな彼を迎えるのを楽しみにしている。バンプスはマックについてあれこれ訊きたがり、しかも聞かされたことにたいして、いちいち不信をあらわにする。余分な枕が必要なので、カーミシュリーで手にはいるかぎりのいちばん上等なのを買ってくるが、これがまさしく鉛のようにかたいしろもの。

「気の毒に、こんな枕じゃ寝られっこありませんよ」そうバンプスが言う。

　わたしは彼に、だいじょうぶ、マックはどんな枕で寝ようと気にしないから、と保証する。

「蚤にも南京虫にも、あのひとは食われないし、厄介な手荷物はぜんぜん持ってこない。私物もいっさい持ってこないから、それを散らかすこともない」そのあとわたしは、なつかしさをこめてつけくわえる。「持ってるのは、格子縞の毛布と日記帳だけよ」

これでいよいよバンプスの不信の色は深まる。

マックが到着する日がくる。たまたま休みの日にあたっているので、わたしたちは複雑な日帰り旅行の計画をたてる。まず午前五時半に、大佐が〈ポワルー〉に乗ってカーミシュリーへ出発する。マックを出迎えるのと、散髪とを同時にすませてしまおうという算段である（散髪は大佐の場合、頻繁にする必要がある。軍人ふうに短く刈りこんだ髪型に固執しているためである）。

残ったわたしたちは七時に朝食をとり、八時にアミューダーへ出かける。ここでほかのひとたちと合流し、その周辺の二、三の墳丘を調べるため、打ちそろってラース・エル・エインへ行く予定だ（わたしたちの休日はつねに、いわゆる〝バス運転手の休日〟である。運転手が休日には自分の車を運転するように、わたしたちもけっして本業から離れられない）。スーブリと、温和なディミートリも、この遠征に参加する。ふたりともおしゃれに決めていて、ぴかぴか光ったブーツに、ホンブルグ帽、かなり窮屈そうな紫色のスーツといういでたち。ミシェルは、毎度の苦い経験から、普段どおりの作業着姿だが、それでも休日の雰囲気を強めようと、白いスパッツを一着に及んでいる。

アミューダーの町は、以前にもまして不潔だ。店頭に飾られた腐りかけた羊の数も、わたしの記憶にある以上におびただしい。マックと大佐とはまだ到着していず、例によって〈ポワルー〉が大佐を裏切ったのではないかと、わたしは不吉な想像をめぐらす。

さいわい大佐たちもほどなく到着し、ひとしきり挨拶がすんで、二、三の買い物（主としてパン――パンだけはアミューダーのがとびきりおいしいから）をすませたところで、いよいよ出発となる。ところがここで、いままでお行儀のよかった〈ポワルー〉が、またもや悪い癖を出して、タイヤのひとつをパンクさせてしまう。ミシェルとスーブリとが手ばやく処置にかかるが、そのかんに周囲はたちまち黒山の人だかり、しかもどんどんその輪がせばまってくる――毎度おなじみ、アミューダー人の物見高さだ。

やがてようやく出発の運びとなるが、一時間ほど走ったところで、またも〈ポワルー〉がひねくれだし、今度はべつのタイヤがいかれる。再度の修理。となって、あらためて見てみると、どうも〈ポワルー〉のお化粧道具には、ひとつとして満足なものがないらしい。ジャッキは欠陥品だし、ポンプはまったくのへっぽこ。スーブリとミシェルとは、各自の歯と爪とで管のあちこちをおさえるという方法で、ちょっとした奇跡を演じてみせる。

かくして貴重な時間を一時間も失ったあげくに、一行はふたたび走りだす。つぎに出くわす難関が、思いもかけず水がいっぱいにあふれているワーディ――こんなに早い季節としては珍しいことだ。ここでまた停まって、はたしてこれを強行突破できるかどうか、侃々諤々《かんかんがくがく》の議論となる。

ミシェル、スーブリ、ディミートリの面々は、もちろん突破できるという意見――それが慈悲ぶかい神の思し召しならば。とはいえ、全能なる神がそれを望まれず、奇跡によって〈ポワルー〉の車体を押しあげることに乗り気でない場合は、まかりまちがえば泥にはまりこみ、脱出不能になるおそれがある。それらを考慮したうえで、ここは不本意ながら自重することになる。

わたしたちが自重すると決めたことで、地元の村人はすっかり落胆する。あまりにその落胆ぶりがはなはだしいので、ひょっとして水没した車をひきあげることで生計の資を得ているのではないか、などとわたしたちは邪推する。ミシェルが水深をはかろうと水中に踏みこむが、そのさい下着が見えて、一同思わず目を奪われる。風変わりな白いコットンのもんぺふうパンツ、その足首のところがテープでくってある――いくらかヴィクトリア時代の女学生がはいていた、パンタレットに似ていないでもない！

ついでに、このワーディのそばで昼食をすませてゆくことになる。食事のあと、マックスとわたしは浅瀬で足をぴちゃぴちゃさせてみる。気持ちがいい。が、それもつかのま、だしぬけに水中から一匹の蛇がとびだし、わたしたちは早々に退散する。

どこからかひとりの老人がやってきて、わたしたちのそばにすわりこむ。いちおうの挨拶がかわされたあとは、例によって長い沈黙。

ややあって老人が丁重に訊く。わたしたちはフランス人か。それともドイツ人？　イギリス人？

イギリス人！

老人はひとつうなずく。「するといまこの国は、イギリスのものになっとるのかの？　よう思いだせんのですじゃ。もうトルコ人のものでないことだけは知っとるが」

「そうです、戦争以来、トルコ人はもうここにはいません」わたしたちは言う。

「戦争？」老人はとまどい顔で問いかえす。

「大戦ですよ、二十年前の」

老人は考えこむ。「戦争のことは思いだせんなあ……いや、待てよ、ちょうどあんたたちの言うそのころ、たくさんの軍隊《アスカル》が鉄道で行ったりきたりしておった。すると、あれが戦争だったのかの？　わしらは戦争だとはぜんぜん気がつかんじゃった。このあたりまでは及んでこなんだからの」

しばらくして、またしても長い沈黙のあと、やおら老人は腰をあげ、丁重に別れを告げて、去ってゆく。

わたしたちはテル・バインダール経由でひきかえすが、このテルの周辺には、無慮幾千とも思える黒いテントが林立している。春が近づいているので、ベドゥインたちが放牧のために南下してきているのだ。ワーディ・ワージュには水が流れ、あたり一帯に生命感が息づいている。だがあと二週間もすれば、それもおそらくは消えて、ふたたび無人の原野と静寂とがもどってくるだろう。

テル・バインダールの斜面で、わたしはひとつの掘り出し物を拾う。小さな貝のように見えるのだが、よく見ると、実際には粘土でできていて、かすかに彩色された跡もある。わたしはこれに心をひかれ、いったいだれが、なんのために、これをこしらえたのかと空想をめぐらす。これは建物を飾っていたのだろうか。それとも化粧品の箱を？皿を？　明らかにこれは海の貝だ。何千年も前に、こんな内陸の奥地で、だれが海のことを知り、海を想ったのだろう？　この貝ひとつをつくるために、どれだけ高い志と、職人としての誇りがその細工にこめられたことだろう？　わたしはマックスに声をかけ、いっしょにそれを推測してみてくれるように頼むが、彼は慎重に、データがいっさいないのだから無理だ、と答える。それでも、親切につけくわえて、きみのためにぼくも類似のものを探してみるし、よそでおなじタイプのものが出土していないかどうか、文献をあたってみようと言ってくれる。いっぽうマックには、わたしも推論してもらおうという期待すらいだかない。そういうことは彼の体質にはないし、じっさい彼は、まるきり無関心だ。バンプスはそこへいくとはるかに思いやりぶかく、わたしといっしょに推論ゲームに加わることを快く承諾する。しばらくのあいだ、《粘土の貝殻の主題による変奏曲》がつづけられるが、最後には、双方がぜんぶの説を合体させ、すっかりローマ時代にはまっている大佐への攻撃に切りかえる（わたしたちのような発掘隊にいながら、なんでもローマ時代とは、とんでもない料簡ちがいというものだ）。そのうちわたしも態度を軟化させ、それまでほかの（軽視された）発掘品のなかにまぎれていた、ローマ時代の特徴的なブローチをひとつ、とくに撮影することに同意したうえ、乾板を一枚、それだけのために割り当ててやる。

みんな上機嫌でチャガールに帰り着くと、さっそくシークがマックを迎えに駆け寄ってくる。「やあ、ハワージャ・エンジニア！」叫ぶなり彼は、温かくマックを抱きしめ、両頬に接吻する。

大佐がしきりにくすくす笑うのを見て、マックスが警告する――

「来年にはあんたがああいうふうに迎えられるんだよ」

「なに、わたしがあのいやらしい老人にキスされるのを許すって？」

わたしたちはみんなそうなることに賭けるが、当の大佐はひどくしゃちこばって、いかめしい態度を崩さない。

大佐の言うには、マックスは〝兄弟〟として迎えられ、とびきり熱烈な抱擁を受け入れた。「しかしわたしの場合はそうはいかんぞ」きっぱりと大佐はそう言いきる。

つづいてマックは現場監督たちから熱狂的な歓迎を受ける。彼らは口々にアラビア語でまくしたてるが、マックはあいかわらず英語で答える。

「ああ、ハワージャ・マック！」アラウィが溜め息をつく。「今年もまた、してほしいことはぜんぶ口笛で伝えることになりそうだぞ！」

ほとんど間をおかずに、盛大なごちそうが出現する。そしてそのあとは、休日とマックの到着とを祝う特別の珍味（ターキッシュ・ディライト、茄子を炒めてつぶしたもの、チョコレートバー、そして葉巻）が出され、みんなは疲れてはいるものの、すっかりくつろいですわり、談笑する。今夜ばかりは、話題も考古学以外のことだ。

そのうち、話題は宗教全般に移る。宗教は、いまわたしたちのいるこの地域では、とりわけ論議のやかましい問題である。このシリアじゅうのいたるところに、ありとあらゆる狂信的な宗派、教団が割拠し、そのすべてが、大義のためならたがいの喉をかっきることをも辞さず、という過激さで知られている。話題はそこからさらに転じて、《善きサマリア人《びと》》の話題に落ち着く。旧約や新約の聖書に語られている話のすべてが、この地方では特別の現実味と興趣を帯びてくる。それらはいまわたしたちが、毎日ここで身近に聞いている言語や観念形態《イデオロギー》であらわされていて、しばしばわたしはその力点が、これまで普通に受け取っていた点からずれていることに気づき、はっとさせられることがある。ごく些細な例として、『列王紀』に語られている毒婦イゼベルの物語を挙げよう。わたしはこのことにまったくとつぜん気づいたのだが、厳格なプロテスタント的環境においては、この物語のなかでまさに〝イゼベル〟を象徴するものとして強調されるのは、彼女が目のふちをいろどり、髪を飾ったということである。ところがこの土地では、問題は顔をいろどったことでも、髪を飾ったことでもない。ここでは貞淑な女でもみんな化粧をし（あるいは顔に刺青をほどこし）、髪をヘンナで染めるのだから。問題は、イゼベルが〝窓から見おろした〟という事実なのだ。これは明らかに不謹慎な行為である！

新約聖書の物語がひときわ身近になるのは、わたしがマックスにむかって、いま彼がシークとかわしていた長い会話の要旨を教えてくれと要求するときだ。というのも、ふたりのやりとりは、大半が寓話で成りたっているからである。自らの願望や要求を言いあらわすのに、いっぽうはある含蓄を持った物語を持ちだし、もういっぽうはそれにたいし、局面を一転させるべつの物語で応じる。応酬はどこまでもつづくが、いかなることも、けっして直接的な言葉で語られることはない。《善きサマリア人》の物語も、ここではある現実味を帯びる。雑踏する街路や、警察、救急車、病院、公的扶助、などといった雰囲気のなかでは、けっして味わえない現実味を。かりにある男が、ハセッシェからデール・エズ・ゾールへ通ずる砂漠のまんなかの、広い街道ぞいで行き倒れたとしたら、物語とおなじことが今日でも容易に起こりうるだろうし、それはまた、憐れみの持つかぎりない徳というものを、砂漠の住人たちみんなの目にありありと焼きつけるだろう。

マックスがふいにたずねる。かりにその場にひとりの目撃者もなく、世論という圧力もなく、たとえ自分がなにひとつしなかったとしても、それが世間に知れわたったり、非難されたりするおそれもないとしたら、わたしたちのうちでいったいどれだけの人間が、ほんとうに他人に援助の手をさしのべるだろうか？

「そりゃだれだってそうするさ。議論するまでもない」と、大佐がきっぱり言いきる。

「ほう、はたしてそうかな？」マックスは追及する。「ひとりの男が倒れて死にかけている。死は、いいかね、この土地ではたいして重要なものじゃないんだ。あんたは急いでいる。やるべき仕事もある。遅れたくないし、面倒なことを背負いこむのもごめんだ。その男とはなんのかかわりもない。それに、だれにもそれを知られるわけじゃないんだ、たとえそのまま通り過ぎたとしても。厄介だな、おれの知ったことじゃない、どうせそのうち、ほかのだれかが通りかかるさ、などとぶつぶつ言いながら通り過ぎたとしても……」

一同はすわりなおし、考えこむ。そしてわたしの思うに、だれもがわずかながら動揺する……結局のところわたしたちは、自分自身の基本的な人道精神というものに、さほど強い確信を持っているだろうか？

長い沈黙があってから、バンプスがのろのろと言いだす。「ぼくはたぶんそうすると思うな……そう、たぶん救いの手をさしのべると思う。あるいは、いったんは行き過ぎるかもしれないが、そこで自らを恥じて、ひきかえす」

大佐もそれに同調する。

「それだよ、うん。なにもしなければ、居心地が悪くなるんだ」

マックスは、自分もおそらくそうするだろうが、じつは、そうありたいと思っているだけで、ほんとうにそうできるかどうか、その点はあまり確信がないと言い、わたしもそれに同調する。

ちょっとのあいだ、みんな黙りこむが、そこでわたしは、例によってマックだけが、いまの議論になんら関与していないことに気づく。

「ねえマック、あなたならどうする？」

マックは心地よい放心からひきもどされ、わずかにすわりなおす。

「ぼく？」その声音はいくらか驚いているようだ。「そうだな、ぼくならそのまま行き過ぎるでしょうね。立ち止まらないと思うな」

「立ち止まらない？　ぜったいに？」

みんなは興味ありげにマックを見つめ、彼は穏やかにうなずく。

「ここらではたくさんのひとが死ぬ。だから、それがいくらか早くなろうと遅くなろうと、たいしたことじゃないと思うようになるんだ。ぼくだってじつのところ、だれかがぼくのために立ち止まってくれる、なんて期待しないでしょうからね」

そう、たしかにそうかもしれない、このマックなら。

彼の穏やかな声がつづく。

「ぼくとしては、そのまま行き過ぎて、本来やるつもりだったことをやるほうが、よっぽどいいように思う。そうしなければ、しょっちゅうほかの人間、よその出来事に煩わされるだけで、すべては終わってしまうだろうから」

わたしたちの興味ありげな凝視は動かない。そのうちふと、ある考えがわたしの頭に浮かぶ。

「でもねえ、マックス、ひょっとしてそれが馬だったら？」

「ああ、馬だったらね！」とつぜんマックは人間らしくなり、生きいきしてきて、どこから見てもよそよそしくは見えなくなる。「馬ならぜんぜん話はべつですよ！　もちろんぼくは、馬を救うためにできるかぎりのことをするでしょう！」

みんなはいっせいにどっと笑い、マックは目をぱちくりさせる。


きょうは明らかに〈便秘の日〉である。ここ数日、現場はアーブド・エス・サラームの健康状態という話題で持ちきりだった。ありとあらゆる緩下剤が投与されたが、その結果としていまでは、「すっかり体が弱ってしまった」と、本人はぼやいている。「ハワージャ、一度カーミシュリーへ行ってきたいんですがね。体力回復のために、注射でも打ってもらおうかと思うんで」

さらに厄介な症状なのが、サーレー・ハッサンという男の場合だ。彼の腸は、穏やかなイーノに始まり、最後は半瓶ものひまし油にいたるまで、あらゆる種類の治療に頑強に抵抗してきた。

そこでマックスが頼ったのが、カーミシュリーの医者にもらった〝馬の〟薬である。とてつもない量が投与され、そのうえでマックスはおもむろに患者にむかい、もしもおまえの腸が〝きょうの日暮れまでに動いたら〟、大枚のバクシーシをはずもうと宣言する。

たちまち患者の友人や身内が駆けつけてくる。その午後は、彼らが口々に掛け声や激励の言葉をかけながら、片目ではしだいに傾く太陽を気がかりそうに睨みつつ、患者を追いたてて、ぐるぐる墳丘の周囲を歩きまわらせる、そんな騒ぎのうちに過ぎてゆく。ぎりぎりのところだったが、その日の作業が終了して十五分ばかりのち、どっとあがる歓声と喝采。ニュースが野火のごとくにひろがる。ついに水門がひらいた！　熱狂する野次馬にかこまれて、青ざめた患者が家まで送られてくる――約束されたボーナスを受け取るために。

スーブリは、慣れるにしたがってだんだん大きな責任を背負いこみ、ブラークの家や現場全体に、きびしい管理体制を敷きはじめる。そこの現状のすべてが、彼のめざすほどの高い水準に達していないとの考えからで、つまりは彼もほかのみんなとおなじに、わたしたちの〝評判〟を高めようと懸命なのである。彼はミシェルを説得して、おなじみの〝エコノミーア〟を断固やめさせ、カーミシュリーのバザールでスープ皿ひとそろいを買いこませる。つづいて、巨大な蓋つきのスープ入れが毎晩の食卓をにぎわせるようになるが、これがたったひとつの小さなテーブルをほとんど占領してしまうので、ほかの皿はどれも、ベッドの上にあぶなっかしく並べられなくてはならない。フェルヒードは、どんな料理でもナイフ一本でよそって、ナイフ一本で食べられるはずだという主義だが、この流儀もまたくつがえされ、なにやらとまどうほど大量のナイフやフォーク、スプーンの取り合わせがあらわれるようになる。スーブリはさらにハイユーをお風呂に入れてやり、もつれて毛玉だらけの全身を、大きな櫛（ミシェルがしぶしぶ買いこんだもの）ですっかりくしけずってやったうえ、安っぽいピンクのサテンのリボンまで首に巻いてやる。いまやハイユーは、スーブリでなくては夜も日も明けない！

給水係の妻と、十人のうちの三人の子供がやってきた（「きみのせいだぞ」と、マックスが非難がましく言う）。妻というのは、たえず泣き言を言っているあまり愉快でない女で、子供たちがまた、ちょっと例のないくらいかわいげのない悪ガキ。そろっていつも洟《はな》をたらしていて、これには正直なところうんざりさせられる。ほったらかしにされると必ず洟をたらす、これは自然界広しといえども人間の子供だけだが、どうしてそういうことになるのだろう。子猫だって、子犬だって、子驢馬だって、洟汁に悩まされることなどまるきりなさそうなのに！

両親は感謝の気持ちを示そうとしてか、あらゆる機会をとらえて恩人のみなさんの袖にキスしなさい、と子供たちに教えこむ。子供たちは忠実にそれにしたがい、こちらの防衛線を巧みに突破して接近してくる。その儀式のあとは、彼らの鼻の状態は格段に改善され、いっぽうマックスは、自分の袖をひどく心もとなげに見おろしている、そんな情景をわたしはしばしば目撃する。

近ごろは頭痛も流行していて、わたしたちはすくなからぬアスピリンを配布している。このところ猛暑がつづき、雷も多いせいだろうか。作業員たちは西洋と東洋、ふたつの科学の恩恵に浴している。わたしたちのアスピリンを飲んでしまうと、その足でシークのところへ急ぐ。するとシークは、〝悪霊を追いだすため〟と称して、真っ赤に焼けた円い焼き金を、親切にも患者のひたいに押しあてる。さいわいにして病気が治ったら、いったいどちらの手柄になるのか、そのへんはつまびらかでない。

けさ、わたしたちの寝室で蛇が発見される。見つけたのは、毎朝恒例の〝セルヴィス〟のためにやってきたマンスールである。洗面台の下のバスケットのなかに、蛇がとぐろを巻いている。さてそれからが大騒ぎ。みんなが駆けつけて、蛇退治に加わる。そのあと三日ほど、毎晩わたしは眠りにつく前に、どこからかさらさらと蛇の這う音が聞こえてこないか、と耳をそばだてる。だがしばらくすると、それももう忘れてしまう。

ある朝、朝食の席で、わたしはバンプスにちらりと目をくれながら、もっとやわらかな枕がほしくはないか、とマックにたずねる。

「いいや、べつに」と、マックはいくらか驚き顔で答える。「なにか、ぼくの枕に問題でもあるんですか？」

わたしがバンプスに勝ち誇ったまなざしをくれると、バンプスはにやりとする。

あとで彼は告白する。「じつをいうと、マックの話、信じちゃいなかったんですよ。あなたが話をおもしろくしようとして、法螺《ほら》を吹いてるんだと思ってた。ところがあの男ときたら、じっさい人間ばなれしている！　あの男の持ち物、着るもの、いっさいがぜんぜん汚れないし、破れないし、乱雑にもならないみたいなんだから。それにあなたの言うとおり、あの男の部屋にはなにひとつない。毛布と日記帳があるだけで、ほかには本一冊ないんです。どうやってあんなふうにしてられるのか、想像もつきませんよ」

わたしはバンプスが大佐と共有している部屋を見まわす。バンプスが使っているほうの半分は、彼の元気横溢した、あふれんばかりの個性を示すものが氾濫している。もっぱら大佐の精力的な奮戦によってのみ、それが大佐の側にまで侵入するのが食いとめられている、といったところだ。

とつぜんミシェルが窓のすぐ外で、〈メリー〉を大きなハンマーでたたきはじめる。

わたす。

バンプスがそれこそ火の玉そこのけの勢いでとびだしてゆくと、いますぐやめろと言い

いよいよ本格的な暑さが到来したいま、服装の点でマックスとバンプスとはいちじるしい対照をなしている。バンプスが脱ぎ捨てられるものはなんでも脱ぎ捨てようとするのにひきかえ、マックスはアラブ流を踏襲して、身につけられるものはなんでも身につけようとする。ひどく着ぶくれたうえに、とびきり厚手のツイードのコートの襟を立て、まるで照りつける日ざしなど、ぜんぜん目にはいらないかのようだ。

そしてマックは、見たところ、日に焼けてさえいない！

〈分割〉という焦眉《しょうび》の急が刻々と迫ってくる。シーズンの終わりに、古代文化局長官が自らのりこんでくるか、あるいは代理をさしむけてき、そのシーズンの発掘品すべてを発掘隊と二分するのである。

イラクでは、これは発掘品一品目ごとに行なわれていて、そのため〈分割〉には数日かかるのがつねだった。

けれどもシリアでは、そのシステムはぐっと簡略化されている。発掘品を二分することは、もっぱらこちらに、つまりマックスにまかされている。彼がそれを好きなように

配分したところで、シリア側の代表があらわれ、ふたつのコレクションを検分したうえ、シリアに残したいほうの半分を選ぶのである。残る半分は、そこで梱包され、大英博物館宛てに発送される。シリア側の選んだ半分のうち、なにかとくに興味ぶかいもの、または他にかけがえのないものがあれば、それは通常、先方の好意によって貸与され、ロンドンで研究したり、展示したり、写真撮影したりすることが可能になる。

このさいなにより苦痛なのは、全体をふたつに分けることである。なにか喉から手が出るほどほしいものがあっても、こちらがそれを失うおそれは多分にある。しかたがない、ならばもういっぽうにも、それとバランスのとれるようなものを加えるしかないだろう。だれもが順番にマックスに呼ばれて、それぞれの等級を見きわめるのを手伝わされる。ふたつの石斧《せきふ》群、ふたつの護符群。壺、ビーズ、骨製品、黒曜石。それから今度は、ほかのみんながひとりひとり呼び入れられる。

「さあ、この二組だが、きみならどっちをとる？　Aか、Bか？」

わたしがふたつを見くらべるあいだ、しばしの沈黙。

「わたしならBをとるわ」

「ほんとかい？　よしわかった。バンプスを呼んでくれ」

「バンプス、AかBか？」

「Bだ」

「大佐は？」

「Aさ、問題なしにね」

「マックは？」

「Bだと思うけど」

「ふむ」マックスは言う。「Bのほうが明らかに優勢だな」

そこで彼は、馬の首をかたどった、すてきな小さな石の護符をB群からA群へと移し、かわりにいくらか形のくずれた羊を加えたうえ、さらに二、三の調整をほどこす。

ふたたびわたしたちが呼び入れられる。今度は全員が絶対的にA群を支持する。

マックスは髪をかきむしる。

しまいには、みんな価値観が混乱してき、外見で判断する力を見失ってしまう。

いっぽうでは、熱に浮かされたような活動がつづけられている。バンプスとマックとは大車輪で発掘品のスケッチをし、かと思うと墳丘へ走って、住戸や建物跡の図面を描く。大佐は夜遅くまでアンティーカ・ルームにこもり、まだ終わっていなかった発掘品の分類や、ラベルづけと取り組んでいる。わたしもそこへ行って手伝うが、ひとつひとつの品目の命名をめぐって、意見が激しく対立する。

「馬の首――凍石《ステアタイト》、三センチ」

ここでわたし――「それ、雄羊でしょ」

「いや、いや、ばかな。この馬勒《ばろく》を見たまえ」

「角だわ、それは」

「よう、マック、これはなんだ？」

マック――「ガゼルでしょ？」

大佐――「バンプス、きみならこれをなんと見る？」

わたし――「雄羊よ」

バンプス――「駱駝みたいに見えるがなあ」

マックス――「当時は駱駝なんてものはいなかった。駱駝ってのは、わりと新しい動物なんだ」

大佐――「ほう、だったらあんたはこれをなんだと言うんだね？」

マックス――「様式化されたブクラニウムさ！」

といった騒ぎが延々とつづく。腎臓形をした各種各様の奇妙きてれつな小さな護符が終わったかと思うと、つぎにはまた、各種の不可解かつ定義のあいまいなしろものが持ちだされる。これらは慎重を期して、〝祭儀用器具〟という融通無碍《むげ》の名称を冠せられる。

わたしは写真の現像と焼き付けをも担当し、使用する水をなんとか冷たく保ちたいと腐心している。仕事はたいがいごく早いうち、朝の六時ごろだ。近ごろは日中になると、おそろしく気温が高くなるから。

作業員たちが日ごとに櫛の歯の欠けるように減ってゆく。

「刈り入れの時期なんで、ハワージャ。うちに帰らなくちゃなりません」

あれだけ咲き乱れていた花々も、放牧の羊の群れに食いつくされ、とうに姿を消してしまった。現在、墳丘上をおおっているのは、くすんだ均質な黄色一色。いっぽう周囲の平原には、トウモロコシや大麦が実っている。今年はきっと豊作だろう。

ついに運命の日がくる。ムッシュー・デュナンとその夫人とが、今夕、到着することになったのだ。夫妻はわたしたちの旧友で、以前ベイルートにいたときに、ビブロスで会ったこともある。

夕方になり、とびきり上等の（もしくはわたしたちがとびきり上等だと考える）食事が用意される。ハイユーはお風呂に入れてもらったし、マックスは長い展示台に並べられた二組の発掘品の山に、最後の苦悩のまなざしを向ける。

「たぶんこれでバランスがとれてると思うんだが。もしもあのすばらしい小さな馬の首の護符と、あの非常に珍しい円筒印章（すごく興味ぶかいものだ！）とが向こうにとられちまったとしても、かわりにこっちには、あの最高の〈チャガールの聖母〉と、両刃の斧の護符とが残るし、もうひとつ、あの非常にみごとな彫刻のある壺も……しかし、むろん向こうにはあの、初期の彩文土器の壺があるしなあ。ええい、くそ、もうこれで我慢するしかないか！　さあ、きみならどっちを選ぶ？」

だが共通の人情から、みんなはこれ以上ゲームに加わることを拒む。わたしたちにはとても決められない、異口同音にそう言い、マックスはマックスでなおも未練たらしく、デュナンはすばらしく鋭い鑑識眼をそなえているからなあ、とぼやく。

「いいほうの半分をちゃっかり持ってっちまうぜ、きっと」

みんなは断固として彼を部屋からひっぱりだす。

何時間かが過ぎる。夜のとばりがおりる。だがデュナン夫妻があらわれる気配はない。

マックスが思案げにつぶやく。「いったいあのふたり、どうなっちまったんだろう。もちろんこのあたりの人間らしく、いつも九十マイルぐらいでとばすからなあ。事故にでもあったんじゃなければいいんだが」

午後十時。十一時。依然としてデュナン夫妻はあらわれない。

ひょっとして、チャガールのかわりにブラークへ行ってしまったんじゃなかろうか、そうマックスが言いだす。

「まさか、そんなこともないでしょう。わたしたちがここで暮らしてることは、よく知ってるはずですもの」

夜半、ついにあきらめて、わたしたちは床につく。ここらあたりでは、真っ暗になってから車をとばそうというひとはまずいない。

二時間後、車の音が聞こえてくる。ボーイたちが外へとびだし、興奮してわたしたちを呼びたてる。わたしたちはベッドからころがりでると、手あたりしだいにそこらのものを身につけ、居間へと急ぐ。

デュナン夫妻だ。やはりまちがってブラークへ行ってしまったとのこと。ハセッシェを出るさいに、〝古代遺跡の発掘現場〟への道をたずねたところ、たまたまブラークでいつも働いていた男がいて、そちらへの道順を教えたのだそうな。しかも途中で道に迷ってしまい、ブラークへ行き着くまでにだいぶ手間どった。そこに着いてからは、ガイドが途中までついてきてくれて、チャガールへの道を教えてくれたとか。

一日じゅう車を走らせてきたのに、夫妻は元気いっぱい、いっこうにめげたようすがない。

「いまからでも、ぜひなにか召しあがったほうがいいですよ」マックスがすすめる。

マダム・デュナンは丁重に、そのご心配はご無用だと答える。グラス一杯のワインと、ビスケットでもいただければ、それでじゅうぶんですわ。

と、その瞬間にマンスールがはいってき、つづいてスーブリがあらわれて、たちまちのうちに四品からなる食事が出現する。この地方の使用人たちには、どうしてこういうことができるのか、わたしには想像もつかない。まるで奇跡ではないか。そのうちだんだんわかってきたのだが、じつはデュナン夫妻は朝からなにも食べていず、おそろしく空腹だったらしい。一同にぎやかに夜もふけるまで飲んだり食べたりし、そのあいだマンスールとスーブリとは、にこにこ笑いながらそばに控えている。

もう一度ベッドにはいってから、マックスが夢見るように言う。できればスーブリとマンスールとをイギリスに連れて帰りたい。「じつに役に立つからなあ」と。

わたしも、スーブリなら連れて帰りたい、と言う。

そのあとにつづいた沈黙のなかで、わたしはスーブリがイギリスの家事使用人たちに与えるインパクトについて思い描く。彼の大きなナイフ、油のしみだらけのつなぎ服、剃刀のあたっていないあご、高らかに響きわたる笑い声。彼一流の突拍子もない、グラス用布巾の応用法！

中近東の使用人というのは、どこかイスラム神話の精霊、ジンを思わせるところがある。ジンとおなじく、どこからともなく出現し、こちらがどこへ行こうと、ちゃんと先まわりして待っている。

わたしたちは、けっして前もってわたしたちの行くことを知らせておいたりはしない。なのに、驚くべし、着いてみると、そこにディミートリがいる。わたしたちの到着にそなえて、はるばる海岸地方からきているのである。

「どうしてわたしたちがくることがわかったの？」

「今年も発掘があるはずだってこと、これは知れわたってますから」

そして彼は穏やかにつけくわえる――

「仕事があるのはたいへんありがたいことです。いまじゃふたりの兄弟の家族を養わなくちゃなりません。いっぽうには子供が八人、もういっぽうには十人もいます。よく食べますから、お給金が稼げるのは、大助かりですよ。『ほらな』と、あたしは弟の連れ合いに言ってやりました。『神様はありがたいじゃないか。今年もみんなが飢えることはあるまいよ――おれたちは救われたんだ――ハワージャが発掘においでになる！』

そうしてディミートリは静かに歩み去る。いつもの花模様のモスリンのズボンのお尻を見せて。彼の穏やかで瞑想的な顔にくらべれば、〈チャガールの聖母〉の母親らしさなど、とても同日の比ではない。彼は子犬を愛し、子猫を愛し、子供を愛する。使用人たちのなかで、けっして喧嘩口論をしないのはディミートリだけだ。料理に用いるのを除けば、ナイフすら所有していない。

すべては終わった！〈分割〉はすんだ。デュナン夫妻は発掘品を検分し、手を触れてみ、沈思黙考する。わたしたちは例によって、苦悩にさいなまれながらそれを見まもる。ムッシュー・デュナンが心を決めるまでには、およそ一時間ほどかかる。それから彼は、いかにもフランス人らしく、すばやいしぐさで片手をつきだす。

「よろしい《エ・ビアン》、こちらをいただきましょう」

人間の本性として、たとえどちらが選ばれたとしても、わたしたちは即座に、もういっぽうのほうだったらよかったのに、と心ひそかに悔やむのである。

とはいうものの、いったん宙ぶらりんの苦悩が去れば、雰囲気もおのずと明るくなる。みんな陽気になり、その場がそのままパーティーと化す。一同打ちそろって現場へおもむき、建築技師たちの見取り図やスケッチを検分したり、さらにブラークへも足をのばして、来シーズンになすべき作業の内容を検討したり。マックスとムッシュー・デュナンとは、正確な日時や段どりまで話しあう。マダム・デュナンは、辛辣な、機知に富んだ台詞を連発して、一同を楽しませる。わたしたちはフランス語で話しあうが、じつは彼女、英語にも堪能なのではないかとわたしは睨んでいる。彼女がとりわけおもしろがるのは、マックの人柄と、彼が頑固に会話を、「ウイ」と「ノン」だけに限定していることだ。

「ああら、《アア》お宅のかわいい建築技師さんたら、《ヴォトル・プティ・タルシテクト》一言もお話しにならないの？《イル・ヌ・セ・パ・パルレ》　でも見た《イ・ラ・トゥ》目は知的に見えますのに《ド・メム・レー・ランテリジャン》！」

わたしたちはこれをマックに伝えるが、彼は顔の筋ひとつ動かさない。

翌日、デュナン夫妻は帰り支度をする。といっても、準備はいらない。途中の食料や飲み物を持ってゆくことさえ辞退する。

「しかし、水ぐらいは持ってゆくべきですよ！」マックスが叫ぶ。この地方を旅するときには、けっして水を欠かしてはならないという原則をたたきこまれているからだ。

夫妻は無頓着に首をふる。

「万一、車が故障でもしたら、どうするんです？」

ムッシュー・デュナンはからからと笑って、また首を横にふる。

「なあに、そんなことは起こりっこありません！」

彼はクラッチをつなぎ、たちまち車はおなじみのフランス流砂漠走破スタイルで走りだす。時速六十マイルで！　もはやわたしたちも、この付近での車輌転覆事故による考古学者の高い死亡率には驚かない！

さて、つづいてふたたび荷造り——何日もかかって！　つぎからつぎへと木箱が詰められ、帯金をかけられ、ステンシルで宛て名が刷りこまれる。

それがすむと、今度はわたしたち自身の出発準備となる。このたびは、ハセッシェからあまり往来の激しくない街道づたいに、完全な原野のまんなかを横切り、ユーフラテス河にのぞむラッカの町まで行く。そしてそこでユーフラテス河を渡るという予定だ。

「ついでにその途中でバリーフ河も見られるはずだ」そうマックスが言う。

彼は〝バリーフ河〟という言葉を、かつていつもジャフジャーハ河のことを言っていたときと、おなじ口調で言う。そこでわたしは、ははんと思いあたる。きっと彼は、最終的にシリアでの発掘を切りあげる前に、そのバリーフ河近辺で、またぞろちょっとしたお楽しみにふけろうという計画を温めているのにちがいない。

わたしは素知らぬふりをよそおって言う。「バリーフ河ですって？」

「すごいでっかいテルがごろごろしてるんだよ、その河ぞいに」と、マックスはうやうやしく声をひそめて答える。

第十章　ラッカへの道

さて出かけよう！　いよいよ出発だ！

家はすっかり板でかこわれ、いまはセルキースが最後の厚板で窓やドアを釘づけにしている。シークがそばに立って、得意げに胸をそらしてそれをながめている。あんたが帰ってこられるまで、いっさいはしっかり護ってさしあげますぞ。村でいちばん信頼できる男が見張り番を務めます。その男が夜も昼も見張っておるでしょう！

「だから心配はいりませんぞ、ブラザー！」と、シークは叫ぶ。「かりにその番人にわしのふところから給金を払うことになっても、見張りはしっかり務めさせますからな」

マックスはほほえむ。すでにその番人とのあいだには、結構な報酬で話がまとまっているのだが、たぶんその報酬のおおかたは、ピンはねされて、シークのふところにおさまるのだろう。それはじゅうぶん予想できることだ。

「なにもかも、あなたが管理してくだされば安心だ。それはよくわかっていますよ」そうマックスは答える。「家のなかのものは、そう簡単にだめになることはないだろうし、外まわりに関しては、いずれ時期がきて、家をそちらにひきわたすとき、申し分のない状態で渡せるなら、これほど喜ばしいことはないですからね」

「その日がなるべく遅くきますように！」シークは言う。「いざその日がきてしまえば、あんたがたは二度ともどってはこられんのだし、それはわしにとっても悲しいことですじゃ。どうかな、たぶん発掘はあと一シーズンだけで終わるんじゃないですかな？」

「一シーズンか二シーズンか――なんとも言えませんね。仕事の進みぐあい如何です」

「かえすがえすも残念なのは、あんたがたが黄金を掘りあてられなんだことですじゃ。石ころや壺ばっかりで」

「それでもわれわれにはおなじく興味ぶかいものですよ」

「とはいえ、黄金はやはり黄金ですからな」シークの目が貪欲そうに光る。「〈エル・バロン〉の時代には――」

マックスが巧みに話をそらす――

「ところで、来シーズンにもどってくるときには、あなたへの個人的な贈り物として、なにをロンドンから持ってくるとしましょうか」

「なにもいらん――なにもいりませんぞ。わしはなにも望みません。まあ金時計なんかは持っておっても悪くはないが」

「覚えておきましょう」

「兄弟の仲で、贈り物の話とは水くさい！　わしの望みはたったひとつ、あんたと、それから政府に奉仕することだけですじゃ。たとえそのために身代がすっからかんになろうと――さよう、そういうことのために金を失うのは、名誉なことですからな」

「われわれとしても、われわれがここで発掘を行なった結果、あなたがそれで得をするのでなく、損をしたとあっては、とうてい安閑としてはいられませんよ」

それまでがみがみとみんなをどなりつけ、あれこれと指図をしていたミシェルが、ここで近づいてきて、出発の準備はすべてととのったと告げる。

マックスはガソリンとオイルの状況をチェックし、ミシェルがちゃんと指示どおりに予備の缶を用意していること、突発的な〝エコノミーア〟のうずきに圧倒されてはいないことを確かめる。食料、飲み水、わたしたちの手荷物、使用人たちの手荷物――よろしい、万事遺漏はない。〈メリー〉は、荷台ばかりか屋根の上までも、はちきれんばかりに荷物を積みあげ、その荷物の山のなかに、マンスール、アリ、ディミートリの三人が、窮屈そうにおさまっている。残るふたり、スーブリとフェルヒードとは、実家のあるカーミシュリーへ帰り、現場監督たちは、列車で故郷のジェラーブルスへ帰る。

「さらばですじゃ、ブラザー」そうシークが叫ぶなり、ふいに大佐の腕をつかみ、抱き寄せて、両頰にキスする。

隊員一同の喜ぶまいことか！

大佐本人はというと、暗紫色に顔を染めている。

シークはおなじ挨拶をマックスにたいしてもくりかえし、ふたりの技師たちとは温かく握手をかわす。

マックス、大佐、マック、わたしは、〈ポワルー〉に乗りこむ。バンプスはミシェルといっしょに〈メリー〉に乗り、途中でミシェルがなにか〝名案〟を思いついたら、その場でそれをおさえこむことになっている。マックスはあらためてミシェルへの指示をくりかえす。おとなしく〈ポワルー〉のあとについてくること。ただし車間距離を三フィート以下にしてはならないこと。もしも路上で驢馬なり老女なりの一団を轢き殺そうとでもしたら、以後の給料は半額支払い停止とする。

ミシェルは口のなかで、〝イスラム教徒らが〟うんぬん、とつぶやくが、それでもひとまず敬礼して、フランス語で、「結構です《トレ・ビアン》」と答える。

「よし、それじゃ出かけるぞ。みんなそろってるか？」

ディミートリは二匹の子犬を連れている。ハイユーはスーブリのお供をする。

「来年おいでになるときまで、思いっきり大事にしてやりますからね」と、スーブリ。

「マンスールはどこだ！」いきなりマックスがどなる。「あのばか野郎、いったいどこに消えちまったんだ？　いますぐこないと、置いていくぞ。おいマンスール！」

「はいはい！」マンスールが息を切らせて答えながら、駆け足で視界のなかにあらわれる。見れば、二枚のとてつもなく大きな、悪臭芬々たる羊の生皮《プレザン》をひきずっている。

「おい、そんなものを持っていくのはよせ。げっ、なんてにおいだ！」

「これ、ダマスカスに持っていけば、いい値になるんですよ」

「ひどいにおいじゃないか！」

「〈メリー〉の屋根にひろげとけば、道中、日ざしで乾燥します。そうすればにおわなくなりますから」

「へどが出そうだ。おい、置いていけ、そんなものは」

「やっこさんの言うとおりです。いい値になりますよ」ミシェルが言い、自らトラックの屋根にのぼる。そして二枚の生皮は、あぶなっかしく紐でくくりつけられる。

「さいわいトラックはこの車の後ろだから、あのにおいだけは嗅がずともすむわけだ」マックスがあきらめ顔で言う。「それにどっちみち、ラッカに着くころには落としちまってるに決まってる。なんせあの紐のうち、一本はあいつが自分で結んだんだから！」

「は、は！」スーブリが頭をのけぞらせ、金色と白のにぎやかな歯を見せて笑う。「ひょっとするとマンスールは、馬でお供をしたいと思ってるのかもしれませんよ！」

マンスールはうなだれる。彼がカーミシュリーから馬で帰ってきたときのことは、いまだに使用人たちのあいだで揶揄《やゆ》の種になっている。

「金時計はふたつあってもいいいな」シークが思案げな声音で言う。「そうすれば、片方を友達に貸してやることもできる」

マックスが急いで出発の合図をする。

車は村の家々のあいだをゆっくりと抜け、カーミシュリー～ハセッシェ街道へと出る。小さな少年たちが道ばたに群がり、黄色い声で叫んでは、手をふる。

つぎのハンジールの村にさしかかると、ここでも男たちが家々から駆けだしてき、手をふりながら呼びかける。みんなこれまでのわが隊の作業員たちだ。

「また来年きておくんなさい」と、彼らは叫ぶ。

「インシャッラー！」マックスが叫びかえす。

ハセッシェへの街道を走り去りながら、わたしたちは最後にもう一度ふりかえって、チャガール・バザールの遺丘を目におさめる。

ハセッシェでは、いったん停まって、パンと果物とを買い入れ、フランス軍宿舎へ別れの挨拶におもむく。つい二、三日前に南のデール・エズ・ゾールからきたばかりだという若い将校が、わたしたちの旅の予定に関心を示す。

「すると、ラッカへおいでになる？　だったら、いいことを教えましょう。この先で道しるべに行きあっても、けっしてそれにしたがっちゃいけません。かわりに、その右側の道をとり、つぎの分かれ道で左への道をとる。そうすれば、あとは一本道ですから、迷うことはありません。ところがそこでべつのほうへ行くと、道がおそろしく錯綜していて、わかりにくいんです」

それまで黙って聞いていた大尉が、ここで口をはさむ。自分ならば、むしろ北へ、ラース・エル・エインへ向かうことを強力に推奨したい。ラース・エル・エインから、さらにテル・アブヤドへ向かえば、あとは、テル・アブヤドからラッカまで、往来の頻繁な、わかりやすい道が通じている。これならぜったいにまちがう心配はない。

「しかし、それだと三角形の二辺を行くことになるので、おそろしく遠まわりですよ」

「そのほうが結局は近道ってことになるのさ」

わたしたちは大尉に礼を言うが、やはり当初の方針のままで行くことにする。

ミシェルがこのかんに必要な買い物をすませてきているので、わたしたちはさっそく出発し、ハーブル河を渡る橋へと向かう。

やがて、何本かの往還がぶつかって、道しるべがいくつか出ている箇所までくると、あの若い将校の助言にしたがうことにする。右にテル・アブヤド、左にラッカとあり、その中間に、なにも書かれていないのがひとつ。きっとこれにちがいない。

その道をしばらく行くと、道が三つに分かれる。

「左、だろうな」マックスが言う。「いや、それともまんなかかな？」

わたしたちは左側の道をとるが、しばらく行くと、それがまた四本に分かれている。このあたりまでくると、周辺にはたくさんの藪が点在し、路面には直径二十五センチ以上もあろうかという丸石がごろごろしはじめる。そのなかに通じている踏みならされた小道、いやでもそれをたどって進むしかない。

マックスはふたたび左への道をとる。「さっきのところで、いちばん右側のを選ぶべきだったんですよ」と、ミシェルが言う。

だれもミシェルの言うことには耳も貸さない。これまでにミシェルのおかげで道をまちがった経験なら、それこそ数えきれないほどあるからだ。

わたしもここで口をとざし、それからの五時間については触れないことにしよう。要するに、道に迷ってしまったのだ。しかも迷ったその場所がまた、世界の果ての果て。村もない、耕作地もない、ベドゥインの放牧地もない——なにもない。

踏みならされてできた道は、しだいしだいに薄れはじめ、ほとんど見分けがつかなくなってくる。マックスはおおざっぱに見て、めざす方角へ向かっている道をとろうとする――ということはつまり、南西よりわずかに西寄り、ということだが、なにしろ道が極度に錯綜していて、どの道もうねうねと曲がりくねり、しかもほとんどは頑固に北向きの方角へともどりたがる。

わたしたちはしばらく休憩して、お弁当を食べ、ミシェルの淹れてくれたお茶を飲む。暑さはほとんど息苦しいほどだし、道は悪い。車の揺れに加えて、暑熱と、ぎらぎらする陽光、そのせいでわたしは堪えがたい頭痛に悩まされはじめる。みんな口にこそ出さないものの、前途に多少の不安をいだく。

「ま、なににせよ、水だけはたっぷりあるからな」マックスが言いかける。「おい、あのばか野郎、なにをやってるんだ！」

みんなふりむく。またもや――すこし足りない――マンスールだ。わたしたちの貴重な水をじゃぶじゃぶ流しながら、心地よげに顔と手を洗っている！

わたしはマックスの言葉を中継する。マンスールはびっくり顔をし、同時にいくらか気を悪くしたように、そっと溜め息をつく。その顔はこう語っているようだ――なんて気むずかしいんだろう、この連中は。こっちはごく単純なことをやってるだけなのに、たちまちあやってご機嫌を損ねるんだから。

ふたたび一行は出発する。道はいままで以上に複雑に曲がりくねっている。ときには、しだいに薄れて、完全に消えてしまうことさえある。

当惑げに眉をひそめて、マックスがつぶやく。どうも方角があまりにも北に寄りすぎている気がする。

いまでは、分かれ道にくるたびに、それらは北、ないしは東北へ向かっているように思える。いまのうちに、出発点までひきかえしたほうがよいのでは？

夕暮れが刻々と近づいてくる。と、とつぜん、路面の状態がよくなり、藪はまばらになり、石ころもすくなくなる。

「まあ最後にはどこかに行き着くはずだよ」マックスが言う。「もうこうなったら、まっすぐこの野っ原をつっきって、行けるところまで行こう」

「で、いったいどこをめざしてるわけなんだ？」大佐がたずねる。

西へ、バリーフ河をめざしているのだ、とマックスは答える。いったんバリーフ河に行きあたれば、テル・アブヤド〜ラッカ間の本街道はすぐに見つかるはずだし、そうしたらその道を南下すればいい。

一行はそのまま進む。〈メリー〉がパンクし、またいくらか貴重な時間が失われる。

太陽は沈みかけている。

と、ふいに、まことに喜ばしい光景が目にはいる。前方を一団の男たちがてくてく歩いてゆくのだ。マックスはホーンを鳴らし、男たちのそばに車を寄せる。まず挨拶をし、それから質問。

バリーフ河？　バリーフ河ならこのすぐ先だ。そういう車ならば、十分とたたずに行き着けるだろう。ラッカ？　いまいるこの地点は、ラッカよりもテル・アブヤドに近い。

五分後、前方にひとつづきの緑色の帯が見えてくる。河をふちどる緑地帯だ。と同時に、ひとつの巨大なテルが、行く手にぬっとあらわれでる。

マックスが恍惚たる声音で言う。「バリーフ河だ。見ろよ、あそこを！　そこらじゅう、テルだらけだ！」

いかにも、それらのテルは印象的である。大きく、いかめしく、見たところひときわ堅固そうだ。

「どれもすごくでっかいテルじゃないか」マックスが言う。

わたしは無愛想に応じる――というのも、頭も、目も、もはや堪えがたい痛みの極致に達しているからだ。「ミン・ジマン・エル・ルーム」

「そう、当たらずといえども遠からずだな」マックスは言う。「難点はそこだよ。あのがっちりとして堅固そうなのは、ローマ時代の石組みを意味する。つまり、一連の砦の跡さ。われわれの狙うものは、そのはるか下にある。あることはまちがいないが、そこまで行き着くのには、時間も金もかかりすぎるってわけだ」

いまのわたしは、考古学への関心を完全に失っている。望むものは、どこか横になれる場所だけ。それに、大量のアスピリンと、一杯のお茶。

やがて、南北に走る広い街道に行きあたり、一行はそこを南へ、ラッカをめざす。どうやらずいぶん回り道をしていたらしく、一時間半も走って、ようやく前方に、不規則にひろがる街並みが見えてくる。もうすっかり暗くなっている。一行は町はずれに車を乗り入れる。ここは完全に現地のひとたちの町だ。洋風の建物はまったくない。わたしたちは公安局のありかをたずねる。駐在の将校はとても親切だが、わたしたちの安楽については悲観的だ。ここには旅行者のための宿泊設備はまったくない。なんなら北のテル・アブヤドまで行ってみては？　そう、とばせば二時間といったところだし、そこならばまちがいなく快適に過ごせるはずだ。

けれども、一行は全員——とりわけ、苦しみ悩むこのわたくしめが筆頭だが——あとまた二時間も揺られたり、もみくちゃにされたりするのなど、とても堪えられそうもない。親切な将校は、ここにも部屋だけならふたつないこともないが、と言ってくれる。

ただし、ひどく貧弱で、洋風の設備はまったくない――もっとも、そちらで寝具を携行しておられるのなら？　それと使用人も？

墨を流したような闇のなかを、わたしたちはその家に乗りつける。マンスールとアリとが懐中電灯を手にとびまわって、プリムスに点火し、毛布をひろげ、同時におたがい同士の邪魔をしあっている。わたしは機敏で能率的なスーブリがなつかしくなる。マンスールときたら、あきれるほどのろまで、無器用だ。やがてミシェルがはいってきて、マンスールのやっていることを批判する。マンスールは仕事を中断して、ミシェルとやりあう。わたしは知っているかぎりのアラビア語をふたりに投げつける。マンスールはおびえた顔になり、仕事を再開する。

寝具や毛布を巻いたものが運びこまれ、わたしはどさりと横になる。とつぜん、マックスが待望久しいお茶のカップを手にして、そばにあらわれ、気分がよくないのかと問いかける。そうだと答えて、わたしはお茶をひったくるなり、四錠のアスピリンを飲みこむ。お茶はまさに美酒さながらの味がする。いまだかつて、なにかをそれほどおいしく味わったことは、ぜったいに、ぜったいに、ぜったいにない！　わたしはふたたび横になり、目をとじる。

「マダム・ジャコー」と、思わずつぶやきが漏れる。

「なんだって？」マックスは驚き顔。かがみこんで、「いまなんて言った？」

「マダム・ジャコー」わたしはくりかえす。

それなりにちゃんと結びつきはあるのだ。わたしも自分がどういう意味で言っているのか、それぐらいは心得ている。ただ、それを言いあらわす言葉が出てこないだけ。マックスは、ある種の看護婦のような表情を浮かべる――どんなことがあっても、けっして患者に逆らってはならない、と自分に言い聞かせている顔。

「マダム・ジャコーはいまここにはいないよ」と、彼は猫なで声で言う。

わたしは憤然として彼を睨みつける。目が自然にふさがろうとする。周囲では、依然としてあたふた騒ぎまわる気配がやまない。食事が用意されているのだ。食事？　知ったことか。わたしは眠るのだ――眠るのだ……

意識が遠のこうとする寸前――探していた言葉が頭に浮かぶ。そう、それだ！

「コンプレトマン・ノック・アウト！」わたしは満足をこめてそう言いきる。

「なんだって？」と、マックス。

「マダム・ジャコーよ」わたしは言い、眠りに落ちる。

完全に疲労困憊して、痛みに悩まされつつ眠るというのも、あながち悪いことばかりではない。なによりうれしいのは、翌朝、心も晴ればれと、元気いっぱいにめざめたときの驚きと、そのすばらしさだ。

わたしは体じゅうに精気が横溢しているのを感じ、猛烈な空腹感を覚える。

「ねえアガサ」マックスが言う。「ゆうべはきみ、熱があったんじゃないのかな。うわごとを言ってたもの。しきりにマダム・ジャコーのことを言ってた」

わたしは彼にさげすみをこめたまなざしを投げ、口がきけるようになるのを待つ。なにしろ口のなかは、こちこちに焼いた目玉焼きでいっぱいなのだ。

それから、やっと言う。「ばかばかしい！　あなたがちゃんと耳を傾ける気になりさえすれば、わたしの言う意味ははっきりわかったはずなのに。たぶん頭のなかは、バリーフ河ぞいの墳丘群のことだけでいっぱいだったんでしょうよ――」

「しかし、きっとおもしろいはずなんだ」たちまちマックスは膝をのりだす。「あれらのテルからいくつかを選んで、何ヵ所か試し掘りをしてみたら……」

ここでマンスールがあらわれる。間延びした、愚直そうな顔に満面の笑みを浮かべながら、けさはハートゥーンのご機嫌はいかがか、とたずねる。

気分は上々だとわたしは答える。ゆうべわたしがあっというまに眠ってしまったため、食事の用意ができても、だれも起こすに忍びなかったらしいが、それでマンスールはひそかに心を痛めていたようだ。なんならいま、もうひとつ卵を召しあがるだろうか？

「いただくわ」わたしはそう答える。すでに四個もたいらげているのだから、もしまた五個めもマンスールが、五分もかけて焼きあげてくるようなら、それでいいかげん食べあきるだろう！

十一時、いよいよユーフラテス河を渡ることになる。このあたりでは、河幅もぐっとひろがり、大地は薄青く、平坦で、日ざしに明るく照りはえ、空気はうっすらとかすんでいる。それはある種の色彩のシンフォニーだ。土器の説明をしているときのマックスならば、〝ピンクがかったバフ色〟とでも言ったことだろう。

ラッカでユーフラテスを渡るのには、ひどく原始的なフェリーのお世話になる。わたしたちは他の何台かの車にまじって、フェリーが到着するまで、一時間か二時間、のんびり腰を落ち着けて待ちにかかる。

何人かの女が石油缶をさげて水をくみにくる。ほかに、洗濯をしている女たちもいる。その光景はさながら、古代建築に見られる壁面の帯状装飾のようだ。背の高い、黒衣の人物像の集団——顔の下半分をおおったヴェール、ひときわ高くもたげられた頭、しずくのたれる大きな水の容器。そんな女たちがゆったりと落ち着いた足どりで、河べりをあがったりおりたりしている。

あんなふうに顔をおおうことができたら、きっとすてきだろう、とわたしはうらやましく思う。顔を隠すことで、思いきり秘密めかした、ひそやかな気分といったものが味わえるはずだ……外界にむかってひらかれているのは、ふたつの目だけ——こちらは外界を見ていても、外界はこちらを見ていない……

わたしはハンドバッグからコンパクトを出し、顔を映してみる。そして思う。「そうだわ、この顔が隠せたら、ずいぶん気が楽になるでしょうに！」

近づいてくる文明世界が、わたしのなかでうずきだす。わたしはさまざまなことを思い浮かべる……シャンプー。贅沢なドライヤー。マニキュア……たくさんの蛇口がついた磁器の浴槽。入浴剤。電灯……さらに多くの靴！

「いったいきみ、どうしちゃったんだ？」マックスが言う。「さっきから二度もたずねてるんだよ——ゆうべ、テル・アブヤドからの道を南下してくる途中、二番めに見かけたテルに気づいたかどうかって」

「いいえ」

「いいえ？」

「ええ。ゆうべはわたし、なんにも気がつかなかったの」

「あれはほかのテルのように堅固らしくは見えなかった。東側の部分で、地表の裸地化が進行してたからね。ひょっとして、あれを――」

わたしはきっぱりと、明瞭に言ってのける。「テルなんか、もううんざりよ！」

「なんだって？」マックスはぎょっとしてわたしを見つめる。中世の異端審問官がとびきり罰当たりな瀆神《とくしん》の言葉を聞かされたとき、さだめしこのような驚愕に打たれたことだろう。

彼は言う。「まさか、そんなばかなことが！」

「もっとほかのことを考えてるのよ、わたしは」そして、電灯に始まるその数々を列挙しはじめる。するとマックスも、手をあげて後頭部をなでながら、久しぶりにちゃんとした散髪をするのも悪くはないな、と述懐する。

これは全員の一致した意見だが、チャガールから一足とびに、そう、サヴォイ・ホテルあたりまで行き着くことができないというのは、なんと不幸なことだろう！　直行できないために、そのきわだった対照の妙が薄れてしまうのだ。そこにいたるまでに、お粗末な食事やら、部分的な安楽やらを段階的に経験してゆく結果、電灯のスイッチを入れたり、お湯の蛇口をひねったりする悦びが、すっかり鈍麻してしまうのである。

さて、とうとうフェリーが到着する。〈メリー〉が傾斜した道板を慎重に渡ってゆく。〈ポワルー〉もあとにつづく。

いよいよわたしたちは洋々たるユーフラテスの流れに乗りだす。ラッカの町が遠のいてゆく。ここから見ると、その泥煉瓦の家々も、東洋ふうの街並みも、すべてが美しい。

「ピンクがかったバフ色」わたしはそっとつぶやく。

「あの縞模様の壺のことかい？」

「そうじゃないわ。ラッカのことよ……」

そうしてわたしは、そっとその名をくりかえす。さながら別れの挨拶のように——ふたたび電灯のスイッチが、すべてを支配する世界へもどってゆくときを前にして……

ラッカ……

第十一章　ブラークよさらば

新しい顔、なつかしい古い顔！

シリア発掘の最後のシーズン。いまわたしたちはチャガールでの活動を完全に終え、テル・ブラークの発掘を進めている。

わたしたちのチャガールの家、マックの建てた家――あの家は約束どおり、シークに（盛大な儀式とともに）引き渡された。シークはすでにあの家を担保に三回も借金を重ねているそうだが、それでいて、いかにも誇らしげに、わがもの顔にふるまう。わたしたちの思うに、あの家を所有することは、彼の〝評判〟にもいい影響を及ぼすだろう。

「もっとも、いずれはあれで身を滅ぼすことになるだろうがね」と、マックスが思案げに言う。家を引き渡すにあたり、彼はしつこいぐらいにシークに念を押し、強調した。毎年必ず屋根の手入れをし、然るべく修理をほどこすように、と。

「もちろん、もちろん！」シークは応じる。「インシャッラー、なにも面倒なことなど起きはせんですじゃ」

「どうも少々〝インシャッラー〟が多すぎる感じだな」マックスは言う。「何事もインシャッラー、それで修理はまったくなされない！　そうなることは目に見えてるよ」

その家と、けばけばしい金時計と、そして一頭の馬、それらがシークに贈り物として渡された。借地料と、作物の補償金とは、これとはべつに支払われる。

シークがそれで満足しているか、それとも失望しているかは定かでない。満面に笑みをたたえ、口をきわめて親愛の情を吐露するが、その口の下から、〝庭がだめになったことにたいして〟余分な補償金を獲得しようと、ひとしきり強硬な作戦を展開する。

「ほう、で、それはどういう庭ですかな？」と、立ち会いのフランス軍将校がおもしろがって訊く。

そう、まさしくどんな庭だろう？　かつて庭があったという証拠があるなら見せてほしい、いやそれどころか、庭がどういうものかをはたしてご存じなのか、そう問われて、シークはしぶしぶ譲歩する。そしていかめしく、「いや、庭をつくるつもりでいたんですじゃ。ところが発掘が始まったため、その計画が挫折した」

〝シークの庭〟は、その後ひとしきりわたしたちのあいだで、ジョークとしてもてはやされる。

今年のブラーク発掘には、わたしたちには欠かせない例のミシェルのほか、快活なスーブリ、四匹のおそろしくみっともない子犬を連れたハイユー、その子犬たちを目に入れても痛くないほどかわいがっているディミートリ、それにアリが参加する。わが隊のナンバーワンにして、ボーイ長、洋式のサーヴィスを教えこまれた、かのマンスールは、なんと、エル・ハムドゥ・リッラー、警察官になったという！　ある日、彼はわたしたちを訪ねてくるが、なるほどまばゆい制服姿で、顔じゅうでにたにた笑っている。

今年の春は、建築技師としてギルフォードが参加したが、そのギルフォードが秋もまたきている。彼は馬の爪を削れるという特技によって、かぎりない尊敬をわたしからかちえている。

ギルフォードは、長い、色白の、きまじめな顔をしていて、以前、最初のシーズンのはじめには、局部的な切り傷その他の創傷にたいして、入念な消毒と手当てをほどこすことに、ことのほかやかましかった。ところがそれも、いったん怪我人が自宅へ帰れば、念入りに手当てした傷がどんな扱いを受けるかをその目で見、さらに、ユースフ・アブドゥッラーという男の場合など、丹念に巻いてやった包帯をすぐさまはずしてしまい、現場のなかでもとくに不潔な一郭に寝そべって、傷口が泥にまみれるのにまかせている、そんなところを目撃してからは、さすがのギルフォードもぐっと我慢して、過マンガン酸塩溶液（濃い色のつくところが、患者の人気の的になっている）をたっぷり塗りつけたうえ、どの薬が外傷に用いてもよく、なにが内服薬として飲んでも安全か、この点を強調するだけにとどめている。

これは地元のシークの息子の例だが、若い馬を調教するのと同様のやりかたで車の運転を練習したあげくに、とあるワーディへまっさかさまにつっこみ、ギルフォードの手当てを受けにくる。頭部にとてつもない大穴があんぐり口をあけていて、仰天したギルフォードは、その穴を多少なりともヨードチンキでふさぐ。あまりの痛みに若者はとびあがり、ふらふらとそのへんをよろめきあるく。

ようやく口がきけるようになると、若者は言う。「ふぇーっ！　まるで火がついたみたいだ。すばらしく爽快だよ。これからは、いつもあんたのところへくることにしよう。医者とは縁切りだ。そう――火だよ、これは。まさに火だ！」

ギルフォードはマックスをせっついて、この傷は容易ならぬ重症だから、すぐにも医者へ行くようにと言わせる。

「なに――これがか？」シークの息子はばかにしたように問いかえす。「こんなの、ほんのちょっと頭痛がするくらいでおしまいだよ！　それにしても――」と、興味ありげにつけくわえて、「かりに鼻をつまんで、ふんと息を吐いたら――ほら――きっと傷口から唾がとびだすぞ！」

　ギルフォードは真っ青になり、シークの息子は高らかに笑いながら出てゆく。

　四日後に、怪我人はもう一度、手当てを受けにくる。すでに傷口は信じられぬほどの早さでふさがりはじめている。今回はヨードチンキが使われず、ただの消毒液だけだと知って、彼はすこぶる残念がる。

「こいつはぜんぜんしみないじゃないか」と、いかにも不満そう。

　ある女の場合は、おなかだけがぽこんとふくれた子供を抱いて、ギルフォードを訪ねてくる。親子のほんとうの問題がどこにあるのかはべつとして、女はギルフォードの与えた弱い薬の効果に、すっかり満足する。二度めにやってきて、〝息子の命を救ってくれた〟ギルフォードに神の恩寵を願ったあげくに、つけくわえていわく、うちのいちばん上の娘が年ごろになったら、彼女をハワージャのものにしてもよい、と。ギルフォードは真っ赤になり、女は陽気にけらけら笑って出てゆきながら、最後にまた二言三言、ここでは書けない言葉を連発する。言うまでもあるまいが、彼女はクルドの女であって、アラブの女ではない！

　いまわたしたちの進めているこの秋の発掘は、ここでの仕事を最終的に締めくくるものである。チャガールの発掘は今年の春に終わり、その後はこの、多数の興味ぶかい遺物が発見されたブラークに精力を集中してきた。いまはブラークでの発掘も終わりに近づき、そのあとは、四ないし六週間ほどかけて、バリーフ河のほとりの、テル・ジードルを手がけることになっている。

ジャフジャーハ河の近くにテントを張っている地元のシークが、典礼にのっとった公式の饗宴にわたしたちを招待すると言い、わたしたちもその招待を受ける。いよいよその当日になると、スーブリは例の窮屈そうな紫色のスーツに、磨きあげた靴、ホンブルグ帽という盛装であらわれる。彼もわたしたちの随員として招かれていて、自分では仲介役を務めるつもりなのか、宴会料理の準備がどこまで進んでいるか、とか、わたしたちが先方に到着する正確な刻限はいつにすべきか、とかいったことを逐一報告してくれる。

シークは、彼のオープン型テントの、広い茶色のひさしの下で、威儀を正してわたしたちを迎える。彼の後ろには、大勢の友人や身内、さまざまな食客などが、従者としてしたがっている。

丁重な挨拶がかわされたあと、おもだった面々（わたしたち夫婦とギル・フォード、現場監督のヤーヤとアラウィの兄弟、主人側のシークと、おもな友人たち）は、テントのなかに円座する。するとそこへ、美々しく着飾った老人がひとり、コーヒーポットと小さなカップを三個たずさえてあらわれる。おそろしく濃い、真っ黒なコーヒーがほんの数滴、それぞれのカップにつがれる。最初にそのひとつがわたしに渡される——まず女性にサーヴィスするという西洋の（奇妙きてれつな！）風習に、シークがなじんでいるという証拠である。残るふたつは、マックスとシークとが受け取る。三人はそれをちびちびと飲む。まもなく、さらに数滴が三人のカップにつがれ、わたしたちはさらに飲む。それからカップはさげられ、あらためて満たされて、今度はギルフォードと現場監督たちがかわってそれを飲む。こうしてカップが座を一巡するまで、おなじ手順がくりかえされる。わたしたちの円座からちょっとさがって、相当数の第二ランクのものたちが控えている。わたしのすぐそばの仕切りの向こうからは、くすくす笑う声や、衣ずれの音がする。シークの女たちがそこでのぞき見をし、聞き耳をたてているのだ。

やがてシークがなにやら命令を発すると、従者のひとりが出ていって、鳥の止まり木をかかえてくる。りっぱな鷹がとまっていて、それがテントのまんなかに据えられる。すばらしい鷹をお持ちだ、とマックスがシークに祝詞を呈する。

つづいて三人の男があらわれる。大きな銅製の鍋を運んできて、それを円座の中心に据える。鍋いっぱいに米飯が炊かれ、その上に、おおざっぱに切り分けたラムが並べられている。すべてに強いスパイスが利いていて、しかも熱々、なんともおいしそうなにおい。これが丁重にわたしたちにすすめられる。わたしたちは薄いアラブのパンをとり、このパンと指とを使って、めいめい鍋のなかのものをとりわける。

やがて（といっても、ずいぶんたってからのことだが）、空腹と礼式とがともに満たされおわる。大鍋の最上の部分はあらかた食べつくされたとはいえ、それでもまだ半分ほど残っている。その鍋が持ちあげられ、すこしさがったところに置かれる。すると、第二ランクのものたち（スーブリもそれに含まれている）が、すわって食べはじめる。

砂糖菓子がわたしたちにまわされ、ふたたびコーヒーが供される。

第二ランクのひとたちが空腹を満たしおえると、大鍋はさらに第三の位置へと移される。いまや中身は主として米飯と骨ばかりだ。これをかこんですわるのは、最下位ランクのものたち、さらに貧困者として〝シークの影の下にすわる〟ものたち。彼らはごちそうの残りにとびつき、やがて大鍋がさげられるころには、中身はからになっている。

わたしたちはなおしばらく席にとどまり、マックスとシークとはときおり重々しく言葉をかわす。それから、わたしたちは立ちあがり、シークにもてなしを受けた礼を述べ、辞去する。コーヒー給仕人には、マックスから相応のご祝儀が渡され、現場監督たちもそれぞれの立場から、心付けをはずむべき相手として、わけありげな人物を選びだす。

外は暑い。米飯と羊肉のふるまいに満腹したわたしたちは、すっかり陶然とした心地で、歩いて家に帰る。スーブリも今夜のもてなしにはおおいに満足している。彼の判断によると、いっさいが厳密に礼式どおりに進められたとか。

一週間後の今夜は、かわってわたしたちがお客をもてなす番だ。お客とは、ほかでもない、シャマール族のシークで、非常な重要人物。地元のシークたちも打ちそろって陪席するなかへ、大シークは美々しい灰色の車でご登場あそばされる。浅黒い細面の顔に、美しく手入れされた手、じつに堂々とした、洗練された人物である。

こちらで用意した洋風の食事は、わたしたちとしてはせいぜい気張ったものだし、賓客を迎えた使用人たちの緊張ぶりたるや、これまたすさまじい。

やがて賓客が立ち去ってゆくと、残ったものはみんな、すくなくとも王族ぐらいの身分のひとでももてなしたように、ぐったりしてしまう。

きょうはわたしたちが破滅に瀕した一日だった。

マックスは、買い物かたがた銀行との事務処理のため、スーブリを連れてカーミシュリーへおもむく。ギルフォードは残って、墳丘の建物跡の見取り図を描き、作業員たちの監督は現場監督たちにまかされる。

ギルフォードが昼食にもどってき、わたしとふたりで食事をすませて、また現場にもどるために〈ポワルー〉に乗ろうとしたとき、現場監督たちがこちらへ走ってくるのが目にとまる。それが尋常一様ではない走りかたで、なにやら不穏な、狼狽したようすがありありと見てとれる。

彼らは中庭にとびこんでくるなり、興奮したアラビア語でまくしたてはじめる。ギルフォードはまったく理解できないし、わたしはやっと七語に一語ぐらいしか聞きとれない。

「だれか死んだらしいわ」と、わたしはギルフォードに言う。

アラウィがいよいよ熱をこめて話をくりかえす。どうやら四人もの死者が出たらしい。はじめはてっきり喧嘩が起きて、それが殺人沙汰にまで発展したのかと思ったが、わたしが身ぶり手真似でそうたずねると、ヤーヤがはげしく首を横にふる。

いまさらながらわたしは、アラビア語をきちんと習っておかなかった自分をののしる。わたしのアラビア語ときたら、もっぱら、「これは清潔ではない。これはこんなふうにしなさい。その布巾をそれに使ってはいけない。お茶を持ってきてちょうだい」といった表現か、その種の家政上の指示にかぎられている。暴力的な死に関して長広舌をふるわれても、わたしの理解力ではとうてい及ばない。ディミートリと、下働きのボーイ、それにセルキースも出てきて、聞き耳をたてる。彼らにはなにがあったのかのみこめたようだが、あいにくだれも西洋の言葉は話せないので、ギルフォードとわたしとは、あいかわらず五里霧中のままだ。

「ぼくが見てきたほうがよさそうだな」そう言って、ギルフォードが〈ポワルー〉のほうへ歩きかける。

するとアラウィがその袖をつかんで、激しい調子でまくしたてる。明らかに思いとどまらせようとしているのだ。そして芝居がかったしぐさで向こうをさす。一マイルほど離れたブラークの丘の斜面を、雑色のと、白い衣の集団とが入りまじり、大勢がなだれを打って駆けおりてこようとしている。しかもそのようすには、どこか険悪な、意図的なものが感じられる。見たところ、現場監督たちはおびえているようだ。

「こいつらは逃げだしてきたんだ」と、ギルフォードがきびしい調子で言う。「いったいなんの騒ぎなのか、それがわかりさえすればなあ」

ひょっとして、激しやすいアラウィか、それともヤーヤかが、つるはしで作業員を殺しでもしたのか。しかしこれはちょっと非現実的だし、だいいち、四人も一度に殺せるわけがない。

もう一度わたしは、喧嘩があったのか、とつっかえつっかえ訊きなおし、さらに無言劇でそのようすを実演してみせる。けれども答えはやはり激しい否定だ。ヤーヤが身ぶりで、なにかが頭上から落ちてくるしぐさをする。

わたしは空を見あげる。まさか犠牲者たちは落雷に打たれたのでは？

ギルフォードが〈ポワルー〉のドアをあける。「とにかく見にいってきます。この連中にもきてもらう必要がありそうだ」

彼はいかめしくふたりを手招きする。ふたりの返事は間髪を入れず、しかも断固としている。ぜったい行かないと言い張っているのだ。

ギルフォードはオーストラリア人らしく喧嘩腰であごをつきだす。「いや、こなくちゃいかん！」

温和なディミートリが、大きな頭をゆっくり左右にふっている。

「ノー、ノー、それ、とてもいけない」そう彼は言う。

「いけないって、なにがいけないの？」

「現場でなんらかのトラブルがあったらしいな」そう言って、ギルフォードが車にとびのる。それから、急速に近づいてくる集団を見やって、はっとこちらを向く。わたしを見るその目に、狼狽の色。そしてわたしはそこに、〝女性と子供を先に〟とでも表現されるべきものが、徐々に浮かびあがってくるのを認める。

努めてさりげない動作で車から降りたったギルフォードは、せいいっぱい楽しげな声音をつくろって言う――

「一っ走りマックスを迎えにいくっていうのは、どうです？　そのほうがいい。どうせきょうは仕事もなさそうだから。帽子でもなんでも、必要なものをとっていらっしゃい」

愛すべきギルフォード。みごとなお芝居だ。わたしを不安にさせまいと、こんなにまで気を遣って。

わたしも慎重に、そのほうがよさそうだと答え、ついでにお金も持ってゆこうかとたずねる。発掘資金はすべて、マックスのベッドの下の金庫にしまってある。かりに、ほんとうにこの家が興奮した暴徒に襲われることにでもなれば、そんな大金を置いておくのは、いらぬまちがいのもとになる。

依然として〝わたしを不安にさせ〟まいと懸命になっているギルフォードは、これがあたかも日常会話のひとこまでもあるようなふりをする。

「じゃあ、ちょっとばかり急いでくれますか？」そう彼は言う。

わたしは寝室へ行って、フェルトの帽子をとり、金庫をひきずりだして、ふたりでそれを車に積みこむ。ギルフォードとわたしとは車に乗り、それから、ディミートリとセルキース、ボーイを手招きして、後ろに乗るように指示する。

「あの三人は連れていくが、現場監督たちは置いていくぞ」ギルフォードは言う。いまだに現場から〝逃げだして〟きた監督たちの態度が、腹に据えかねているのだ。

わたしはギルフォードを気の毒に思う。本人にしてみれば、敢然とひきかえして、暴徒に立ち向かいたいのはやまやまなのに、かわりにわたしの身の安全をはからねばならないのだから。だがわたしは、彼が暴徒の矢面に立たなくて、ほんとによかったと胸をなでおろしている。彼ではほとんど作業員たちへの睨みが利かないし、どっちにしろ、向こうの言っていることがぜんぜん理解できないのだから、かえって問題をややこしくしてしまうおそれがある。いまわたしたちとしてやるべきことは、一刻も早くマックスをつかまえて、彼に事態の収拾をゆだね、実際になにがあったのかを確実に把握することだ。

ディミートリやセルキースを救って、現場監督たちのほうは置き去りにし、彼らの責任で問題を処理させる、というギルフォードの目論見は、あいにくヤーヤとアラウィ兄弟によって出鼻をくじかれる。兄弟が強引にディミートリを押しのけて、車に乗りこんでしまうからだ。ギルフォードはかんかんになって兄弟を押しだそうとするが、ふたりは頑として動かない。

ディミートリはおとなしくうなずいて、調理場のほうを手真似でさしてみせる。そしてそのままひきかえしてゆき、セルキースも、こちらは少々未練がありそうだが、それでもディミートリについてゆく。

「どうなってるんだ？　いったいなんであの連中は――」ギルフォードが言いかける。

わたしはそれをさえぎる。

「車には四人しか乗れないわ。それに、実際にあの集団がだれかを襲おうとしてるんなら、狙われるのはヤーヤとアラウィのふたりでしょ。だから、このふたりを連れていくほうがいいと思うの。作業員たちだって、ディミートリやセルキースにはなにも含むところはないはずだし」

ギルフォードは墳丘のほうを見やり、押しかけてくる集団がいよいよ指呼の間に迫ってきて、これ以上は議論しているひまなどないことを見てとる。彼は思いきりヤーヤとアラウィを睨みつけると、すばやく車をスタートさせて中庭の木戸を抜け、村を迂回して、カーミシュリー街道へとつづく道に出る。

マックスは、午後も早いうちから仕事にもどりたい意向だったから、もういまごろは帰路についているに相違ない。とすれば、遠からず途中で行きあえるだろう。

ギルフォードがほっと安堵の吐息を漏らし、わたしは彼に、みごとなお手並みだったと賛辞を呈する。

「なにがです？」

「マックスを迎えにいこうって、さりげなくドライブに誘ってくれたことよ。それと、わたしを不安がらせまいと気を配ってくれたこと」

「おやおや」ギルフォードは言う。「すると、なんとかあなたをあの場から連れだそうと躍起になってたこと、気がついてたんですね？」

わたしは憐れみの目で彼を見る。

十五分ばかりも全速力でとばすうち、向こうからマックスとスーブリとを乗せた〈メリー〉がもどってくるのに出あう。わたしたちを見つけて、マックスはひどく驚き、急いで車を停める。ヤーヤとアラウィとが〈ポワルー〉からとびだし、ころがるようにマックスに駆け寄る。たちまち興奮したアラビア語の洪水があたりに氾濫し、あいまにはマックスが鋭いスタッカートで質問をさしはさむ。

ここでようやくわたしにも、騒ぎがどういうことだったのかがのみこめる。

ここしばらく、発掘現場のある特定の区画から、非常にみごとな動物の彫刻をほどこした、小さな石の護符が大量に発見されていた。担当の作業員たちは、そのおかげで高額のバクシーシにありつき、なおたくさんの掘り出し物を得ようと、その地層の下側を大きくえぐりとった。護符の埋まっているところが、かなり下層にあたっているからである。

きのう、マックスがこれに気づき、危険が大きくなっていると判断して、それをやめさせたうえ、ふたたび表層から下へ掘りさげてゆく方法をとるように指示した。表層から再度、護符の埋まっているところまで達するのには、一日か二日、なんの旨《うま》みもない層を掘ってゆかねばならない。だから男たちはこれを不満とし、ぶつぶつ言った。

そこで、指示どおりに作業が行なわれるかどうかを監視するため、現場監督たちが配置され、事実、男たちは仏頂面をしながらも、ひとまず指示にしたがって、表層から下へ、がむしゃらに掘りさげはじめた。

とまあこういったところが、きょう、昼食のために作業が中断されたときの状況だが、これからがいよいよ、浅ましい裏切りと貪欲の物語となる。昼休みで、作業員たちはみんな、水がめに近い丘の斜面で手足をのばしていた。ところがその隙に、いままで丘の反対側で働いていた一団の男たちが、こっそりと斜面をまわって、その旨みの多い地点へ忍び寄り、すでに大きくえぐられた下層の部分を、しゃにむに掘りひろげはじめた。ほかの男たちの縄張りを盗掘して、くすねた発掘品を自分たちの担当区画から出たもののように見せかける魂胆なのだ。

ここにおいて、天罰がくだった。あまりに深く下層をえぐりとったため、上層の土がくずれて、頭上になだれおちたのである。

ただひとり、かろうじてのがれた男の叫び声を聞いて、全員がその地点へ駆けつけた。作業員も現場監督たちも、すぐさまなにがあったかを見てとり、三人のピックマンが大急ぎで仲間たちを掘りだしにかかった。ひとりはまだ息があったが、残る四人はすでにこときれていた。

たちまち現場は大騒ぎとなった。男たちは興奮して、泣き叫ぶもの、天を仰いで嘆息するもの、だれかに非難をぶつけようとするもの、とうてい収拾がつかなくなった。はたして現場監督たちが自分から臆病風に吹かれて逃げだしたのか、それとも実際に襲われたのか、いまとなってはつきとめるのはむずかしい。とはいえ、結果的に男たちがとつぜん殺気だった気分になり、いっせいに彼らを追いかけはじめたことは事実だ。

マックスは、現場監督たちがおじけづいて逃げたため、それがかえって一同を刺激し、彼らを襲うという考えを吹きこんだのだという見かたに傾くが、とはいえ、ここで彼らを叱責することで時間を浪費したりはしない。その場で方向を転じ、わたしたちはそろって全速力でカーミシュリーへ車をとばす。カーミシュリーに着くと、彼はただちに治安維持の責任を負っている公安局の将校に事態を訴える。

訴えを受けた中尉は、すぐさま状況をのみこみ、行動に移る。四人の兵隊を呼んで、車を用意させ、わたしたちは三台の車を連ねてふたたびブラークへとひきかえす。いまでは男たちも墳丘にもどっていて、まるで蜜蜂の群れさながら、ざわざわと離合集散をくりかえしている。それでも、権力者が近づいてくるのを認めると、そのざわめきは静まる。わたしたちは縦一列で墳丘へのぼってゆく。中尉は兵隊のひとりを車に乗せてどこかへ向かわせ、自分はまっすぐ悲劇の現場へとおもむく。

そこで中尉は事の一部始終を問いただす。本来その地点を担当していた男たちが説明して、これはまったく自分たちのせいではなく、こっそり盗みを働こうとしたライバルたちの責任だと述べる。ひとり生き残った男がつぎに尋問を受け、その陳述を裏づける。では一味はこれでぜんぶだな？　無傷のものが一名、怪我をしたものが一名、死者が四名。ほかにまだ生き埋めのものがいる可能性はないな？　はい、これでぜんぶです。

ここで中尉の車が、死んだ男たちの属していた部族のシークを乗せてもどってくる。シークと中尉とは、協力して事態の収拾にあたる。さらに尋問と供述とがつづく。

最後にシークが声を高めて一同に呼びかける。この件について、発掘隊側にはいっさい責任はない、そうシークは宣言する。死んだ男たちは、正規の時間外に勝手に発掘を行なっていたのであり、しかもそれは、仲間から盗もうとするのが目的だった。彼らは不服従と貪欲とにたいする報いを受けたのだ。関係者以外のものは、もう帰ってよろしい。

このころには、すでに日は沈み、夜のとばりがたれこめようとしている。

シークと中尉、マックスは、家へ車を走らせる（帰ってみてほっとしたことには、ディミートリは何事もなかったように夕食の支度をしているし、セルキースはにやにやしている）。

さらに一時間ほど協議がつづけられる。このたびの出来事は、まことに遺憾なことだ。中尉は、死んだ男たちにも家族はあることだし、これはけっして義務ではないけれども、応分の一時金が支払われれば、きっと感謝されるだろう、と言う。シークもそれに言葉を添えて、寛大さはひとの性高潔なることの証左であり、この地方におけるわたしたちの声価は、それによっていちじるしく高められよう、と。

マックスは言う——遺族にたいして弔慰金を贈ることにやぶさかではないが、それにはこれがあくまでも贈与であって、いかなる意味ででも補償金ではないことをはっきりさせてもらいたい。シークはうん、うんとうなって、大きくうなずく。ではその趣旨を、このフランス軍の代表に書面にしてもらおう、そうシークは言う。なおそのうえに、この自分も口頭でそれを伝えるべく努力する。あとは、金額をいくらにするかという問題だけだ。その点で折り合いがつき、軽い食事が供されたところで、シークと中尉とは引き揚げてゆく。兵隊のうち、二名が残されて、事件現場の警備にあたることになる。

だれもが疲れきって寝室にひきとろうとしたとき、マックスが言う。「ついでだが、あしたもまた忘れずにあの場所を見張らせる必要があるな。そうしないと、またぞろおなじ悲劇がくりかえされかねない」

ギルフォードは懐疑的だ。

「まさか。きょうあんなことがあったんだし、みんな危険は承知してるはずですよ」

だがマックスは陰気な調子で言いきる。「まあ見ているがいい！」

翌日、マックスは自ら、とある泥煉瓦の壁に身を隠し、ひそかに待ち受ける。と、はたせるかな、昼休みに三人の男がこっそり斜面をまわってあらわれ、前日、仲間たちが死んだ現場から二フィートと離れていないすぐ隣りの区画を、猛烈な勢いで掘りはじめる。

そこでマックスが進みでて、声涙ともにくだる大演説をする。おまえたちは、いまやっていることが、自ら死を招くようなものだと気がつかないのか？

男たちのひとりがつぶやく。「インシャッラー！」

というわけで彼らは、同輩から盗みを働こうとしたかどで、正式に解雇される。

それ以後、その地点には、作業終了後も見張りが立てられ、翌日の午後、それより上の層が切りひらかれて、はじめて監視態勢が解かれる。

ギルフォードがおそれをなしたように言う――

「ここの男たちときたら、ぜんぜん人命にたいする配慮がないみたいですね。その意味では、おそろしく冷酷です。ひとが死んだというのに、けさなんか仕事をしながら、きのうの一部始終を身ぶり手真似でくりかえして、げらげら笑ってるんですから！」

この地方では、ひとの死というものはさほど重要視されないのだ、とマックスが言う。

現場監督の笛が鳴り、本日の作業終了が告げられる。男たちがはずみをつけて斜面を駆けおり、わたしたちを追い越してゆきながら、口々に節をつけて言いあう――「ユースフ・ダーウードは、きのうおれたちとともにいた――きょうはもう死んでる！　もう二度と空きっ腹を満たすことはない。はっはっは！」

ギルフォードはいたくショックを受ける。

第十二章　エイン・エル・アルース

ブラークからバリーフ河への引っ越し。

最後の夜、わたしたちはジャフジャーハ河の岸辺まで降りてゆき、そこはかとない悲愁に身をひたす。いつのまにか、わたしはジャフジャーハ河に深い愛着を持ちはじめている――その茶色に濁った水の、細い流れに。

とはいえブラークは、けっしてチャガールほど強くわたしの心をつかんでしまったわけではない。ブラークの村は、陰気で、なかば打ち捨てられ、崩壊しかけている。見すぼらしい洋服を着たアルメニア人の住民は、周囲の環境にはまったくそぐわない。彼らの声は、ともすれば相手をのしっているように高くなるし、クルドやアラブふうの豊かな生の歓びなど、かけらほども感じられない。わたしはつくづくクルドの女たちをなつかしく思う。ゆったりと広野を逍遙する、あれらの大輪の、色鮮やかな花たち――彼女らの真っ白な歯と明るい笑顔、そして誇らかに胸をそらしたあの堂々たる姿勢。

新居で必要になるだろう家具を運ぶため、わたしたちはおんぼろトラックを一台雇う。なにもかも紐で荷台に縛りつけておかねばならないたぐいのしろもので、これではきっと、ラース・エル・エインに着くまでに、ほとんどの荷物を荷台からばらまいてくるだろうという気がする。

それでもどうにかいっさい合財が積みこまれ、一行は出発する。マックスとギルフォード、そしてわたしは〈メリー〉で、ミシェルと使用人たちとは、ハイユーとともに〈ポワルー〉で。

ラース・エル・エインまでのなかばまで行ったあたりで、休憩して、お弁当をひろげるが、見れば、スーブリとディミートリとがしきりにげらげら笑っている。「ハイユーが道中ずっと車酔いでね、スーブリが頭を抱いてやってたんですよ！」彼らは言う。なるほど〈ポワルー〉のなか一面に、この話を裏づける雄弁な証拠！　でもさいわいなのは、当人たちがこれを愉快な話と受け取っていることだ。

ハイユーはすっかり打ちのめされている。わたしが彼女を知ってからというもの、こんなことははじめてだ。その顔はこう語っているように見える。「あたしはなにがきたって平気です。犬に敵意を持つ世間、イスラムのひとたちの悪意、溺死させられること、いまにも餓死しそうになること、殴られ、蹴られ、石をぶつけられること、なんにだって立ち向かえます。あたしはけっしてへこたれません。あたしはだれとも親しくしますが、けっしてだれをも愛しません。けれどもこの奇妙な新しい試練、あたしの自尊心を完全に奪ってしまうこの苦しみ、これはいったいなんなのでしょう!」彼女の琥珀色の目は、物思わしげにわたしたちを順ぐりに見まわす。この世の最悪のものにも立ち向かえるという彼女の自信は、完膚なきまでにたたきのめされてしまったのだ。

さいわいにも、五分後には、ハイユーもすっかり普段の彼女にもどり、スーブリとディミートリ、二人分のお弁当をがつがつむさぼり食っている。わたしは心配になり、またすぐに車に乗らなくちゃならないのだから、そんなに食べさせてだいじょうぶかと訊く。

「はっは、そうしたらまたハイユーのやつ、盛大にげろを吐くだけですよ!」スーブリが笑って言う。

ま、いいか、彼らがそれをおもしろがっているのなら……

その午後早く、わたしたちは新しい住まいに着く。テル・アブヤドのメイン・ストリートのひとつに面していて、ほとんど都会ふうとすら言える建物だ。いつかの銀行支店長なら、〝石造りの建物《コンストリユクシオン・アン・ピエール》〟とでも表現するところ。前の通りにはずっと街路樹が植わり、その葉がいまは鮮やかに黄葉している。だが悲しいかな、家は通りよりも低い位置にあって、湿気がひどく、おまけに町にはいたるところ小さな水路が走っている。朝になると、いちばん上の毛布がじっとり濡れているし、どこをさわっても、じめっとして、湿っぽい。湿気のせいか、目がさめると体がすっかりこわばっていて、しばらくは動くことさえままならないほどだ。

もっとも、家の裏手には、小さな、気持ちのいい庭があり、この庭だけは、これまで長いあいだにわたしたちの住んだどの家の庭よりも、はるかに洗練されている。

引っ越しトラックが着いてみると、椅子が三脚と、テーブルひとつ、それにトイレの便座がなくなっている。わたしの予想したのよりは、ずっと小さな被害だ。

テル・ジードルそのものは、とある大きな、空色に澄んだ池のそばに位置している。湧き水によってできたこの池は、バリーフ河にそそいでいて、周囲にはこんもりと木が生い茂り、じつに魅力的な場所だ。伝承によれば、『創世記』のイサクとリベカとが出あった地点がここだとか。ともあれ、すべてがこれまで住んできたところとはがらりと変わっている。美しく、物悲しい魅力はあるが、チャガールのような未開発の新鮮さはないし、周囲に起伏しつつひろがる原野もない。

とはいえここは、考古学的には非常に有望だし、きちんとした身なりのアルメニア人をはじめ、たくさんのひとが通りを行きかい、しゃれた家や庭も並んでいる。

引っ越してきてまだ一週間にしかならないのに、早くもハイユーがわたしたちに恥をかかせてくれる。エイン・エル・アルースじゅうの犬という犬が彼女に求婚しにくるのだが、なにしろ、この家のドアはひとつとして満足にしまらないので、彼らをしめだしておくこともできなければ、彼女をとじこめておくこともできない。家じゅうで犬どもが吠え、うなり、喧嘩をする。そのなかで、ひとりハイユー本人は――憂わしげな琥珀色の目をしたこの美女だけは――この伏魔殿のごとき阿鼻叫喚を、いっそうあおりたてるようなことばかりする。

実際にどんな騒ぎかというと、これがむかしはやった無言劇そっくり。悪魔がいきなり窓や落とし戸からとびだしてくるという、あれだ。すわって夕食をとっていると、窓がばたんとひらいて、大きな犬がとびこんでくる。つづいてもう一頭、前のを追いかけてとびこんできたかと思うと――がたん！　今度は寝室のドアがひらいて、べつのがあらわれる。三頭が三頭、そろって気でも狂ったようにテーブルの周囲を走りまわったあげくに、ギルフォードの部屋のドアに体当たり、それをばたんと押しあけて姿を消すが、つぎの瞬間には早くも、魔法のようにキッチンのドアを抜けて再登場、そのあとを追って、スーブリのフライパンが飛んでくるという寸法だ。

ギルフォードは、一晩まったく眠れぬままに過ごす。犬どもが鉄砲玉のようにドアからとびこんできては、ベッドの上を駆け抜け、窓からとびだしてゆくのだから、これでは眠れと言っても無理だろう。ときおりギルフォードはむっくり起きあがると、犬どもの後ろからなにかを投げつける。あとは、わんわん、きゃんきゃん、お定まりの犬地獄！

ハイユー自身はというと、これがかなりのスノッブだとわかる。なにしろ、エイン・エル・アルースの町でただ一頭、首輪をしている雄犬になびくのだから。彼女の顔はこう語っているようだ。「これよ、これ。〝品格〟とはまさにこういうものだわ！」その雄犬は獅子っ鼻で、色は真っ黒、ぼさぼさの尾をして、どことなく霊柩車をひく馬を思わせる。

スーブリは、ここ何夜か歯痛で眠れぬ夜を過ごしたあげく、汽車でアレッポの歯医者へ行きたいので、休暇をくれと言う。二日後に彼はにこにこしながらもどってくる。

彼の語る一部始終はつぎのとおり――

「おれ、歯医者に行きます。椅子にすわって、歯を見せます。そう、こいつは抜かなくちゃいかんな、歯医者は言います。いくらです？　おれは訊きます。二十フラン、歯医者は言います。ええっ、そんなばかな、おれは言います。そして帰ります。午後にまた行きます。いくら？　十八フラン。今度もおれ、それはべらぼうな料金だと言います。そのあいだも、痛みはどんどんひどくなってますけど、おれとしても、みすみす金をふんだくられるのに、黙って応じるわけにゃいきませんからね。あくる朝、また行きます。いくら？　やっぱり十八フラン。昼ごろまた行きます。十八フラン。歯医者のやつ、そのうちおれが痛みに負けるだろうと思ってるんです。ですがこっちもがんばります。とうとう最後に、ハワージャ、おれが勝ちます」

「安くしたのか？」

スーブリはかぶりをふる。

「いや、ぜったい安くしようとはしません。でも、こっちだってうんといい取り引きをします。よしわかった、十八フランでいい、おれは言います。けどそのかわりに一本だけじゃなく、おなじ料金で四本抜いてもらうぞ！」

それぞれ大きさのちがうたくさんの歯の隙間を見せながら、スーブリは威勢よくからからと笑う。

「しかしその、ほかの歯もやっぱり痛かったのか？」

「いや、もちろん痛くはありませんからね。けど、そのうちきっと痛みだしますからね。もういまは、その心配もなくなった。抜いてしまったんだし、しかも一本だけの料金でね」

ミシェルがさっきから戸口に立って聞いているが、ここで訳知り顔に大きくうなずくと、「ボクゥ・エコノミーア」とのたまう。

スーブリはわざわざお土産まで買ってきている。赤いビーズのネックレスで、それをハイユーの首に巻いてやりながら言うことには、「これは女の子が夫を持ったしるしにつけるものです。このハイユーも、最近、結婚したばかりですからね」

いかにもそのとおり！　エイン・エル・アルースじゅうの犬と、とわたしなら言いたいところだ。

けさ、日曜日で発掘はお休みなので、わたしは出土品にラベルをつける作業をし、マックスは賃金台帳の記入をしている。そこへ、ひとりの女性がアリに案内されてくる。一見してなかなかりっぱな女性で、黒い服をきちんと着こなし、胸には大きな黄金の十字架をさげている。くちびるをかたく結んで、なにやら深い悩みのあるようす。

マックスが丁重に迎えると、女性はたちまち勢いよくまくしたてはじめる。明らかに苦情と思われるくどくどした長話で、あいまにときおりスーブリの名がまじる。マックスは眉間に皺を寄せ、深刻な顔つきだ。話はなおも延々とつづき、話しぶりにもいっそう熱がこもってくる。

どうやら、よくあるあの手の物語らしい、とわたしは推測する。純情な村娘が男にだまされ、捨てられたという、あれだ。この女は、その娘の母親、そしてわが陽気なスーブリ君は、その卑劣な薄情男といったところだろう。

女は義憤にかられてますます声を高める。片手が胸の十字架をつかみ、それを高く掲げる。どうもそのしぐさからして、なにかを十字架にかけて誓っているらしい。

マックスがスーブリを呼びにやる。このさいわたしは席をはずしたほうがよさそうだと見てとり、めだたぬように腰をあげかけたところ、マックスが呼びとめて、いや、そこにいてくれと言う。おそらくわたしに証人役を務めてほしいのだろうと考え、わたしは話の内容がすっかりわかっているようなふりをする。

女はいかめしく、堂々たる態度で、スーブリがあらわれるまで黙って立っている。彼がやってくると、いきなり片手をつきつけて、どうやらまたも彼を糾弾しているようす。スーブリはろくに弁解しようともしない。肩をすくめ、両手をひろげ、あたかも全面的にその告発が正しいと認めているかのようだ。

なおもドラマはつづく――議論、非難の応酬、しだいしだいに裁判官めいた態度になってゆくマックス。スーブリの敗北は目前である。ああわかったよ、なんとでも好きなようにしてくれ、彼の態度はそう語っているようだ。

とつぜん、マックスが一枚の紙を手もとにひきよせ、なにか書きつける。それからそれを女の前に押しやる。女はその紙にしるし──小さな×印──をつけると、ふたたび十字架をかざして、何事か誓いをたてる。そのあとマックスが署名し、スーブリもおなじくしるしをつけたうえで、こちらも彼なりになにかを誓う。それから、マックスがいくばくかの金子を数えて、女に渡す。女は受け取り、いかめしく会釈してマックスに礼を述べ、立ち去ってゆく。マックスはスーブリに二言三言、痛烈な叱責を浴びせ、スーブリはいたく意気消沈したようすで出てゆく。

マックスがやれやれと椅子の背にもたれて、ハンカチで顔を拭う。「ふうっ！」

わたしはこらえきれずにしゃべりだす。

「いったいどういうことだったの？　女性問題？　いまのひとの娘さんなの？」

「というわけでもない。いまのはきみ、この町の淫売宿のおかみだよ」

「ええっ？」

マックスは、できるだけ女の言葉をそのままなぞって、いっさいの事情を説明してくれる。

こうしてうかがったのは、あなたさまならこちらの使用人のスーブリが、あたくしにたいして働いた嘆かわしい不正を正してくださると信ずるからです、そう女は言う。

「スーブリがなにをしたというんです?」マックスはたずねる。

「あたくし、こう見えましても、ちょっとは名の通った、まっとうな女でございます。この地方では、ひとさまからも立てられ、どなたさまもあたくしを悪くおっしゃることはございません。店のほうも、いつも神様のおかげと、信心を心がけつつ務めておりまおす。ところがこちらの、スーブリでございますか、あの男がうちへまいりまして、店の女の子のひとりが、故郷のカーミシュリーで知り合いだった娘だと知ったわけでございます。そうとわかって、まともな、気持ちのいいやりかたで旧交を温めでもしますことか、あの男ときたら、無法にも暴力沙汰をひきおこして、あたくしの顔に泥を塗ってくれたのでございます。なんと、あるりっぱなトルコ人の紳士を、うちの階段から突き落とし、たたきだしたんでございますよ! ええ、もう、それはお金持ちの、ごりっぱなおかたで、うちの上客のおひとりです。そのおかたにそういう暴力的な、見苦しいふるまいをしてくれるとは! それだけならまだしも、スーブリはその娘をそそのかして、うちから逃がしてやったんでございます。あの娘には借金もございますし、あたくしもずいぶん目をかけてやりましたのに。あの男はその娘に汽車の切符を買ってやり、駅まで送ってやります。おまけに彼女、あたくしの手もとから百十フランもの現金を持ちだしたんでございますよ。これは泥棒じゃござんせんか！　いかがですか、ハワージャ、こういう悪をはびこらせておいてよいものざんしょうか。あたくしはこれまでずっと身持ちのかたい、正直な女で通ってまいりました。信心ぶかい後家として、どなたからも後ろ指をさされたことはございません。女の細腕一本、ただひたすら正直だけを心がけて、長く苦しい貧困と闘い、この世界でのしあがってきたのでございます。まさかあなたさまが暴力と不正の味方をなさるとも思えませんが、どうかこの不正を罰してやっていただきたい。これがあたくしの要求でございます。誓って申しますが（と、ここのところで、黄金の十字架の出番となったわけだが）、いま申しましたことは、すべて真実でございます。言えとおっしゃるなら、こちらの使用人のスーブリの前で、おなじことを何度でもくりかえしてみせましょう。なんなら、この地方の長官でも、司祭様でも、フランス駐屯軍の隊長さんでも、どなたでもお呼びになってください。みなさんあたくしが正直で、まっとうな女だと証言してくださるでしょう」

スーブリが呼ばれるが、彼はなにひとつ否定しない。そのとおりです、その娘とはカーミシュリーで知り合いでした。友達だったんです。それをあのトルコ野郎めが！　頭にきたんで、階段から突き落としてやりました。それから女の子に、早くカーミシュリーへ帰れとすすめました。あの娘だって、こんなエイン・エル・アルースなんかにいるのより、カーミシュリーのほうが好きなんです。出かけるときに金をすこし無断借用しましたが、その金はいつか必ず返すはずです。

ここにおいて、いよいよマックスが裁定をくださざるを得なくなった。

「じっさい、この国にいると、こういうことをちょくちょくやらされるんだよな。しかもそのあとなにが起こるか、ぜんぜん見当もつかない」マックスはうなる。

で、どういう裁定をくだしたのか、とわたしは彼にたずねる。

マックスは咳払いして、さらに独演会をつづける。

「わたしとしては、うちの使用人がお宅の店に出入りしているということに、驚きと不快の念を禁じえませんな。なぜならそれは、われわれの体面を、この発掘隊の体面を傷つけるものだからです。したがって、隊長としての権限をもって、以後はけっしてお宅の店には出入りしないよう厳命したい。このことははっきり肝に銘じておくように！」

スーブリは陰気に、万事承知した、と答える。

「さて、つぎはその娘がお宅から逃げたとかいう問題だが、これについて、わたしはいっさいなにもする気はない。なぜならそれは、わたしの関知しない問題だからです。その娘が持ちだしたという金については――さよう、これはあなたに返却すべきでしょう。

なんならこの場でわたしから返却してもよろしい。事はわが発掘隊の使用人の体面にかかわる問題ですから。その額は今後のスーブリの給料から差っ引かれることになります。以上の条件を書面にして、読みあげますから、いまここでその金を受け取ったということ、今後はわれわれにたいしていかなる要求もしないということ、この点を確認してください。得心したら、ここにしるしをつけて、これでこの問題はすべて落着。よろしいですな?」

わたしはあの女性が十字架を掲げて誓ったときの、あのものものしい態度と、聖書ちゅうの人物然とした熱っぽさとを思いだす。

「ほかにはなにも言わなかったの?」

「ありがとうございます、ハワージャ。真実と正義とはやはり強うございました。そして悪は、ここでもまた、勝利をおさめることを許されませんでした」

「やれやれ」わたしはいささか辟易する。「やあれやれ……」

ふと、窓の下を軽く、弾むように歩いてゆく足音が聞こえる。

それは、ついさっきまでここにいた客だ。分厚いミサ典礼書だか祈禱書だかを胸にかかえ、いままさに教会へ向かおうというところ。その顔は重々しく、謹厳そのもの。大きな十字架が、その胸の上で弾んでいる。

ややあってわたしは立ちあがると、書棚から聖書をとりおろし、娼婦ラハブの物語のところをひらく（『ヨシュア記』二章一節ほか。ヨシュアの使者たちを助け、それによって義人と認められた）。いまはじめてわたしは、娼婦ラハブという人間が――ちょっぴり――わかったような気がする。さっきの女性がその役を演じているところが、ありありと目に見える。熱烈で、狂信的で、勇気に満ちて、心の底から神を敬い、だがそれでもやはり――ラハブは娼婦。

十二月となり、シーズンの終わりがやってくる。そこに一抹の悲哀がただよっているのは、おそらく季節がこれまでのように春ではなく、秋であることや、ヨーロッパでの不穏な空気が、すでにここでも風説や警告となって流れていることによるものだろうか。今度ばかりは、わたしたちが二度ともどってこないのではないか、そんな予感をみんながいだいているようだ……

とはいえ、ブラークの家はまだ借りたままになっている。わたしたちの家具はそこに保管されるはずだし、遺丘そのものにも、まだ発掘すべきものがいくらもある。賃借契約もこの先まだ二年間は有効だ。きっとわたしたちは帰ってくるだろう……

〈メリー〉と〈ポワルー〉とは、ジェラーブルス経由でアレッポへ向かう。アレッポからはさらにラース・シャムラーへ行き、友人のシェーファー教授夫妻や、夫妻のとびきり愛らしい子供たちとクリスマスを過ごす。およそラース・シャムラーほど魅惑的な場所は、この地球上にふたつとあるまい。紺碧の水をたたえた小さな美しい入り江、それをふちどる真っ白な砂浜と、白い、低い岩山。教授一家はわたしたちに、すてきなクリスマスをくれる。わたしたちは来年のことを——またいつかくる年のことを語りあう。だが、ここでもやはり、不安感はつのっている。わたしたちは教授一家に別れを告げる。

「いずれまたパリで会いましょう」

ああ、パリよ！

今回は、船でわたしたちはベイルートを離れる。

わたしはデッキの手すりにもたれて陸地をながめる。なんと美しいのだろう、この海岸線は。背後にレバノンの山々が遠くかすみ、空を背景に青く連なっている。このロマンティックな情景を損なうものはなにもない。これを見ていると、だれもが詩的になり、感傷的にさえなってくる……

と、おなじみのがやがや騒ぐ声。わたしたちのすれちがおうとしている貨物船から、興奮した叫びが聞こえてくる。クレーンが積み荷のひとつを海中に落とし、荷物の木箱がはじけたのだ……

海面に一面にただよう白い斑点。それはトイレの便座……

マックスがあがってきて、いったいなんの騒ぎだと訊く。わたしはそのほうをゆびさして、せっかくのシリアとのロマンティックな別れのムードが台なしだ、とぼやく。

へええ、ぼくはまた、わが祖国があんなものをこれほど大量に輸出してたとは知らなかったよ、そうマックスは言う。だいいち、これだけの便座を接続できる給排水設備なんて、この国にあるとは考えられないんだがねえ！

わたしは黙りこみ、彼はなにを考えているのかとたずねる。

わたしは思いだしているのだ――アミューダーのあの老大工が、尼さんとフランス軍中尉とがお茶に招かれてきた日、わが家の玄関先に誇らしげにトイレの便座を据えていたことを。わたしは、あの〝美しい足〟のついたタオルかけのことも思いだしている。さらにマックが夕暮れに屋上にのぼり、超然とした、うっとりした表情で、行ったりきたりしていたことも……

わたしは思いだしている――華麗な、縞のあるチューリップのような、あのチャガールのクルドの女たち。そして、ふさふさしたひげをヘンナで赤く染めたシーク。わたしは大佐を思いだしている。小さな黒い鞄をそばに置き、ひざまずいて、古代の墓所の跡をていねいに掘りだそうとしているその姿。そして作業員のうちのあるひょうきんものが、「そら、お医者さんが患者を見にきたぞ」と言っているところ。そのため、それ以後は〝お医者さん《ムッシュー・ル・ドクトゥール》〟が大佐の渾名となる。さらにわたしは、バンプスと、扱いにくい彼のトピーのことを思いだしている。そしてミシェルがその帽子の紐をひっぱりながら、「フォルカ！」と叫んでいるようす。わたしは、ある休日にピクニックに行き、お弁当を食べた小さな丘と、その丘をおおっていた金色の金盞花を思いだしている。そしてまなこをとじれば、いまなおあたり一面に、その花のえもいわれぬ香りと、肥沃なステップのにおいとを嗅ぐ心地がする……

「考えてるのよ」と、わたしはマックスに言う。「これはほんとにすばらしい、しあわせな生きかただったって……」

エピローグ

このとりとめのない年代記は、戦前に着想され、そしてすでに述べた理由で書きはじめられた。

その後、これはしばらく棚あげされたが、戦争勃発以来の四年あまりのあいだに、わたしはいまなおくりかえしくりかえしあのシリアでの日々に立ちかえろうとする自分の心を見つめなおし、ついにいま、当時のメモやおおざっぱな日記などをとりだして、一度は着手しながら棚あげしてきた、その仕事を完成させずにはいられなくなった。なぜなら、かつてあのような日々、あのような場所があったことを回想してみるのは、すばらしいことだという気がするし、いまこうしているこの瞬間にも、わたしのあの小さな丘には金盞花が咲き乱れ、驢馬を追っててくてくと歩いてゆく白いあごひげの老人たちは、よそで戦争がつづいていることなど、知りもしないだろうと思えるからである。

「そいつはこのあたりまでは及んでこなんだからの……」

戦時体制のロンドンで四年あまりを過ごしてきたいま、あのころの生活がどんなにすばらしいものだったかがいまさらのようによくわかるし、その日々をもう一度生きなおすことで、わたしは歓びを得、元気を回復することができた……この簡単な回想記をつづることは、けっして義務ではなく、聖書に言う〝愛の労苦〟(『テサロニケ人への手紙』一章三節ほか)だった。けっしてなにものかへの逃避ではなく、現在のつらい労働と悲しみとの日々のなかへ、ある不滅のものを持ちこもうとする作業であった。かつて持っていただけではなく、いまなお持っている不滅のなにかを！

なぜならわたしは愛しているからだ、あの穏やかな肥沃な原野と、そこに住む単純な人びとを。彼らは笑うことを知り、生活を楽しむことを知っていた。のんびりとして、陽気であった。彼らは威厳を、りっぱなマナーを、尽きざるユーモアのセンスをそなえ、そして彼らにとっては、死もけっして恐れるべきものではなかった。

インシャッラー――それが神の御心ならば、いつかわたしはあの地へ帰るだろう。そしてわたしの愛するものたちが、この地上から消え去ることもけっしてないだろう……

――一九四四年春

――完

――エル・ハムドゥ・リッラー

一九三〇年代のオリエント発掘旅行記

訳者 深町眞理子

この本は、アガサ・クリスティーによる最初のノンフィクション作品で、イギリスでの刊行は、第二次大戦後まもない一九四六年。これがクリスティー没後の八三年にペーパーバックで再刊され、邦訳単行本はこれを底本として、九二年末に出版されました。文庫化されるのは今回がはじめてです。

一九三〇年春、当時イラク南部で考古学発掘を指揮していたレナード・ウーリー夫妻に招かれ、二八年につづいて二度めにウルの発掘現場を訪れたクリスティーは、十四歳年下の若き考古学者マックス・マローワンと知りあい、その年の九月十二日、エディンバラで彼と結婚しました。このかんの経緯については、すでに『アガサ・クリスティー自伝』や、ジャネット・モーガンによる『アガサ・クリスティーの生涯』（いずれも早川書房刊）に詳しいので、多くは触れません。ここではたんに、新婚旅行先のアテネから、マックスはふたたびウーリー隊に加わるためにバグダッドへ直行し、アガサは単身イギリスに帰国して、翌三一年春になってから、ようやくウルで再会を果たしたと、これだけを述べておけばじゅうぶんでしょう。というのも、ふたりが長く離ればなれに暮らしたのは、のちの第二次大戦ちゅうの数年間を除けば、この半年間が最初にして最後であり、以後はマックスの行くところ、つねにアガサも同行するのが夫婦のありかたとなったからです。この『さあ、あなたの暮らしぶりを話して』は、そうした発掘現場での日々の暮らしぶりについて語ったもので、ミステリ作家アガサ・クリスティーではない、考古学者マックス・マローワン夫人としてのアガサの姿を垣間見ることができます。

ところで、ごらんのとおり本書は、ノンフィクションではありますが、編年体で書かれているわけでもなく、考古学発掘の細部を語ったものでもありません。そこで、暫時この紙面を利用して、ここに書かれている出来事の背景と、事実関係について整理してみたいと思います。

マックスは一九〇四年、オーストリアから移住した父と、パリ生まれの母とのあいだに生まれました。パブリックスクールからオクスフォードに進学後、二十一歳でウーリー隊に加わり、ここでの数年間で、考古学発掘に関する実務や、ひとを管理する術を身につけました。ウーリー隊にはつねに、隊長夫人キャサリンが君臨していて、他の女性はあまり歓迎されないという事実があったため、アガサとの結婚を契機に、マックスは妻といっしょに過ごせて、しかも自分も新たな局面で経験を積める新天地を他にもとめます。というわけで、三一年秋からの発掘シーズンには、キャンベル・トムスン博士の率いる発掘隊に加わり、イラク北西のティグリス河上流にあるモースルを拠点に、二年にわたって、すぐ近くのニネヴェの遺丘を調査しました。またこのとき、おなじくモースルに程近いニムルードの遺跡を訪ね、いつか自分の手でここを発掘したいという決意をかためます。三三年春には、大英博物館とイラクの英国考古学院とがマックスのスポンサーとなり、彼の率いる隊によって、ニネヴェから北東へ数マイル離れた、テル・アルパチーヤの発掘が行なわれました。ここまでが、マックスの発掘調査歴におけるいわば第一期にあたり、このかんの出来事や、発掘の成果については、『自伝』ならびにモーガンによる伝記にかなり詳しく書かれています。

つづく第二期が、本書に描かれている、三四年からのシリアでの発掘調査です。マックス自身は、なお数年はニネヴェ周辺での調査を続行することを望んでいたのですが、イラク国内に民族主義的趨勢が強まり、出土品の配分をめぐって、政府とのあいだに摩擦が起きることが多くなったため、三四年秋にはシリアに移って、ここで発掘に向きそうなテルを探すことにしました。それが本書の第二章に描かれている「予備調査の旅」で、以後、第二次大戦の影が濃くなる三八年秋のシーズンまで、チャガール・バザールとテル・ブラーク、そしてバリーフ河のほとりのテル・ジードルでの調査がつづけられます。なお、このかんの出来事について付記しておくと、第六章に出てくる〝イギリスの王様がいなくなる〟うんぬんは、いうまでもなく、エドワード八世(ウィンザー公)の退位をさし、退位が三六年十二月ですから、これはそれ以降のことになります。

そして最後の第三期が、第二次大戦の空白期をとばして、四八年から新たに予備調査にはいり、四九年から本格的に調査を開始したニムルードの発掘で、これは五八年に起きたイラク革命のあとまでつづきます。革命後の新政権から迫害を受けたわけではありませんが、考古学発掘を支える態勢に多様な変化があり、ここがしおどきと判断したマローワン夫妻は、六〇年初め、最終的にニムルードを去ります。この第三期については、期間も長く、とくに大きな成果が挙がったこともあって、『自伝』でも、伝記でも、詳しく書かれていますし、マックスも後年このときの調査にもとづいて、『ニムルードとその遺物』をあらわし、その功績により、ナイト爵に叙せられています。五七年には、東大の江上波夫教授を隊長とする、わが日本の調査隊とも交流したエピソードが残されています。

こうして見ると、マックスはアガサとの結婚後、戦時の中断期を除けば、まる三十年にわたって毎年のように中近東へ発掘に出かけ、アガサもまた影の形に添うごとく、つねに夫のかたわらにあって、その仕事を助けていたことになります。まことに深い夫婦愛であり、また、このかんにふたりがそれぞれに生みだしたものを考えるとき、これがきわめて創造的な共生でもあったことがわかります。わけても、第二期にあたるシリアでの日々は、アガサ自身が『自伝』で、「これらの年（中略）は特に満足すべき年であった、というのは外部からの暗雲が全くなかったからである。仕事の圧迫、そして特に仕事の成功による圧迫が積み重なって次第次第に余暇がなくなってはきたが、でもまだ時代がのんきで、（中略）わたしたちは忙しかったが、過重の負担ではなかった」（乾信一郎訳）と書いているとおり、ふたりをとりまく社会情勢のうえでも、ふたりのキャリアの点でも、輝かしい黄金期となりました。ちなみにクリスティーは、三四年から大戦勃発の三九年までのあいだに、長篇だけでも、『オリエント急行の殺人』、『なぜ、エヴァンズに頼まなかったのか？』、『三幕の殺人』、『雲をつかむ死』、『ＡＢＣ殺人事件』、『メソポタミヤの殺人』、『ひらいたトランプ』、『もの言えぬ証人』、『ナイルに死す』、『死との約束』、『ポアロのクリスマス』、『殺人は容易だ』、そして、かの『そして誰もいなくなった』など、いずれ劣らぬ名作をたてつづけに発表しています。

第二次大戦勃発後、マックスは空軍省海外連絡局に所属する行政官として、カイロからトリポリタニア、サブラタ、ミスラータなど、近東各地を転々として過ごし、アガサは、夫と別れて暮らす寂しさをまぎらすため、「エピローグ」にあるように、一時期棚あげしていた本書の執筆を再開しますが、そこで語られているのが、当時から見れば〝オンリー・イエスタデー〟であり、しかも一面では、戦争前のはるかに遠い日々でもあるシリアでの生活であったのは、しごく当然のことのように思えます。もっとも、二十一世紀のいまの時点からふりかえると、アガサの記述がいかにも浮き世離れして感じられるのはいたしかたありません。なんといっても、シリアはまだフランスの支配下にあり、イラクもまた、イギリスはいちおうそれまでの直接統治をあきらめて、傀儡政権を置いていたとはいえ、まだ全面的に支配権をふるっていた時代のことなのですから。

とくに、考古学発掘による出土品の配分をめぐっては、前述のように、すでにそれ以前から政府とのあいだにいざこざがありましたし（といってもマックスは、ニムルードの出土品のうちでも、めぼしいものはかなりのものを大英博物館に持ち帰っています）、シリアでも、その配分をめぐるフランス当局との交渉にさいして、マックスが一喜一憂するさまが本書第九章に描かれています。さらに、アラブのひとびとにたいするアガサの見かた、これもやはり白人のものとしか言えないでしょう。ただ、クルド人がほかのアラブの種族とはかなり異なっているという記述だけは、今日のアラブ世界の情勢に照らしてみるとき、きわめて興味ぶかいものがありますし、十一章でギルフォードが、「ここの男たちときたら、ぜんぜん人命にたいする配慮がないみたいだ」と言うのにたいして、この地方では、ひとの死というものは（体面とか恥にくらべて）さほど重要視されない、とマックスが答える場面には、現在の私たちにとっても、頻発する自爆テロに関して考えてみる手がかりがありそうです。またこれは余談ですが、若き日のマックスがアガサと知りあったウルの遺跡は、近くのウールクの遺跡とともに、二〇〇四年現在、わが日本の自衛隊が駐屯しているサマーワから程近いところにあります。

なお、本書はイギリスでは、アガサ・クリスティー・マローワン名義で刊行されていて、アガサ自身はそれを、「わたしの探偵小説と混同してもらいたくなかったから」と『自伝』では述べていますが、訳者の見たところ、これはクリスティー一流のてれであって、ほんとうは〝マローワン夫人〟であることを心から誇りに思い、それを高らかに天下に宣言したかったのではないでしょうか。

こうして、アガサとマックスとは理想的な夫婦としてみごとな生涯を全うしたわけですが、ふたりがこれほどに相性がよかった所以は、ミステリ（とくにクリスティーの書くような）と考古学との共通性にあるのではないか、と訳者はかねてから考えています。ミステリも考古学も、まずは丹念にデータを掘り起こすところから始まり、そのデータにもとづいて論理的に謎を解いてゆくわけですが、その過程では、あくまで厳密にデータに立脚しながらも、その解釈には、直観と想像力のひらめきがなくてはなりません。そういう意味で、ミステリ作家として、考古学者として、それぞれにすぐれていた夫妻は、まことに得がたい組み合わせだったと思いますし、アガサ自身も、自分は考古学にはしろうとだから、というようなことをたびたびくりかえしているとはいえ、実際には、なにかを掘りだして、それにもとづいて推論を重ねる、といった作業が好きだったらしいことは、第九章に出てくる、粘土の貝をもとに、さまざまな想像をめぐらすくだりにもよくあらわれています。私事ですが、じつは訳者も幼時から考古学に興味を持ちだし、それと、探偵小説を好んで読みだしたのと、どっちが早かったか、自分でもわからないくらいです。とにかく、こつこつとデータを掘りだして、それをあくまでも科学的、論理的に解釈する、その過程が、たまらなくおもしろく思えるのです。ミステリを読む楽しみも、まさにこれではないかと思うのですが……

最後に、冒頭に掲げられた詩、「テルの上にすわってた」について付記しておきます。訳注にもしるしたとおり、これは『鏡の国のアリス』に出てくる詩のパロディーで、本書の原題となっている第三連と第五連の七行めは、原詩では〝暮らしをいかに立てているか〟とたずねる台詞です。この部分にかぎらず、この詩の全体が原詩を巧妙に生かしてつくられていますので、ご興味がおありのかたは、というより、読者はぜひとも、原詩と読みくらべてみていただきたいと存じます。きっと、滑稽な調子のなかからも、〝テルの上にすわってた〟青年に寄せるアガサの愛情が、ほのぼのと伝わってくることでしょう。

以上、長くなりましたが、この「解説」は、単行本『さあ、あなたの暮らしぶりを話して』の「訳者あとがき」に、若干の修正と加筆を行なったものであることをお断わりしておきます。

二〇〇四年七月

波瀾万丈の作家人生

〈エッセイ・自伝〉

「ミステリの女王」の名を戴くクリスティーだが、作家になるまでに様々な体験を経てきた。コナン・ドイルのシャーロック・ホームズものを読んでミステリのおもしろさに目覚め、書いた小説をミステリ作家イーデン・フィルポッツに送ってみてもらっていた。その後は声楽家をめざしてパリに留学するが、才能がないとみずから感じ、声楽家の道を断念する。第一次世界大戦時は陸軍病院で篤志看護婦として働き、やがて一九二〇年に『スタイルズ荘の怪事件』を刊行するにいたる。

その後もクリスティーは、出版社との確執、十数年とともに過ごした夫との離婚、種痘ワクチンの副作用で譫妄状態に陥るなど、様々な苦難を経験したがそれを乗り越え、作品を発表し続けた。考古学者のマックス・マローワンと再婚してからは、ともに中近東へ赴き、その体験を創作活動にいかしていた。

当時人気ミステリ作家としてドロシイ・L・セイヤーズがいたが、彼女に対抗して、クリスティーも次々と作品を発表した。特にクリスマスには「クリスマスにはクリスティーを」のキャッチフレーズで、定期的に作品を刊行し、増刷を重ねていた。執筆活動は、三カ月に一作をしあげることを目指していたという。メアリ・ウェストマコット名義で恋愛小説を執筆したり、『カーテン』や『スリーピング・マーダー』を自分の死後に出版する計画をたてるなど、常に読者を楽しませることを意識して作品を発表してきた。

ジャネット・モーガン、H・R・F・キーティングなど多くの作家による評伝・研究書も書かれている。

85　さあ、あなたの暮らしぶりを話して
97　アガサ・クリスティー自伝（上）
98　アガサ・クリスティー自伝（下）

灰色の脳細胞と異名をとる

〈名探偵ポアロ〉シリーズ

本名エルキュール・ポアロ。イギリスの私立探偵。元ベルギー警察の捜査員。卵形の顔とぴんとたった口髭が特徴の小柄なベルギー人で、「灰色の脳細胞」を駆使し、難事件に挑む。『スタイルズ荘の怪事件』（一九二〇）に初登場し、友人のヘイスティングズ大尉とともに事件を追う。フェアかアンフェアかとミステリ・ファンのあいだで議論が巻き起こった『アクロイド殺し』（一九二六）、イニシャルのＡＢＣ順に殺人事件が起きる奇怪なストーリーが話題をよんだ『ＡＢＣ殺人事件』（一九三六）、閉ざされた船上での殺人事件を巧みに描いた『ナイルに死す』（一九三七）など多くの作品で活躍し、最後の登場になる『カーテン』（一九七五）まで活躍した。イギリスだけでなく、イラク、フランス、イタリアなど各地で起きた事件にも挑んだ。

映像化作品では、アルバート・フィニー（映画《オリエント急行殺人事件》）、ピーター・ユスチノフ（映画《ナイル殺人事件》）、デビッド・スーシェ（ＴＶシリーズ）らがポアロを演じ、人気を博している。

1 スタイルズ荘の怪事件
2 ゴルフ場殺人事件
3 アクロイド殺し
4 ビッグ4
5 青列車の秘密
6 邪悪の家
7 エッジウェア卿の死
8 オリエント急行の殺人
9 三幕の殺人
10 雲をつかむ死
11 ABC殺人事件
12 メソポタミヤの殺人
13 ひらいたトランプ
14 もの言えぬ証人
15 ナイルに死す
16 死との約束
17 ポアロのクリスマス
18 杉の柩
19 愛国殺人
20 白昼の悪魔
21 五匹の子豚
22 ホロー荘の殺人
23 満潮に乗って
24 マギンティ夫人は死んだ
25 葬儀を終えて
26 ヒッコリー・ロードの殺人
27 死者のあやまち
28 鳩のなかの猫
29 複数の時計
30 第三の女
31 ハロウィーン・パーティ
32 象は忘れない
33 カーテン
34 ブラック・コーヒー〈小説版〉

好奇心旺盛な老婦人探偵

〈ミス・マープル〉シリーズ

本名ジェーン・マープル。イギリスの素人探偵。ロンドンから一時間ほどのところにあるセント・メアリ・ミードという村に住んでいる、色白で上品な雰囲気を漂わせる編み物好きの老婦人。村の人々を観察するのが好きで、そのうちに直感力と観察力が発達してしまい、警察も手をやくような難事件を解決するまでになった。新聞の情報に目をくばり、村のゴシップに聞き耳をたて、それらを総合して事件の謎を解いてゆく。家にいながら、あるいは椅子に座りながらゆったりと推理を繰り広げることが多いが、敵に襲われるのもいとわず、みずから危険に飛び込んでいく行動的な面ももつ。

長篇初登場は『牧師館の殺人』（一九三〇）。「殺人をお知らせ申し上げます」という衝撃的な文章が新聞にのり、ミス・マープルがその謎に挑む『予告殺人』（一九五〇）や、その他にも、連作短篇形式をとりミステリ・ファンに高い評価を得ている『火曜クラブ』（一九三二）、『カリブ海の秘密』（一九六四）とその続篇『復讐の女神』（一九七一）などに登場し、最終作『スリーピング・マーダー』（一九七六）まで、息長く活躍した。

35　牧師館の殺人
36　書斎の死体
37　動く指
38　予告殺人
39　魔術の殺人
40　ポケットにライ麦を
41　パディントン発4時50分
42　鏡は横にひび割れて
43　カリブ海の秘密
44　バートラム・ホテルにて
45　復讐の女神
46　スリーピング・マーダー

バラエティに富んだ作品の数々
〈ノン・シリーズ〉

名探偵ポアロもミス・マープルも登場しない作品の中で、最も広く知られているのが『そして誰もいなくなった』（一九三九）である。マザーグースになぞらえて殺人事件が次々と起きるこの作品は、不可能状況やサスペンス性など、クリスティーの本格ミステリ作品の中でも特に評価が高い。日本人の本格ミステリ作家にも多大な影響を与え、多くの読者に支持されてきた。

その他、紀元前二〇〇〇年のエジプトで起きた殺人事件を描いた『死が最後にやってくる』（一九四四）、『チムニーズ館の秘密』（一九二五）に出てきたロンドン警視庁のバトル警視が主役級で活躍する『ゼロ時間へ』（一九四四）、オカルティズムに満ちた『蒼ざめた馬』（一九六一）、スパイ・スリラーの『フランクフルトへの乗客』（一九七〇）や『バグダッドの秘密』（一九五一）などのノン・シリーズがある。

また、メアリ・ウェストマコット名義で『春にして君を離れ』（一九四四）をはじめとする恋愛小説を執筆したことでも知られるが、クリスティー自身は四半世紀近くも関係者に自分が著者であることをもらさないよう箝口令をしいてきた。これは、「アガサ・クリスティー」の名で本を出した場合、ミステリと勘違いして買った読者が失望するのではと配慮したものであったが、多くの読者からは好評を博している。

72 茶色の服の男
73 チムニーズ館の秘密
74 七つの時計
75 愛の旋律
76 シタフォードの秘密
77 未完の肖像
78 なぜ、エヴァンズに頼まなかったのか？
79 殺人は容易だ
80 そして誰もいなくなった
81 春にして君を離れ
82 ゼロ時間へ
83 死が最後にやってくる
84 忘られぬ死
86 暗い抱擁
87 ねじれた家
88 バグダッドの秘密
89 娘は娘
90 死への旅
91 愛の重さ
92 無実はさいなむ
93 蒼ざめた馬
94 ベツレヘムの星
95 終りなき夜に生れつく
96 フランクフルトへの乗客

名探偵の宝庫

〈短篇集〉

クリスティーは、処女短篇集『ポアロ登場』（一九二三）を発表以来、長篇だけでなく数々の名短篇も発表し、二十冊もの短篇集を発表した。ここでもエルキュール・ポアロとミス・マープルは名探偵ぶりを発揮する。ギリシャ神話を題材にとり、英雄ヘラクレスのごとく難事件に挑むポアロを描いた『ヘラクレスの冒険』（一九四七）や、毎週火曜日に様々な人が例会に集まり各人が体験した奇怪な事件を語り推理しあうという趣向のマープルものの『火曜クラブ』（一九三二）は有名。トミー&タペンスの『おしどり探偵』（一九二九）も多くのファンから愛されている作品。

また、クリスティー作品には、短篇にしか登場しない名探偵がいる。心の専門医の異名を持ち、大きな体、禿頭、度の強い眼鏡が特徴の身上相談探偵パーカー・パイン（『パーカー・パイン登場』〔一九三四〕など）は、官庁で統計収集の事務を行なっていたため、その優れた分類能力で事件を追う。また同じく、ハーリ・クィンも短篇だけに登場する。心理的・幻想的な探偵譚を収めた『謎のクィン氏』（一九三〇）などで活躍する。その名は「道化役者」の意味で、まさに変幻自在、現われてはいつのまにか消え去る神秘的不可思議的な存在として描かれている。恋愛問題が絡んだ事件を得意とするというユニークな特徴をもっている。

ポアロものとミス・マープルものの両方が収められた『クリスマス・プディングの冒険』（一九六〇）や、いわゆる名探偵が登場しない『リスタデール卿の謎』（一九三四）や『死の猟犬』（一九三三）も高い評価を得ている。

51 ポアロ登場
52 おしどり探偵
53 謎のクィン氏
54 火曜クラブ
55 死の猟犬
56 リスタデール卿の謎
57 パーカー・パイン登場
58 死人の鏡
59 黄色いアイリス
60 ヘラクレスの冒険
61 愛の探偵たち
62 教会で死んだ男
63 クリスマス・プディングの冒険
64 マン島の黄金

冒険心あふれるおしどり探偵

〈トミー&タペンス〉

本名トミー・ベレズフォードとタペンス・カウリイ。『秘密機関』（一九二二）で初登場。心優しい復員軍人のトミーと、牧師の娘で病室メイドだったタペンスのふたりは、もともと幼なじみだった。長らく会っていなかったが、第一次世界大戦後、ふたりはロンドンの地下鉄で偶然にもロマンチックな再会をはたす。お金に困っていたので、まもなく「青年冒険家商会」を結成した。この後、結婚したふたりはおしどり夫婦の「ベレズフォード夫妻」となり、共同で探偵社を経営。事務所の受付係アルバートとともに事務所を運営している。トミーとタペンスは素人探偵ではあるが、その探偵術は、数々の探偵小説を読破しているので、事件が起こるとそれら名探偵の探偵術を拝借して謎を解くというユニークなものであった。

『秘密機関』の時はふたりの年齢を合わせても四十五歳にもならなかったが、

最終作の『運命の裏木戸』（一九七三）ではともに七十五歳になっていた。青春時代から老年時代までの長い人生が描かれたキャラクターで、クリスティー自身も、三十一歳から八十三歳までのあいだでシリーズを書き上げている。ふたりの活躍は長篇以外にも連作短篇『おしどり探偵』（一九二九）で楽しむことができる。

ふたりを主人公にした作品が長らく書かれなかった時期には、世界各国の読者からクリスティーに「その後、トミーとタペンスはどうしました？　いまはなにをやってます？」と、執筆の要望が多く届いたという逸話も有名。

訳者略歴　1951年都立忍岡高校卒，英米文学翻訳家　訳書『NかMか』アガサ・クリスティー，『渇きの海』アーサー・C・クラーク，『永遠の終わり』アイザック・アシモフ（以上早川書房刊）他多数

さあ、あなたの暮《く》らしぶりを話《はな》して

〈クリスティー文庫85〉

二〇〇四年八月三十一日　発行
二〇二〇年二月　十五日　二刷

（定価はカバーに表示してあります）

著者　アガサ・クリスティー
訳者　深《ふか》町《まち》眞《ま》理《り》子《こ》
発行者　早川　浩
発行所　株式会社　早川書房

東京都千代田区神田多町二ノ二　郵便番号　一〇一‐〇〇四六
電話　〇三‐三二五二‐三一一一
振替　〇〇一六〇‐三‐四七七九九
https://www.hayakawa-online.co.jp

乱丁・落丁本は小社制作部宛お送り下さい。
送料小社負担にてお取りかえいたします。

印刷・中央精版印刷株式会社　製本・株式会社明光社
Printed and bound in Japan
ISBN4-15-130085-6 C0198

本書は活字が大きく読みやすい〈トールサイズ〉です。